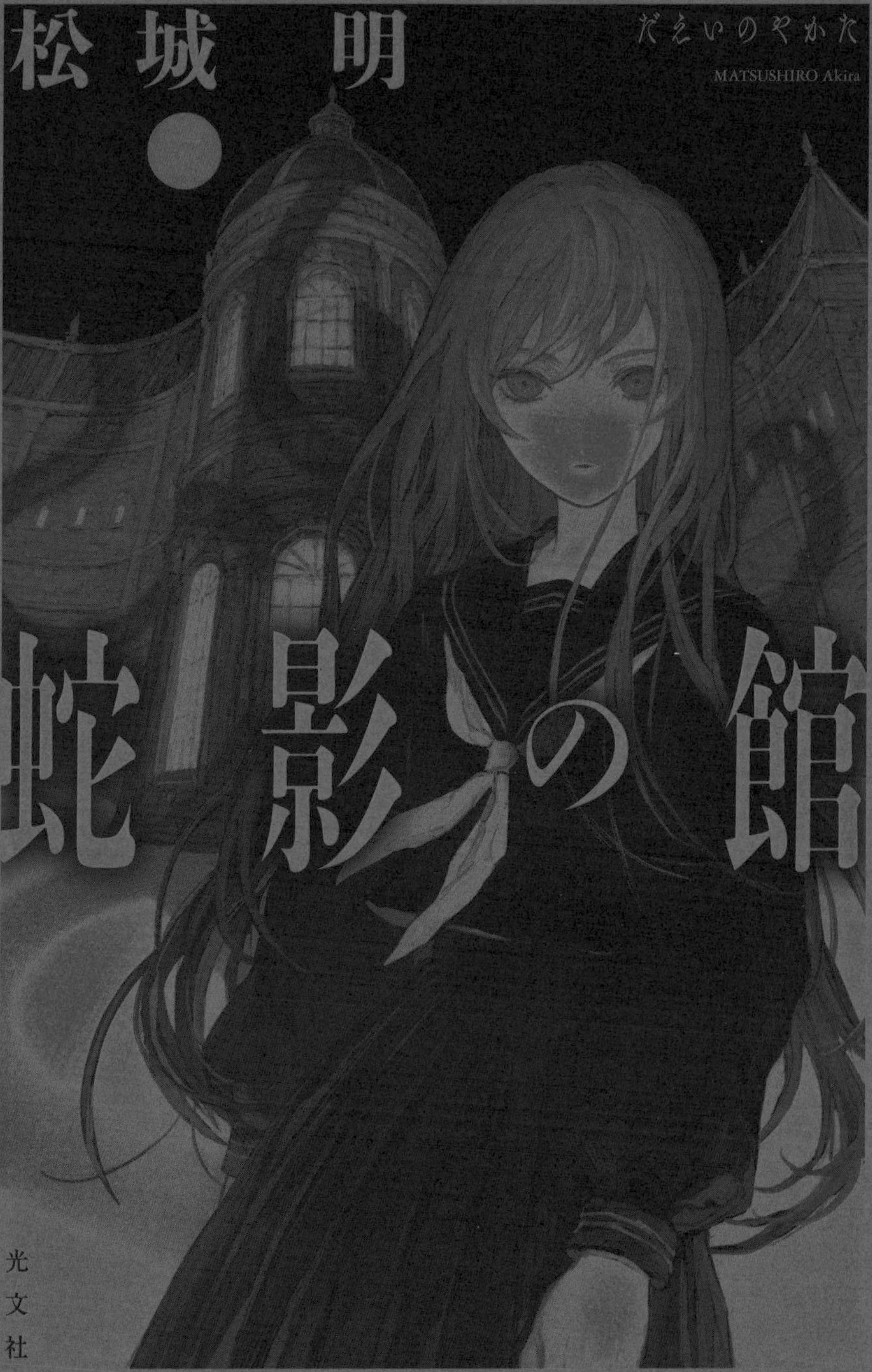
松城 明
だえいのやかた
MATSUSHIRO Akira
蛇影の館
光文社

登場人物

◆写真部

鱗川冬子《うろこがわふゆこ》……高校三年生。
猫矢秋果《ねこやしゅうか》……高校三年生。
鷹谷匠《たかやたくみ》……高校三年生。
犬見未央《いぬみみお》……高校三年生。部長。
鯨井茂《くじらいしげる》……高校三年生。副部長。
小虎瑠里《ことらるり》……高校二年生。
竜野健《たつのけん》……高校二年生。

◆〈蛇《セルペンス》〉の一族

壱《イチ》ノ……〈一番目の蛇《プリムス》〉。知に執着している。現〈蛇の長《パテル》〉。
弐《ニ》ノ……〈二番目の蛇《セクンドゥス》〉。財に執着している。
参《サン》ノ……〈三番目の蛇《テルティウス》〉。美に執着している。
肆《シ》ノ……〈四番目の蛇《クアルトゥス》〉。痛みに執着している。
伍《ゴ》ノ……〈五番目の蛇《クイントゥス》〉。若さに執着している。

涼月館　見取り図

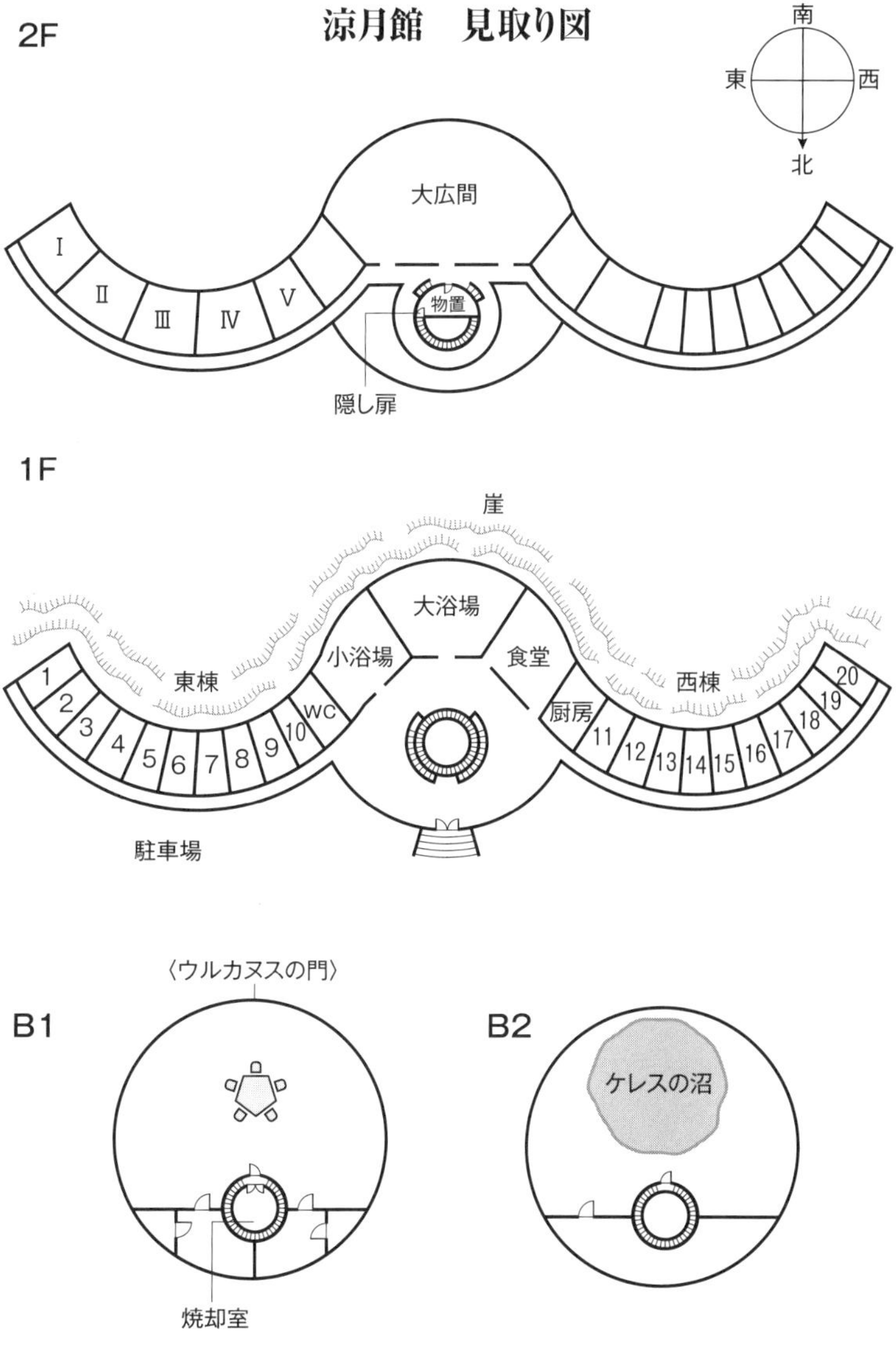

2F
南
東
西
北
大広間
I
II
III
IV
V
物置
隠し扉
1F
崖
大浴場
小浴場
食堂
東棟
西棟
WC
厨房
1
2
3
4
5
6
7
8
9
10
11
12
13
14
15
16
17
18
19
20
駐車場
〈ウルカヌスの門〉
B1
焼却室
B2
ケレスの沼

ブックデザイン　坂野公一＋吉田友美（welle design）
装画　yuko
図版　まるはま

一章

終業を告げるチャイムが鳴った。

椅子を引く音が響き、生徒たちの喋《しゃべ》り声が教室に満ちていくが、自習を続ける国公立組に配慮して、彼らのほとんどは静かに廊下へ出ていく。

机に頬杖をついて、私はその様子を眺めている。

高校三年生の二月。受験という季節の終わり。

この地方ではそこそこ有名な私立大学に付属しているこの高校では、およそ半数の生徒が推薦入試のみで受験を終える。三学期の残りは自由登校だ。一方、外部入試を控えた国公立組は、お気楽な推薦組を横目に、対策講座にせっせと通い続ける。

私は推薦組で、今日学校に来たのは週に一度の登校日だったからだ。したがって学校に残る用事はない。出入口の混雑が一段落したのを見て、学校指定の手提げ鞄を取って席を立つ。

「あの、鱗川《うろこがわ》さん」

ぎこちない呼びかけに振り返ると、クラス委員の女子生徒が立っていた。

「卒業式の後にクラス会をやるんだけど、鱗川さんは来る？」

「行かない。部活で集まりがあるから」

そっか、わかった、と彼女は背を向けて小走りに去っていく。得体の知れないクラスメイトに話しかけるという任を終えてほっとしている様子だ。

教室を出ると、寒々とした廊下に一人の男子生徒が立っていた。

きちんと櫛《くし》を入れた七三分け、すらりと高い背丈、そして端正な細面《ほそおもて》は名家の坊ちゃんといった印象だが、口元に貼りついた過剰な笑みがセールスマンめいて胡散《うさん》臭い。

「今日も寒いね、鱗川さん。なかなか出てきてくれないから凍えそうだったよ」

鷹谷匠《たかやたくみ》はコートのポケットから出した両手を擦《こす》り合わせる。

「待ち伏せしなくても部室には行くのに」

「いいや、僕がここで捕まえないと、鱗川さんはきっと一人で帰ってた。先週はそうだったからね。今日こそは顔を出してもらうよ」

部室というのは、私と鷹谷の所属する写真部の部室だ。一年のころに鷹谷に押し切られて入部したものの、部室に行くのは基本的に鷹谷に捕まったときだけで、三年間その活動に積極的に参加したことはなかった。いわゆる幽霊部員である。

「卒業式の後、我らが写真部では一、二年生の主催で送別会を開くことになってるのは知ってるよね。鱗川さんも出席するんだったら、今のうちに下級生に会っておかないと」

「私、クラス会のほうに出るつもりだから」

「あはは、さっき部活のほうに出るって言ってたよね」

「……わかった、行く」

断るほうが面倒になってきた。それに、一年生に会うのは私にとって有意義だ。

「でも、鷹谷は部活に出てる場合じゃないでしょ。二次試験、一週間後なのに」

国公立組の鷹谷にとって受験は現在進行形で続いている。ぬるま湯のような文化系クラブに関わっている暇などないはずだ。

「僕の進路よりさ、自分の行く末を考えたほうがいいんじゃない？」

「私の進路？」

「君がこんな片田舎の私大に甘んじるなんて信じられない。似合ってないというか、無理をして自分の才能を押し殺してるというか」

「学力的には妥当なレベルだと思うけど」

「よく言うよ。君があえて手を抜いてるのはわかってるんだ」

最初のうち、私は鷹谷の熱意に押し切られる形で、彼と同じ国立大学を志望していたが、推薦入試が始まるとそちらに鞍替えした。鷹谷はいまだにそのことを根に持っている。

「鱗川さんは自分の綽名《あだな》、知ってる？」

私が首を振ると、鷹谷は両腕を前に伸ばし、うねうねと波打たせてみせた。滑らかにうねる両腕の妖しい動きから目が離せなくなる。

まさか、このジェスチャーが示唆しているのは――

「宇宙人だよ」

種明かしの言葉で脱力が押し寄せる。よく見ると鷹谷は口をすぼめていた。宇宙人の物真似にウェルズ的なタコ型を選ぶとは、時代錯誤もいいところだ。

「百歩譲ってエイリアンは許すけど、タコ型はやめて。馬鹿みたいだから」

「じゃあ、こっちがいいかな」

鷹谷はいきなり片手を私の顔に近づけると、手のひらを開閉させる。これは獲物に喰らいつく顎《あご》を模しているのだろうか。これはさすがに間違えようがない。

「……蛇？」

ところが、鷹谷は虚を衝《つ》かれたように目を瞬《しばたた》かせた。

「フェイスハガー。『エイリアン』観てないの？　まあ僕たちが生まれる前の映画だけど、新しい続編でもいいから観てほしいな。フェイスハガーは人間の顔に貼りついて卵を植えつける幼虫みたいなやつで、卵が成長するとチェストバスターになって胸を食い破って出てくるんだ」

「何でそれが私なの？」

「あ、ごめん。要するに、君は普通の人を超越してるのに、それを押し隠してるって言いたかったんだ」

『エイリアン』は公開初日に観に行ったものの、それほど印象に残っている映画ではなかった。それでも有名なキャッチコピーは気に入っている。

——宇宙では、あなたの悲鳴は誰にも聞こえない。

「あ、そうそう。蛇と言えば、『エイリアン』の根底には蛇の存在があると言われてるんだ。ヨーロッパの民間伝承に『体内の蛇』っていうのがあって——」

延々と語り続ける鷹谷は、すでに話の主題を忘れているようだ。

私たちは写真部の部室に到着する。せせこましい空間の中では、中央の机を挟んで二人の女子生徒が喋っていた。

一人は部長の犬見未央《いぬみみお》。大きな黒縁眼鏡の下の垂れ目がどこか福々しく、柔和な印象の女子だ。もう一人は猫矢秋果《ねこやしゅうか》。線が細く、臆病な小動物じみた印象の女子。二人とも三年生である。

「よっ、鷹谷」

私たちが入っていくと、犬見はすぐに気がついて手をひらひらと振り、その背後にいる私を見て口をあんぐり開けた。

「わお、冬子《ふゆこ》ちゃんまで。珍しいねー。雪でも降るんじゃない？」

と、一人で爆笑して悦に入っている。

部室の窓からは白く染まった街が見えた。この地方では珍しい大雪の日だった。

一方、猫矢ははにかんだ笑みを鷹谷に向けると、すぐさま怯《おび》えたようにうつむいた。一直線に切りそろえられた前髪に目元が隠れる。そういえば、彼女の目をあまり見たことがないと気づいた。彼女が私から目を逸《そ》らしているだけなのだろうが。

おそらく、猫矢は〝宇宙人〟に対して正常な反応を示しているのだろう。私に平気でつきまとう鷹谷や、万事に鷹揚《おうよう》な犬見こそが異常なのだ。

ほら見てよ、と犬見は机の上の冊子をこちらに向けて、

「廃墟の写真集。高かったけど奮発して買っちゃった」

風雨に浸食され、崩れかけたコンクリートの壁。散乱するガラスの破片。青々と茂る蔦《つた》。下品なスプレーの落書き。

「綺麗《きれい》だと思わない？　私、卒業したら廃墟巡りしようと思うんだよね」

「なかなかいいね。撮りたくなる」鷹谷は同調する。「廃墟巡りなら僕も行きたいな。軍艦島《ぐんかんじま》とか。廃墟マニアの聖地みたいだし」

「聖地の名がついた時点で、廃墟はその価値を失うんだぞ」

偏屈そうな口上とともに姿を現したのは、顔の四角い小太りの男子生徒。副部長である三年生の鯨井茂《くじらいしげる》だ。

「軍艦島――端島炭坑《はしまたんこう》はロマンだが、世間の耳目を集めすぎている。世界遺産に認定された廃墟なんてのはただの観光地だ。人に見捨てられ、忘れられ、管理されずに朽ちていく。終わりに向けて孤独に崩壊していく美こそが、俺の求める廃墟だ」

「無人島は上陸した時点で無人島じゃなくなるとか、そういう話？」

「そこまで突き詰めた話じゃない。長崎まで行かなくても、管理されていない廃墟はこの近くにある。――黒籠郷《こくろうごう》は知ってるか？」

他のメンバーは首を横に振ったので、鯨井は怪談話のつもりか声を低めて説明を始めた。という

に知っている話だったので私は輪を離れて、部室をぐるりと見回す。

私も含めて三年生が五人。一年生の姿はない。
一、二年は午後まで授業があるはずなので、辛抱して待つことにする。
昼になると、犬見と猫矢は持参した手作り弁当を開き、鷹谷と鯨井は学生食堂へ行った。私は購買部で買った菓子パンを齧《かじ》りながら、部室の隅で文庫本を読んでいた。駅前の本屋で買ったSF小説だ。

珍しく長いあいだ居座っている私を気にして、猫矢がちらちらと私に視線を送ってくる。邪魔なのだろう、と思いながらも読書を続行する。物語の中で主人公がアンドロイドを次々に撃ち殺していく。

パンが消えて、物語も終わった。

ふと顔を上げると、部室にいる人数が最初より一人増えていた。

ショートヘアと吊り目が勝ち気そうな印象の小虎瑠里《ことらるり》――二年生だ。彼女を含めて、五人の部員たちは机を囲んで何やら盛り上がっている。一台のスマートフォンを順々に回しているらしい。どういう遊びだろうか。

腕時計を見るとすでに五時を過ぎている。

「一年生は？」

私の小さな呟《つぶや》きに、部室は水を打ったように静まり返った。

犬見だけが間延びした口調で応じる。

「えーとね、一年生はゼロ人なの。去年までは三人くらいいたんだけど辞めちゃった。安価な高性能カメラが普及してる今、わざわざ馬鹿高い一眼レフを無理やり買わせようとしたのがよくなかったのかもねー」

「違います。鱗川先輩のせいです」

小虎は躊躇《ちゅうちょ》なく言い切った。

ちらりと私を見やる彼女の目には、他の者にはない憎悪の色があった。

「鱗川先輩は、新入生の来る時期に限って部活に来てました。でも一年生と話をするわけでもなく、まるで品定めするみたいに、遠くから嫌な目つきで眺めてましたよね。あの視線が怖いって言ってた子が何人もいたし、みんな一ヶ月くらいで辞めちゃいました」

きょとんとしている犬見を除いて、部員たちは恐怖を顔に浮かべていた。ああこいつ、とうとう言いやがった。そんな表情だ。

後に引けなくなったのか、小虎は椅子から立ち上がって私に相対した。

「確かに、先輩は何も悪いことはしてません。ただ遠くから見てただけ。だけど、それだけで一年生の子たちは傷ついたんです。先輩は自分がどう見えてるか自覚すべきです。こんなことでみんなに迷惑をかけるのはやめてください」

私が部室に来たのは一年生を物色するためだ。新入生がゼロとなればここにいる意味はない。本を鞄に仕舞うと、席を立って出口へ向かう。

すると、なぜか鷹谷も私に次いで部室から出てきた。

「鷹谷は残ったほうがいいんじゃないの？」

「別にいいんだ。……ごめん、鱗川さん。無理に来させちゃって」

的外れな謝罪だと思ったとき、部室の中から悲鳴のような声がした。

「鷹谷くん！」

猫矢がこんな大声を出せるとは知らなかった。扉の隙間からこちらを見据えて、何かを訴えるように口を固く引き結んでいる。しかしそれも一瞬のことで、「あ、えっと……」と曖昧《あいまい》に口を濁して顔を背けてしまった。

「行こう」

鷹谷は先に歩き出した。コートのポケットに両手を突っ込んで、私も後を追った。学校を出て、雪が解けてぬかるんだ道を並んで歩いていく。

「僕が鱗川さんを部活に誘ったときのことを覚えてる？」

「ええ、覚えてる」

入学式から数日後、机で一人弁当を食べ終えると、暇つぶしにと持ってきていた写真集を開いた。世界中の動物を撮影したもので、体表の模様が美しい蛇の写真もあった。そのページをしばらく眺めていたとき、机の前に誰かが立った。一度も話したことがなく名前も知らない男子生徒だった。

——写真、好きなの？

適当に話を合わせてやり過ごすつもりだった。こちらがあえて距離を置けば、他人は自らの中に原因を求めて勝手に離れていく。それが長い学校生活で得た私の処世術だった。

だが、彼は距離をとる暇も与えず、強引に踏み込んできた。

――鱗川さん、写真部に入らない？

「あのとき、どう思った？」と鷹谷が訊《き》いてくる。

「迷惑な人だと思った」

「あはは、やっぱりね。自分でもちょっと強引だと思ったんだ。だけど、それ以外で君に話しかける方法が思いつかなかった。写真部を選んだのもとっさの判断だし」

「写真が好きだったんじゃないの？」

「好きだけど、写真部に入りたいってほどじゃなかった」

勧誘の際、鷹谷はカメラへの興味と達成すべき目標について熱く語っていた。あれがアドリブの演技だったとすれば、彼に対する認識を改めなくてはならない。

駅前の交差点に差しかかったところで私たちは足を止めた。

「もしかして、私を誘ったことを後悔してるの？」

「いいや、それは違うよ」

鷹谷の顔に貼りついた笑みが消えた。目を伏せて、私から視線を外す。

「鱗川さんを誘ったのを後悔したことはない。でも、僕の自分勝手に付き合わせてしまったことはちょっと反省してるんだ。実際、部活の種類なんて何でもよかったのに」

鷹谷はいつになく真剣な、冗談の混ざっていない表情をしていた。

今、二人はおよそ一メートル離れて立っている。三年間、縮まらなかった距離。私がこの隔たりを越えてみせたら、鷹谷はどんな顔をするのだろうか。

そんな馬鹿らしい考えを振り払って、

「こんなところに突っ立ってないで、早く帰って勉強するべきじゃない？」

「そうだね。……それじゃ、また来週」

鷹谷は破顔して手を振ると、駅のほうへ歩いていく。

私は駅から離れ、住宅街を抜ける人気《ひとけ》のない道を進む。曇り空の下、薄暗い街を歩きながら考えを巡らす。

卒業後、鷹谷は志望大学に受かって上京するだろう。新しい友人関係を築き、勉強やサークル活動に励み、やがては卒業して就職する。瞬《またた》く間に過ぎ去った高校生活を振り返ることは滅多にない。誰にとっても今この瞬間が一番大切なものだ。

しかし、私の〝今〟はここにしかない。

卒業というゴールの前で永遠に足踏みし続けるのが、私の進路だ。

いつものように細い路地を抜けると、小さな公園を横切ってショートカットする。アスファルトの上とは違い、グラウンドの上は雪がまだ残っているが、踏み荒らされて土と混じり汚れていた。その中ほどに差しかかったとき、背後で何かが動いた。

――何？

私が振り向くより先に、足音が急速に近づいてきて、首の右側に鋭い感触が走った。首を貫く異物感が膨れ上がり、耐えがたい激痛に変わる。赤く染まる視界。どぶどぶと噴き出して肩を濡らす生温い液体。首に沈み込んでいく刃物の冷たい感触――

刺された？　私は今、殺されようとしている？

「ひぅ」

声を上げようにも、潰された喉からは空気が洩《も》れるような音しか出なかった。

身体から力が抜け、地面に崩れ落ちる。頬に触れた雪が熱いのか冷たいのかわからない。もう取り返しのつかないほど血液が流れ出していると知った。

鱗川冬子は、ここで死ぬ――

襲撃者は口の中に手を突っ込んできた。グローブのようにごつごつとした手袋が上顎と舌に触れ、何かを探るように喉で動き回る。何をしているのだろう。

まさか、私の存在を知っているのか？

「きゃあーっ！」

甲高い悲鳴が空気を切り裂いた。

不意を衝かれたのか、一瞬、襲撃者の手が緩んで喉から離れる。

チャンスは今しかない。

〝私〟は鱗川冬子との接続を断った。瞬時に心臓が止まる。

そして彼女の喉から飛び出すと、のたうちながら地面に着地した。

瞼《まぶた》のない眼で周囲を素早く観察する。襲撃者は白いレインコートに長靴を履いていた。ゴム製品のような分厚い生地は牙が通らない恐れがある。となると、消去法でもう一人のほうを狙うしかない。

私は公園の入口へずるずると這《は》っていく。変温動物には厳しい冷気が体表に染み込み、動きが鈍る。それでも必死に筋肉を伸縮させて前進する。

向かう先には猫矢秋果がいた。

私たちを尾行していたのだろうか。目の前で繰り広げられる驚天動地のショーに腰を抜かして座り込んでいる。死中に活を求めていた私にとって、猫矢の存在は神の恩恵に近い幸運だった。

哀れな猫矢は目を大きく見開いて呆然《ぼうぜん》と呟く。

「へ、蛇……」

ご名答、と心の中だけで応じる。今の私には発声器官がない。

体長五十センチメートル、体重五百グラムの黒い蛇。それが私だ。

猫矢に人並み外れた動体視力があれば、私の額に白い文字が並んでいるのに気づいただろう。ナイフで刻んだ傷のような荒々しい書体の文字。さらに彼女がラテン語を解したなら、こう読めたはずだ。

〈五番目の蛇《クイントゥス》〉――

それが私に与えられた真の名前だった。

腕の力で這って逃げようとする猫矢のスカートに潜り込み、黒のタイツに包まれた脚に牙を突き立てる。猫矢の身体がびくりと震え、気絶して仰向けに倒れる。

悲鳴を聞きつけた人々が近づいてくるのを、私は地面の振動から察知した。

〝衣裳替え〟を手早く済ませなければならない。

弛緩《しかん》して開いた猫矢の口に、頭からするりと滑り込んだ。そのまま喉を食い破って体内へ侵入。粘膜からどくどくと血が流れ出すが、尻尾の先まで体内に収まると、穿《うが》った穴は私の体表から分泌される粘液によって、封蠟《ふうろう》を垂らしたように綴《と》じ合わされる。

頭蓋《ずがい》の中に侵入すると、灰色の泥に潜っていく。身体の輪郭がぼやけて脳細胞と混ざり合う。私の意識が脳全体に広がり、肉体の支配権が私に移る。

こうして猫矢秋果は、誰にも知られることなく、ひっそりと死んだ。

私が「喰った」猫矢の脳から、彼女を構成するありとあらゆる記憶が、奔流となって私の中に流れ込んでくる。再構成される前の時系列もバラバラな記憶の群れに、ひときわ強烈に輝くものがある。それは部室の中の光景だった。

廃墟の写真集に見入っている鷹谷匠の横顔。

私のすぐ隣にいる鷹谷。

鷹谷――

鷹谷くん。

わたしの好きな鷹谷くんの、白く筋張った優しい手。

卒業が迫ってる。このまま終わりなんて嫌だ。二人きりで話したいのに、鷹谷くんはあの女を追って一緒に。部室を出ていく鷹谷くんの寂しそうな顔。

鷹谷くん！

わたしは叫ぶ。彼の隣にいる女をやっと直視する。鱗川冬子のその顔——

怖い。

嫌だ嫌だ嫌だ。気味が悪くて吐き気がする。でも鷹谷くんはあいつと一緒に。

追わなきゃ。あの女から鷹谷くんを取り戻さなきゃ。

そしたら、あの女は死んだ。わたしの目の前で、血を噴き出して。

怖い。だけど、嬉しい。

わたしと彼のあいだに、邪魔者はもういないんだから。

公園の隣のアパートの窓が開いて、誰かが叫ぶ。白いレインコートの後ろ姿がグラウンドの向こうに消える。わたしは植え込みの裏に隠れて、そっと公園から抜け出す。

駅まで無我夢中で走って、切符を買って、電車に飛び乗って。

改札を通って、商店街を駆け抜けて、彼の住むマンションに。

呼び鈴を押すと彼が現れた。不思議そうな顔。

「猫矢さん？　どうしてここに」

大好きな、わたしの大好きな鷹谷くんに、わたしの気持ちを。

「わたしは、鷹谷くんが……好きですか？」

馬鹿。何で疑問形なの。わたしは混乱している。

彼は困ったように微笑んで、

「もしかして、僕に告白してくれてるのかな？　男冥利《みようり》に尽きることではあるけど、君の気持ちには応えられないよ」

「どうして……」

「僕が好きなのは、鱗川さんだけなんだ」

その名前を聞いた途端、冷水を浴びたように身体の熱が引いて。

わたしは——私を取り戻した。

「……ごめん。何だか混乱しちゃって」

「別にいいんだ。それよりも大丈夫？　口に血がついてるけど」

反射的に口元に手をやる。唇に乾いた糊《のり》のような感触があった。私の身体についた鱗川の血が衣裳替えの際に付着したのだろう。私は口元を覆いながら、

「口の中を切っちゃったの。洗面所、貸してくれない？」

「ああ、いいよ」

鷹谷はあっさりと私を部屋に上げた。

血を洗い流し、洗面台の鏡を見る。今は亡き猫矢秋果の顔が、無表情にこちらを見返してきた。己の身体を奪った私を恨むように。死んでから失恋した我が身を不憫《ふびん》に思うように。あるいは、鷹谷に愛されながらも死んだ鱗川冬子を憐《あわ》れむように。

遥かな昔、西欧の片隅に一人の魔術師がいた。

魔術師は長年に亘《わた》る研究の末、五匹の〈蛇《セルペンス》〉を創り出した。

〈蛇〉とは人の脳を喰い、身体と記憶を乗っ取る人工生命体だ。魔術師はとある国の中枢に五匹を送り込み、政府を己の傀儡《かいらい》とすることで、誰にも知られぬまま一国を支配した。権力者の一人が死ぬと、抜け出した〈蛇〉は別の一人に衣裳替えする。魔術師の死後も、彼らは権力者の肉体を取り替えつつ、二千年以上に亘って支配を続けた。

転機が起こったのは十五世紀。戦争により国は滅び、〈蛇〉たちは存在意義を失った。さらに、市井《しせい》に紛れた彼らを魔女狩りの惨禍が襲い、紆余《うよ》曲折《きよくせつ》あって日本に流れ着く。移住に際して、これまでラテン語だった〈蛇〉の個体名を日本語に改めた。例えば、〈五番目の蛇〉である私は〝伍《ゴ》ノ〟と名付けられた。

そんなわけで、〈蛇〉は三千年近く存在してきたことになるが、私は〈主《ドミヌス》〉と呼ばれる魔術師の顔すら覚えていないし、ポエニ戦争も、十字軍の遠征も、第二次世界大戦も書物でしか知らない。「消滅」によって古い記憶を失っているからだ。

〈蛇〉に寿命はなく、基本的に不死である。打撃、切断、絞首、加熱、冷却などで死ぬことはなく、寒いと身体が動かなくなることを除けば、無敵の防御力を誇る。

その一方で、〈蛇〉は脆弱《ぜいじやく》な存在でもある。まず、体格や運動能力は小型の蛇と同じなので、大型哺乳類である人間とはまともに戦えず、隙を衝いて毒牙で嚙《か》むという姑息な手を使うしかない。中世の魔女狩りで滅びかけたのはこのためだ。

さらに、〈蛇〉は人間の身体を頼らなくては生きられない。人間との接続を断ってから丸一日経《た》った時点で、身体が細かい塵《ちり》に還《かえ》り、やがて消滅する。剝《む》き出しの〈蛇〉が人間に目撃されるのを防ぐため、魔術師によって組み込まれたプログラムだ。

私が大急ぎで猫矢に乗り移ったのはそのためだった。もし目撃者たちに捕獲されてしまえば、檻《おり》の中で死の瞬間を待つほかなくなる。〈蛇〉は無限に復活可能な生命体だが、一度消滅すればあらゆる記憶を失う。それが私たちにとっての死だ。

誤算だったのは、猫矢の精神があまりにも幼稚で乱れていたことだった。おかげで私は錯乱して殺害現場から逃げ出したあげく、鷹谷の前で醜態を晒《さら》すことになった。


〈四番目の蛇《クアルトゥス》〉――肆《シ》ノの家を訪ねた私は、金曜日に遭遇した事件について話した。

「それは、猫矢秋果が特別に幼稚だったわけじゃないと思う」

私の説明を聞き終えると、肆ノは静かに言った。

「思春期の子供の内面なんていうのは、誰しも似たり寄ったりなんだ。精神が外界に対して過度に敏感だから、ちょっとしたことでバランスを崩して、極端な感情に振り回される。君はそういう子供の精神構造に慣れていなくて、食あたりを起こしたんじゃないかな」

「一応、ここ五十年くらい子供をやってる身なんだけど」

「これまで伍ノが選んできた衣裳はみんな、内面の変化が乏しい子たちだったんだろう。顔を見ればわかるよ。綺麗だけど感情が薄くて、冷たい仮面みたいな顔だった」

「今の顔は？」

「人並みの感受性を持った普通の女の子だ。君の最初の身体とよく似てる。あのころはまだ初々しくて可愛らしかった。衣裳替えを前にして泣き出したりしてね」

「泣いてみせようか？」

「やめてくれ。五十にもなって」

高校三年生になると、私は乗り移るべき身体を探し始める。まず、主に小・中学生から自分にふさわしいと感じた少女をピックアップする。この過程で大切なのは地道に下調べすることだ。様々な理由を使い分けて学校や塾などを訪問し、どうしても高校生の身分では立ち入れないところは、一族お抱えの組織――〈財団《アルカ》〉に依頼する。ターゲットを一人に絞り込んだら、卒業の直前に衣裳替えする。

確かに、私の嗜好《しこう》は偏《かたよ》っていたかもしれない。物静かで大人びた少女の内面は居心地がよくて、その快《こころよ》さに浸るあまり、人間としての不完全さを吸収し続けていたのだ。

とはいえ、偏食気味という指摘は肆ノにも当てはまる。

「肆ノ、その衣裳はどう？」

「鎮痛剤をやめてからは結構痛いよ。胸から腹にかけて常に鈍痛があるし、末梢《まつしよう》神経も侵されている感じだ。でも、寿命一年にしてはマイルドなほうじゃないかな」

肆ノは、三十代前半にして髪の抜け落ちた頭をつるりと撫《な》でた。

私が人間の〝若さ〟に執着するように、肆ノは人間の〝痛み〟に執着している。各地の病院を巡回して、味わったことのない痛みを求めて衣裳替えに励んでいた。

本来〈蛇〉に性別はないので、男にも女にも乗り移れる。肆ノは基本的に男の身体を衣裳に選んでいるが、時折女の身体を使うこともある。今まで男になったことのない私は、肆ノより保守的なのかもしれない。

そろそろ本題を切り出すことにした。

「肆ノ、先週の木曜日の行動を話してくれる？」

「何だか探偵みたいだね」

そう軽くからかった後、肆ノは自身に起こった事件について話してくれた。

「今はただの癌《がん》だから自宅療養だけど、先週までは下半身不随で入院していたんだ。先週の木曜日の夕方、ベッドで眠っている私を誰かがいきなり刺した」

「どこを刺されたの？」

「首だよ。左斜め前から刃物を突き刺して、背骨を断つように押し込んできた。とっさに衣裳を脱いで廊下に逃げ出した後、たまたま通りかかったこの男に衣裳替えしたんだ」

「犯人の姿は見なかった？」

「だぼっとした白いレインコートを着ていた。顔にもマスクをつけていたかな。だから性別も体型もわからない」

「私たちを襲ったのは何者だと思う？」

そう訊くと、少しの間を置いて返事があった。

「他者の痛みを理解できない人間、じゃないかな」

「本当に、腹立たしいことよ」

デザイナーズマンションの広大な一室は、アート作品のように洗練された空間だった。必要最小限のインテリアがぽつりぽつりと配置されている様は、修学旅行で六回ほど行った寺の石庭にも似て、シンプルでありながらその奥に複雑な美学を感じさせる。

そんな調和で満たされた空間にはそぐわない、エアロバイクやチェストプレスといった無骨な器具が立ち並ぶ、トレーニングジムのような一角がある。

〈三番目の蛇《テルティウス》〉――参《サン》ノはトレッドミルの上で、息を切らしながら話した。

「育て始めてまだ半年だったの、この娘。全然締まってない」

ぴったりしたトレーニングウェアから覗く太腿《ふともも》は、一歩ごとに大きく肉が揺れた。二十代前半だろうか。胸が大きくて彫りの深いエキゾチックな顔立ちの女性だ。それほど太っていない気もするが、参ノとしては不満らしい。

「顔は素材がよかったし、痩せれば完璧だって思ってたのに」

「たまには自分で自分を育てるのもいいんじゃない？」

「嫌よ。疲れるのは嫌い。毎朝六時にランニング、八時に筋トレ、毎食鶏肉とサラダ――こんな生活、私がやらなくていいことなのに」

参ノが執着しているのは〝美〟だ。

常に美しい身体であり続けるため、定期的に〝衣裳替え〟をするだけではなく、衣裳候補を自らの手で育成している。具体的には、ターゲットを誘惑して自分のマンションに囲い込み、トレーニングを積ませ、美容術を施して、自分好みの肉体に作り変えるのだ。〝誘惑して〟の部分は詳しくは知らないし、知りたいとも思わない。

「参ノが襲われたのは、いつ？」

「先週の水曜。昼にインターホンが鳴って。配達員だと思ったら――」

参ノが話した内容は、どこかで聞いたような話だった。

白いレインコートの襲撃者は配達員のふりをしてドアを開けさせ、顔を出した途端にナイフを首元に突き出してきた。鍛え抜かれた肉体を誇る参ノは、とっさに相手を蹴り飛ばしてドアを施錠したが、流血が止まらず絶命した。その後、死んだ女の身体を離れ、奥のベッドで眠っていた衣裳候補の女性に乗り移った。

「ところで、衣裳候補はどうして真っ昼間に寝てたの？」

ふふ、と参ノは妖艶に笑って、首筋に光る汗をタオルで拭《ぬぐ》った。

「昨晩、すっかり疲れちゃったんでしょう。この娘《こ》、結構強くて」

何が強いのかとは訊かないことにして、別の質問をする。

「私たちを襲ったのは何者だと思う？」

「そうねえ。――他者に姿を晒すことを恐れる、醜い人間でしょうね」

海風には潮の飛沫《しぶき》が混ざっていて、頬が塩気にべとついてくる。

タクシーを降りてしばらく海沿いを歩くと、岬の切り立った崖の上に、白い地中海風の建物が現れる。荒れ狂う冬の海に、その陽気な白はいかにも不釣り合いだった。

〈二番目の蛇《セクンドゥス》〉――弐ノ《ニ》は〝財〟に執着していた。

弐ノは小金持ちから大富豪まで見境なく衣裳替えを繰り返し、彼自身でも全貌を把握できないほどの富を築いた。全国に数多く点在する別荘も含めて。

「これで、六軒目……」

玄関はオートロックで、ドアを閉めると自動的に施錠される。解錠にはドアの脇のテンキーでパスワードを入力しなければならない。普通の錠前の場合、身体を替える際に鍵を紛失する恐れがあるので、弐ノの別荘はすべてこの方式だった。

インターホンを鳴らしたが、待てど暮らせど返事がない。

私は溜息《ためいき》をつくと、これまで五回行ってきた手続きを繰り返すことにした。

庭を歩き回って赤ん坊の頭くらいの石を拾い、海に面したウッドデッキに上がる。念のため周囲に誰もいないことを確認してから、窓を目がけて石を投げた。

派手な音が響き、窓が砕け散る。

弐ノは警備会社と契約していないので侵入は容易だ。強盗よろしく土足のまま室内へ上がり込む。ひと続きになったリビングとキッチンはもぬけの殻だ。

今回も空振りか、と思いながら奥のドアを開けた。

「……いた」

廊下の一番奥、玄関前のスペースに人が倒れている。

慎重な足取りで近づくと、その顔を覗き込んだ。

「弐ノ」

一ヶ月前、最後に会ったときと同じ身体だった。気温が低いせいか虫のたぐいは見当たらないが、鼻を突く強烈な死臭がした。

死体は大の字で寝転がっていて、黒いスラックスを穿《は》いていた。

上半身は裸で、腹には何かの模様があった。刃物で刻まれた文字のようだ。肌の変色と腹部の変形がひどく、文字はほとんど読み取れなかったが、〈一番目の蛇〉の一単語だけは読み取れた。

ざっくりと裂けた首元を覗き込む。首を中心にして直径三十センチほどの丸い血溜《ちだ》まりができていた。そこ以外に出血は見当たらないので、私と同じく首を刺されて死んだのだろう。手掛かりを求めて周囲を見回しても、埃《ほこり》ひとつ落ちていない清潔なフローリングが広がっているばかりだ。

ふと違和感を覚えた。鱗川冬子の死に様とは何かが異なっているような――

そこで、死体の左腕にきらりと光るものを見つけた。おそらくこの別荘と同程度に高価な腕時計だ。もし弐ノを襲ったのが強盗なら、この腕時計を見落とすはずがない。

「弐ノ、いないの？」

そっと呼びかけてみたが、声は虚《うつ》ろな空間に吸い込まれて消えた。

私は別荘を土足のまま隅々まで歩き回った。出入口も窓もすべて閉まっていて、弐ノが隅でとぐろを巻いているようなこともなかった。

死体を見るかぎり、死んでから一週間以上は経っている。連絡が取れないということは、弐ノは新しい身体を見つけられないまま塵に還ったのだろう。

胸にぽっかり穴が開いたような心地でスマートフォンを取り出した。十六桁のパスワードを打ち込み、〈財団〉の通信システムに接続しようとしたが、エラーが表示されるばかりで一向に繋がらない。

パスワードは正しいはずだ。〈蛇〉の記憶容量は無限であり、塵に還らないかぎり物事を忘れることがない。何百桁の数字でも正確に覚えられる。

仕方なく無料通話アプリを起動し、非常用に登録していた番号に発信する。

ディスプレイに白髪の老人が現れた。

ぴしりと背筋の通った姿勢は若々しいが、頬や目尻には深い皺《しわ》が刻まれている。耳が遠いらしく、右耳から胸ポケットに補聴器らしきコードが延びていた。退任間近の大学教授といった雰囲気だ。

しかし、その目は彼の正体を暗に示している。

いつも彼と相対したときに襲ってくる震えを感じた。身体は替わってもその目だけは変わらない。深すぎる叡智《えいち》に瞳が沈み込み、ぽっかりと空いたふたつの暗闇。

「おはようございます、壱ノ《イチ》」

「おはよう、伍ノよ」

〈一番目の蛇《プリムス》〉——壱ノはゆったりとした間を置いて返事をした。

「さっそくですが、弐ノの衣裳が見つかりました。リストの六軒目の別荘です」

「天にまします我らが〈主〉に感謝するといい。幸運にも、残り七十一軒を回らずに済んだのだからな」

私たちを創造した魔術師は、〈蛇〉を生み出した咎《とが》で地獄に堕《お》ちた、というのが壱ノの持論なので、これは彼なりのジョークだろう。

「〈主〉より、〈財団〉のご加護が欲しかったんですけどね」

先週末、私は弐ノの捜索を壱ノに命じられた。

手掛かりは弐ノの別荘のリストだけで、しかも別荘にいるという保証はない、という確率の低い賭けだった。一介の高校生より〈財団〉の人海戦術に頼るべき事柄だろう。一族の末っ子である私は、何かと雑用を押しつけられがちだ。

壱ノはぴくりとも表情を変えずに応じた。

「仕方のないことだ。現在、〈財団〉は機能停止している」

〈財団〉は元々、弐ノがせっせと集めた財産を管理するために創設された組織だったが、情報化が進んだ現代ではその形態も変わっており、この国の中枢にまで食い込んだ巨大なネットワークと化している。企業幹部、高級官僚、暴力団員といった無数の構成員たちが、各々の利益のためにカネ・ヒト・モノを動かす。弐ノは財力と手腕によってそれらの流れを意図的に操作し、人間たちの目の届かぬところで一族の利益を掬《すく》い取ってきた。そのために弐ノが構築したシステムこそが〈財団〉の本質だ。

衣裳候補の誘拐や死体の処理など、露骨な犯罪行為にも対応できる〈財団〉の力がなければ、人類の天敵である私たちが、この社会の隙間で生き延びるのは不可能だっただろう。創設以来、弐ノは〈財団〉の管理者として君臨していた。

「〈財団〉は今、どうなっているんですか？」

「判明しているのは、通信システムが先週から停止していることくらいだ」

〈財団〉の構造は完全なるブラックボックスだ。私たちは通信システムを通じて〈財団〉を利用できるが、その実態を知ることはできない。すべてを知るのは管理者である弐ノだけだ。

「五百年の平穏に気が緩んでいたようだ。我々はこういう事態にあらかじめ備えておくべきだった。もしかしたら、我々は〈財団〉を失ったのかもしれない」

「一時的な通信障害では？」

「弐ノの襲撃と無関係ではないだろう。……弐ノの衣裳を見せてくれ」

私は鼻をつまみながらスマートフォンのカメラを死体に近づけた。腹に刻まれた文字を見せているとき、壱ノは小さく呟いた。

「二番目の蛇は裁かれた、か」

どういう意味だろう。〝殺した〟でも〝死んだ〟でもなく、〝裁かれた〟とは。

「弐ノは何らかの罪によって断罪された、ということでしょうか」

「それが犯人の主張らしい。ただ、弐ノだけの問題ではあるまい。我々全員を狙っているのだから、犯人は〈蛇〉全体に罪があると考えているのだろう」

「壱ノも狙われたんですか？」

見たところ、壱ノの身体は以前と替わっているようだ。

「先週の月曜日に襲撃された。私は無傷だったが、念を入れて衣裳は替えた」

壱ノは常に周囲を数人のボディガードで固め、大統領もかくやというほどの警戒態勢を敷いている。壱ノにとって身を守ることは万事に優先するからだ。

他の〈蛇〉たちとは違い、壱ノは誕生してから一度も死を経験していないという。一族の遥かな歴史を蓄積したその頭脳は、私たちにとってかけがえのない財産であり、決して失われてはならないデータだ。

その上、壱ノは〝知〟に執着している。

高名な学者、知識人、貴重な体験をした者を片っ端から捕食し、その記憶を奪って脳内のデータベースを途方もない年月をかけて拡張してきた。その膨大な知の喪失を、壱ノは死より恐れている――と弐ノは話していた。

「襲撃のあった順番を考えれば、犯人の意図は明白だ。私は月曜日に襲われた。参ノは水曜日。肆ノは木曜日。伍ノは金曜日。ここで弐ノを火曜日と仮定すれば、月、火、水、木、金の順番に、壱、弐、参、肆、伍と並ぶ。順序に明らかな規則性を持たせ、自分の犯行だと誇示しているのだろう」

壱ノ、と私はためらいがちに呼びかけた。

「弐ノは本当に死んだのでしょうか。……衣裳替えに失敗して消滅したのでしょうか」

何者かに肉体を破壊されたあと、この別荘に閉じ込められていたとしたら、弐ノの生存は絶望的だ。

壱ノの目がぎょろりと動き、鋭い眼光がディスプレイ越しに私を射抜いた。

「伍ノよ、〈呪歌《カルメン》〉を歌え」

「こんなところで？」

「構わない」

壱ノの下命には逆らえない。軽く咳払《せきばら》いし、静かに歌い始めた。独特の抑揚を伴うゆったりとした歌だ。古《いにしえ》の時代より伝わる、古の言葉によって紡がれた呪文。

〈偉大なる魔術師　我らが主よ
　地を這う我らを憐れみたまえ
　人を喰らう我らを赦《ゆる》したまえ〉

死んだ〈蛇〉は塵に還るが、他の〈蛇〉が〈呪歌〉を歌うことによって復活させることができる。しかし、生前の記憶は引き継げないので、再構成された〈蛇〉は以前とは別の人格、いわば〝別人〟だ。

〈たとえ命尽きようとも　我らは主に永遠なる献身を誓わん
　願わくば我らが同胞を塵より蘇らせたまえ
　願わくば満月に焼かれる我らを癒したまえ〉

歌い終えると静寂が降りた。何も起こらない。

〈呪歌〉には塵に還ったすべての〈蛇〉をその場に蘇らせる力がある。つまり――

「弐ノは、生きているんですね」

この別荘で何が起こったのかはわからない。ただ、この世界のどこかで弐ノが生きていると知れただけで、安堵《あんど》が込み上げてくるのを感じた。

だが、壱ノは硬い表情を崩さない。

「それが問題なのだ」

「え……」

「弐ノが襲撃され、かろうじて生き延びたことは確かだろう。しかし、それならばなぜ我々との連絡を断っているのか。考えられるのは監禁だ。犯人は弐ノを別の人間の身体に入れて拘束し、〈財団〉のパスワードを聞き出した。弐ノのアカウントには〈財団〉の管理者権限がある。我々のアカウントを凍結し、襲撃を仕掛けることも容易だ」

私は縋《すが》るように問いかけた。

「弐ノを助ける方法はないんですか？」

「不可能だ。〈財団〉を失った我々に、いずことも知れぬ場所に囚《とら》われた弐ノを捜す能力はない。ましてや敵方の手には、公権力すら動かせる〈財団〉がある。我々を襲った手口と、弐ノの衣裳に刻まれた言葉からして、犯人は〈蛇〉に強い憎悪を持ち、我々の絶滅を企てているのだと考えられる」

「絶滅……」

「とすれば、弐ノを交渉によって取り戻すこともできない。犯人が弐ノを生かしているのは、弐ノの死後、我々に〝召還〟されるのを防ぐためだろう。犯人の最終目標は、我々の消滅。それを叶える唯一の道は、すべての〈蛇〉を捕らえた後、互いを召還する猶予を与えぬまま、一斉に塵へと還すことだ」

聞けば聞くほど、頭の中で恐ろしい想像が膨らんでいく。顔のない巨大な怪物が、血の滴る弐ノを鷲摑《わしづか》みにして、頭から呑み込むイメージが浮かんだ。

〈蛇〉という怪物を脅かすのは、どのような怪物なのだろうか。

「犯人は、何者なんでしょうか」

「人間だ」

人間、と呆《ほう》けたように繰り返す私に、壱ノは平然と告げる。

「何も不思議なことではあるまい。我々は捕食者であり、彼らは被捕食者だ。弱肉強食は自然界の掟とはいえ、さぞ恨みを買っていることだろう。人間の恐ろしさを甘く見るな。中世の魔女狩りで一族がどれほどの犠牲を被ったか」

魔女狩り。その単語を口にするとき、壱ノはわずかに目を細める。遥か遠くにいる敵を射抜くように。

現代では私たちの存在はすっかり忘れ去られているが、かつて魔女狩りの名のもとに〈蛇〉が公然と狩り立てられた時代があった。人間たちは〈蛇〉の衣裳と思《おぼ》しき人間を捕らえると、容赦なく火炙《ひあぶ》りにかけた。死体から逃げ出した〈蛇〉は、鉄の籠に閉じ込められ、冷たい川に沈められたという。

受難の時代の痕跡は、〈蛇〉たちの年齢にも刻まれている。

一族の最年長は壱ノだ。それ以下は弐ノ、参ノ、肆ノ、そして伍ノと並ぶ。私たちの名前の数字は、〈主〉によって創られた順番に由来し、本来は年齢の順位とは関係ないのだが、現在は両者が一致している。というのも、複数の〈蛇〉が消滅している場合、〈呪歌〉を歌うと〈蛇〉が番号順に生成されるからだ。魔女狩りの時代において、壱ノ以外の全員が一度塵に還り、壱ノによって呼び戻されたことを意味している。

壱ノが時折見せる、人間に対する不信と恐怖は、そこに源泉があるのだろう。

「人間というのは概して愚かな生物だ。記憶力の弱さと寿命の短さが、知の蓄積に限界をもたらしている。それらの限度を持たぬ我々に及ぶべくもない。しかし、ごく稀《まれ》に我々を超えた知を備えた者がいる。我々を超えた残虐さや冷酷さを持つ者もいる。そのような特異な個体こそが、人類の天敵たる我々の、天敵となり得るのだ」

伍ノよ、と壱ノは呼ぶ。

「おまえは、自分が〈五番目の蛇〉であることを証明できるか？」

　突然の問いに面食らいながら、私は考えを巡らす。

「先程〈呪歌〉を歌ったことは証明にならないでしょうか。あれは古いラテン語ですから、正しく発音できる現代人はいないと思います。〈財団〉のパスワードを伝えたり、昔の出来事について話したりすることもできますが」

「おまえが言った証拠は、すべて単なる情報に過ぎない。もし犯人が弐ノからそれらの情報を引き出していれば、〈蛇〉を装うことも可能だ」

「人間が〈蛇〉のふりを？　まさか、そんなことは――」

「天敵たる人間は、ときに我々の想像を超えるのだ。私とおまえを含めて、四匹の〈蛇〉はみな襲撃された後で違う身体に乗り移っている。表面的に見れば、見知らぬ四人の人間だ。衣裳を脱がないかぎり、自分を〈蛇〉だと証明することはできない。たとえその中に、生粋の人間が紛れていようともな」

「……つまり、参ノか肆ノが人間ということですか？」

「私はおまえのことを完全に信用しているわけではない。〈呪歌〉を歌って弐ノが現れたなら話は別だったが。もっとも、おまえとしても私を信用する根拠はないわけだ」

　これは人間を過剰に恐れる壱ノの、疑心暗鬼の産物だろうか。

　それとも本当に、私たちの中に怪物のような人間が潜んでいるのだろうか。

「犯人は〈財団〉を簒奪《さんだつ》し、我々の絶滅を目論《もくろ》んだ。今回の襲撃は失敗に終わったが、次なる機会を窺《うかが》っているはずだ。そのために〈蛇〉を装って我々に接触するというのは、それほど理屈から外れた手段ではない。天敵たる人間なら容易《たやす》く実行するだろう。とすれば、我々も座して死を待つわけにはいかない」

壱ノは、〈蛇の長《パテル》〉――〈蛇〉たちを統《す》べる首領としての命令を発した。

「一族に紛れ込んだ人間を、次の〈満月の集い《ルナ・プレネ》〉で炙り出すのだ」

＊

五十年前のある日、私は一本のビデオテープを観ていた。

映像には薄暗い部屋が映っている。

直径十メートル以上の浅い円形のプール。青い光で照らされた水面の中央には、小さなステージが設《しつら》えてある。プールには飛び石のような足場が等間隔に配置されていて、左目に義眼を入れた老人――壱ノがその上を渡っていき、ステージの上で足を止めた。

そして壱ノは、〈呪歌〉を歌い始める。

画面に変化が表れたのは、歌が中盤に差しかかったころだった。壱ノの周辺に黒い靄《もや》のようなものが漂い始めたのだ。靄は壱ノを中心としてゆっくりと回転している。その速度は徐々に増していき、やがて宙に浮かぶ直径二メートルの黒い帯になった。

帯は次第に細くなるにつれて色が濃くなり、ついには漆黒の輪に変じた。

〈――願わくば満月に焼かれる我らを癒したまえ〉

歌が終わった瞬間、輪が消えた。

同時に、ぱちゃ、とプールの水面から水飛沫が上がった。壱ノの後方、およそ五メートルほど離れた地点だった。

スーツ姿の恰幅《かっぷく》のいい男が画面の端から現れた。飛び石を渡ってその地点に近づくと、長い棒を水面に差し入れ、引き上げた。

棒の先で弱々しく身をくねらせているのは、ぬらぬらと光る黒い蛇。

「これがおまえだ、伍ノ」

映像を一時停止して私にそう言ったのは、〈蛇〉を引き上げたのと同じ大柄な男、弐ノだった。ブラウン管に載せられた手には、大粒の宝石をあしらった指輪がいくつも嵌《は》まっている。常軌を逸して派手なのに、趣味の悪さを感じさせないのは、〝財〟に執着する弐ノがその適切な使い方を心得ているからだろうか。

「見ての通り、〈蛇〉が一匹以上消滅しているときに〈呪歌〉を歌うと、その時点で消滅している〈蛇〉がすべて〝召還〟される。あの黒い輪は召還過程にある〈蛇〉の身体で、凄《すさ》まじい速度で回転している。周囲に障害物があると輪が崩れてしまって、召還自体が失敗してしまうがね。そして、召還直後の〈蛇〉は黒い輪の運動量をそのまま受け継ぐから、遠心力で外側に吹っ飛んでいく。その方向は予測できない」

「だから、〈ケレスの沼〉でしか召還しちゃいけないの？」

「それもひとつの理由だが、それだけじゃない。召還直後の〈蛇〉は理性を持たず、本能のままに人を喰らおうと暴れる。逃げ出した〈蛇〉が人間に捕まれば、我々の存在が明るみに出てしまうだろう。それは一族の存続を揺るがすほどに危険なことだ。万が一の事態に備えて、〈呪歌〉の詠唱自体も制限されている。涼月館《りょうげつかん》の〈ケレスの沼〉以外で歌いたいときは、壱ノの許可を得ることだ」

涼月館。一族が建てた館。私が死んだ場所であり、私が生まれた場所。

「前から気になってたんだけど、どうして『涼月』なの？」

「さあ、私は知らないな。命名者の壱ノに訊くといい」

「……やめておく。あの人、怖いから」

弐ノは金歯を見せて豪快に笑った。

「おまえが壱ノを恐れるとは滑稽だな。それなら明日の授業では、かの国の暦を取り上げることにしよう」

恩師。私にとって弐ノとはそういう存在だ。

五十年前、塵から蘇った私は、一年近く弐ノのもとに身を寄せた。〈蛇〉としての基本的な教養はすべて弐ノから学んだ。〈蛇〉の生死にまつわるルールもそのひとつだ。

〈蛇〉が死ぬ条件はふたつある。

ひとつは、生きた人間の肉体を一日以上離れること。

もうひとつは満月の夜、〈蛇の長〉の歌う〈呪歌〉を聴かないこと。

〈蛇の長〉とは、最年長の〈蛇〉――現時点では壱ノのことを指す。他の四匹が〈呪歌〉を歌うと塵に還った同胞が蘇るのに対し、〈蛇の長〉の〈呪歌〉にはさらに特別な力がある。

満月の夜、〈蛇の長〉の歌う〈呪歌〉を聴かなかった〈蛇〉は、夜明けとともに消滅してしまうのだ。

ここで言う「満月の夜」とは満月が昇ってから沈むまで、「夜明け」とは月の入りの瞬間と定義されている。〈蛇の長〉の現在地における月の運行が基準だ。このルールがあるせいで、私たちは月に一度、〈満月の集い〉と称して集まり、壱ノの〈呪歌〉を聴かなくてはならない。

どうしてこんなルールが決められているんだろう、と不思議に思い、理由を弐ノに訊いたことがある。弐ノはこう答えた。

「相互監視を促し、一族のシステムを正常に保つためだ」

「誰が誰を監視するの？」

「〈蛇の長〉は、同胞たちが一族のルールを逸脱していないかを監視する。一方、他の〈蛇〉は、〈蛇の長〉が君主として正しく振る舞っているかを監視する。民主主義ではよく見られる構図だな。〈主〉は相互監視こそがシステムを長く維持するのに最適だと知っていたんだろう」

「〈蛇の長〉は〈満月の集い〉を開かないことでメンバーを一新できる、っていうのはわかるけど、だとしたら他の〈蛇〉たちは誰も〈蛇の長〉に逆らえない。監視が成り立たなくなるよ」

「そのときは革命だ。〈蛇〉が団結すれば〈蛇の長〉を倒せる。不適格な君主の首が飛び、新しい君主が〈長〉の座に就くというわけだ」

「でも、壱ノは一度も死んだことがないんでしょう。今まで革命なんて起こらなかったってことじゃないの？」

弐ノは意味深な笑みを浮かべた。

「そうだ。だが、これから先に何が起こるか、誰にもわかりはしない。壱ノが死に、私が〈蛇の長〉に繰り上がる日が来ないとは言い切れない。だから私は、おまえに歌を教えているんだ。いつかおまえが〈蛇の長〉になるとき、美しい〈呪歌〉が歌えるように」

「どれほど練習しても、衣裳が替わったら意味がないと思うけど」

「魂で歌うんだ。人の喉はいずれ腐るが、肉体ではなく魂を磨けば、滅びない歌声を手に入れられる」

「それでも、塵に還ったらおしまいでしょ」

自我を獲得して間もないころ、私は底なしの虚無に苛《さいな》まれ、鬱屈《うっくつ》とした日々を送っていた。人間を喰らって生き続けることへの罪悪感もかろうじて残っていたが、それよりも〈蛇〉という存在に対する根本的な疑問が大きくなっていた。

私たちは何のために生きているのか。

長い時を生き、死によって何もかも失い、また一から積み上げる。まるで賽《さい》の河原《かわら》で石を積む子供だ。そんな生を強《し》いられるくらいなら、私は誕生したくなかった。

教え子に真摯な目を向けながら、弐ノは言った。

「滅びはしないと私は思う。人間は死ぬが、その財は子々孫々相続されてゆく。同じように、私たちが魂に刻んだものは、きっと次の者に引き継がれる。たとえおまえが覚えていなくとも、前の伍ノはおまえに何かを遺しているはずだ。それだけじゃない。その前の伍ノ、さらにその前の伍ノの意志も、失われることなくおまえの中にある。困ったときは過去の声に耳を傾けてみるといい。彼らはきっと答えをくれる」

*

半世紀の時を経て、私は過去の声を必要としなくなっていた。自分の声を信じて行動することを覚えた。それでも、今は〝彼ら〟に頼りたい気分だった。

――〈満月の集い〉の前に、衣裳候補を五人調達してほしい。

昨日、壱ノは私にそう頼んだ。

満月は今週の土曜日。今日は金曜日だ。どう考えても時間に余裕がない。〈財団〉さえ機能していれば、と思わずにはいられない。〈財団〉なら候補の選出から誘拐まで、ピザの出前より迅速にこなしてくれるだろうに。

机に頬杖をついて考え込んでいると、背中を軽く叩かれた。

「どうしたの、ネコちゃん。何考え込んでるの？」

犬見未央は独特の綽名で「猫矢」である私を呼んだ。

「ああ、ちょっと衣裳のことを」

「洋服買いたいんだ。春休みに買いに行く？」

「まあ、そのうちね。ところで、鱗川さんの事件について、何か聞いた？」

先週の殺人事件はこの高校を大いに震撼《しんかん》させた。全校集会が開かれ、マスコミの取材が殺到し、写真部のメンバーにも取材申し込みがあった。私は壱ノの使い走りに忙しかったので、体調不良を理由に断ったが。

「犯人はまだ捕まってないみたいだね。あと疑わしい噂だけど、現場の雪の上に変な模様が残ってたらしいよ。何か細いものを引きずったみたいな」

私が這った跡だろう。よりによってあの日に雪が積もるとは運が悪い。

「ところでネコちゃん、あの日早く帰ったよね。もしかしてあの二人を追いかけたんじゃないかって思ってたんだけど」

「追いかけた？」

「鷹谷が鱗川さんをかばったのを見て、怒ってるみたいだったから」

怒ってなんかないよ、と猫矢らしい仕草で手を振りながら考える。

奇跡的に、警察は事件の唯一の目撃者である私にたどり着いていない。当然、目撃者として自主的に名乗り出るわけもなく、鷹谷のマンションを訪ねたことも隠していたが、もし事実が明るみに出たら面倒なことになる。さっさとこの衣裳を捨てて、前々から目星をつけている中学生に衣裳替えしたいところだが、猫矢の身体を失ってしまえば衣裳候補の調達に支障をきたす。今のところは我慢するしかない。

「犬見さん、今週の土日は暇？」

「暇だけど」

「じゃあ、ちょっと早いけど卒業旅行に行かない？」

「うーん……」と犬見は表情を曇らせる。「鱗川さんの件があるからなぁ。うちの部員が殺されたばかりなのに、呑気《のんき》に卒業旅行に繰り出すのは、ちょっと不謹慎っていうか。あんまり旅行を楽しむ気分でもないし……」

「じゃあ、黒籠郷に行けるって言ったら？」

犬見は驚愕《きょうがく》のあまり硬直している。想像していた通りの反応だ。

「私の親戚の知り合いがあそこに別荘を持ってるの。ずっと廃屋だったんだけど、最近手入れをして綺麗になったから、泊まりがけで見学させてもらえることになったんだ。友達も連れてきていいって言うから、写真部のみんなもどうかなって」

「行く、絶対に、私は」

かくかくと頷《うなず》きながら犬見は倒置法で答える。一人目、と心の中で呟いた。

ホームルームを終えて部室へ行くと、すでに小虎と鯨井、二年生の竜野健《たつのけん》がいた。竜野はウェーブのかかった髪をやたらに伸ばしている物静かな男子だ。

六人の部員のうち五人が集合していた。——鷹谷を除いて。

窓際で望遠レンズを磨いている鯨井にそっと話しかけた。

「鷹谷くんは来てないの？」

「今日は珍しく見てないな」

鱗川の突然の死に、鷹谷が激しいショックを受けていることは想定済みだった。そんなときに卒業旅行に誘えるはずもない。

「やっぱり、鱗川さんのことで落ち込んでるのかな」

「顔がいいくせして女の趣味が悪いんだよな、あいつ。あの宇宙人に関わったせいで入試前に余計なダメージを負うはめになったんだ。受かってりゃいいんだが」

「ですよね」と小虎が会話に入ってきた。「亡くなった人のことをあまり悪くは言いたくないですけど、何であんな人を気に入ったのか全然わかりません。一年生が怖がって逃げ出すほど不気味なんですよ？」

「だが、鷹谷の気持ちもわかる」と手のひらを返す鯨井。「あれほど整った顔は俺も見たことがない。この学校では一番の美人と言っても過言じゃないだろう」

「過言です」

「いいや、最初は俺も惚れかけたからわかる。だが、一緒に時間を過ごしているうちに魔法が解けてくるんだな。表情とか、仕草とか、何もかも見透かすような目とかが不気味に思えてくる。……退部した一年生、ほとんど男子だっただろ？　あいつらもたぶん、最初は鱗川さん目当てだったんだろう」

「魔法が解けて、逃げた？」

「かもな」

この二人は鱗川のために喪《も》に服そうという意志はなさそうだ。竜野はそもそも鱗川との関わりが薄い。一人足りないが、適当に猫矢の友達を呼べばいい。

案の定、勧誘は成功した。鯨井は特に大興奮で犬見とハイタッチを交わしていた。一方、小虎と竜野は喜んでいるのか微妙なところだった。

竜野は前髪をいじりながらぼそぼそと言う。

「廃墟、ですか。僕はあまり建物に興味はないんですけど」

竜野が天文部にも所属していることを思い出して、私はフォローを入れる。

「山の中だから星は綺麗だよ」

「ああ……それはいいですね」

いとも容易く懐柔された竜野に対し、小虎は心なしか眉を寄せて、

「親戚の知り合い、でしたっけ？　私たちを全員泊めて、食事まで用意してくれるなんて太っ腹ですね」

「その人、ものすごくお金持ちだから」

小虎は主催者に感心するというより訝《いぶか》しんでいる。なかなか猜疑心《さいぎしん》が強い。というより、他のメンバーが能天気すぎるだけかもしれないが。

とりあえず、衣裳候補は四人そろった。あと一人は誰にしようと考えたところで、衣裳候補の男女比が気にかかった。〈蛇〉は基本的に男三人、女二人。現時点では男が一人足りないが、猫矢が旅行に誘えるような男友達はいない。

やはり、あの男しかいないか。

そもそも登校していない可能性を考えて、鷹谷にスマートフォンでメッセージを送る。

『今週の土日、写真部のみんなで黒籠郷に行きます。鷹谷くんも来てくれますか？』

送信してからふと気づく。鷹谷は先週、私の告白を断ったばかりだ。顔を合わせるのが気まずくて断られる恐れがある。私が誘うのは逆効果だっただろうか。

少し後悔していると、意外な返事があった。

『今日、二人で会える？』

『大丈夫。私は学校にいるけど、鷹谷くんはどこにいるの？』

『ここに今から来てくれないか？』

添えられていた写真には、鱗川冬子が殺された公園が写っていた。


公園は先週と比べて様変わりしていた。

雪が積もっていないというのもあるし、視点が低くなったせいもあるだろう。普通の男子と比べても高身長だった鱗川に比べると、猫矢はかなり背が低い。

かつての鱗川のルートをなぞるように、公園の入口から小さな広場に向かってまっすぐ歩く。

広場のまわりのベンチに人はいない。鷹谷はまだ来ていないらしい。

突然、背後から砂利を踏みしだく足音が急速に近づいてきた。

私は瞬時に考える。

猫矢の足は遅いし体力もないから、走って逃げるのは無理だ。おまけに筋肉の発達具合は平均の遥か下。正攻法では下級生の女子にも勝てないだろう。

そこで、足音が背中のすぐそこに近づくまで待って、いきなりしゃがみ込んだ。

「おっ」

背中に脚がぶつかる衝撃が走り、どさっ、とグラウンドに誰かが倒れ込んだ。白のダウンジャケットにジーンズを穿いた鷹谷は、身体の砂を払いながら立ち上がる。

「蹴っちゃってごめん、驚かせるつもりはなかったんだ」

ごまかすような笑みを顔に貼りつけている。私は抗議した。

「冗談でも駄目だよこんなこと。よりによって、この公園で――」

「ちょっと考えてたんだ。犯人はどうやって鱗川さんを襲ったんだろうって」

鷹谷はスニーカーの爪先で、地面に人間サイズの円を描いた。

「ニュースによれば、鱗川さんは公園の中央――このあたりで背後から首を一突きされた。彼女の帰宅ルートから考えると、犯人はあっちから公園に入ったんだろう」

鷹谷は私が入ってきたほうの、フェンスに挟まれた出入口を指さした。

「犯人が鱗川さんを尾行していたとしたら、公園で襲ったのは不自然だ。開けた空間だから人を襲うのには向いてないし、むしろ公園までの道中のほうが狭くて襲いやすい。それに、尾行中の犯人は公園が無人であることを十分に確認できないから、犯行に及ぶのはリスクが高い。ここから僕は、犯人がずっと公園を見張っていて、誰もいないと知っていたからこそ、ここで殺害を実行したと考えた。

あの日、鱗川さんはいつもより何時間も遅く下校した。こんな小さな公園で、レインコートを着たまま何時間も突っ立っていれば嫌でも目立つから、犯人が公園の中で待機していたとは考えにくい。つまり、犯人は身を隠しつつ公園全体を監視できる場所にいた」

鷹谷は公園に隣接したアパートを指さした。その玄関は公園の出入口のすぐ横だ。

「あのアパートからは公園がよく見える。きっと犯人はアパートの部屋にいて、レインコートを着て窓の外を窺っていたんだ。鱗川さんの姿を認めると、玄関から飛び出して彼女の後を追い、背後から刺した」

「なら犯人は、あのアパートに住んでる人？」

「かもしれないね」

事実が鷹谷の推理通りとは限らないが、うすら寒い心地になった。単なるストーカーや変質者の手口ではない。これはもっと冷酷で計画的な――

「猫矢さん」鷹谷の声が硬くなる。「先週の金曜日、この公園に来た？」

突然の追及に言葉を失った。声のトーンからして、鷹谷は猫矢が公園を訪れていたことに確信を持っている。やはり、〝あれ〟を見つけたのか。

私は観念して頷いた。

「……うん、来たよ。どうしてわかったの？」

「あの日、猫矢さんが洗面所に行ってるとき、鞄の持ち手にかすれた血がこびりついてるのに気がついた。それでこっそり鞄を開けたら、デジカメがケースにも入れずに放り込まれてた。あの日の君は挙動不審だったし、さすがに何かあると思って画像データを見たんだ。そしたら――」

スマートフォンを操作すると、鷹谷は表示された画像を見せた。デジタルカメラの液晶画面を撮影したもので、元の画像は粗く劣化していた。

白い背景の中心に、手折《たお》られた黒い花のようなものが落ちている。

それは倒れた少女だった。

雪の上に力なく広がっているのは制服のスカート。周囲に散った鮮やかな赤。奥のほうには白いレインコートを着た人影がいて、こちらに背を向けて走り去ろうとしていた。その手には鈍く光を反射するナイフがある。

「最初写真を見たときは、誰が倒れているのかわからなかった。次の日にニュースで事件を知って、君の写真の撮影日時が、事件発生時とぴったり一致してることに気がついた。本当に驚いたよ。そして、不思議に思った。これだけの決定的瞬間を捉えておきながら、なぜ猫矢さんは警察に届け出ないんだろうって」

猫矢が撮った写真を消しておくべきだと気づいたのは、顔を洗い終えた後だった。鷹谷に写真を見られた可能性はあるが、事件のことを正直に明かせば、写真を警察に提出しなければならなくなる。そんなことは絶対にできない。

写真には、猫矢へ襲いかかる私――〈五番目の蛇〉の姿も写っていたのだから。フレームの端に見切れた黒光りする身体、そして雪の上の蛇行跡。こんな代物を公的機関に差し出したりすれば、私は同胞の手によって処刑されるだろう。

鷹谷はスマートフォンを懐に仕舞って、

「最初は、猫矢さんが殺人犯なんじゃないかと考えた。でも、それでは犯人の姿を外から撮影することはできない。手ぶれがひどいから、タイマー機能じゃなくて撮影者が自らシャッターを切ったはずだ。――そこで、別の考えに思い至った。犯行が発覚したのは女性の悲鳴がきっかけだった。誰の声だったのかは判明してないけど、少なくとも喉を潰された鱗川さんじゃない。おそらく、声の正体は猫矢さんだったんだ」

だけど、その考えも納得しがたい、と鷹谷は言った。

「事件に驚いて叫び声を上げて写真を撮るまではいい。でもその後、どうして血が猫矢さんの口に付着する？　確かに、鱗川さんに駆け寄って抱き起こしたりしたら手に血はつく。手を経由して口にも移るだろうけど、だとしたら手の血のほうが多いはずだ。だけど、猫矢さんの手はほとんど汚れていなくて、指先に少量の血がついているだけだった。すると、こう考えられる――血はまず猫矢さんの口について、それから手に移った」

「何で口に血がつくの？　吸血鬼？」

冗談のつもりで口にした言葉に、鷹谷は生真面目な態度で応じる。

「すぐにそう断言するわけにはいかない。鱗川さんに人工呼吸を施した、という可能性があるけど、発見時に鱗川さんは俯《うつぶ》せに倒れていたからこれは違う。それに、誰かが血を吸った痕があればもっと大騒ぎになるから、吸血鬼説も却下」

「……何でそこまで回りくどく考えるの？」

私は半ば呆れていた。常識外れな人間だと前から思っていたが、ここまでとは。

「もっと単純に考えてよ。私の口の血は鱗川さんのものじゃない。ショックで気絶したときに何かにぶつかって口の中を切っただけ。あと、事件の写真を提出しなかったのは、単純に警察の取り調べを受けるのが怖かったから。あと正直言って、鱗川さんのことなんてどうでもいいし」

このあたりが妥当な落としどころだ。危険な詮索はそろそろ打ち切ってほしい。写真を見られた以上、どのみち〈蛇〉の衣裳にするのは決まっているのだが、もし鷹谷が予想外の行動に出たら、その前に口封じしなければならなくなる。

鷹谷を殺すことに抵抗はない。しかし、〈蛇〉の秘密を守るためだけに殺す――そんな意味のない死を与えるのは嫌だった。特定の人間にこんな感情を抱くのは初めてだ。

もしかしたら私はまだ、猫矢の影響下にあるのかもしれない。

「ところで、今度の黒籠郷行きのことなんだけど、鷹谷くんは――」

「猫矢さん、どうして僕の家を知ってたの？」

虚を衝かれて思考が止まる。

「僕のマンションは高校の近辺からかなり離れてるから、住所を知ってる同級生はそんなにいない。写真部員はほぼ全員知らないはずだ――鱗川さんを除いて」

高一の十二月のことだった。年賀状を送るから住所を教えて、と鷹谷にしつこくせがまれたので渋々教えたところ、彼は自分の住所をメモした紙を押しつけてきた。偶然記憶していたその住所を頼りに、錯乱状態の私は鷹谷に会いに行ったのだ。

だが、鷹谷の勘がどれほど優れていようと、私が鱗川本人とは思わないだろう。

「鷹谷くんの住所は、鱗川さんに訊いたの」

「君が、鱗川さんに？　あり得ないよ。君は彼女とまともに話したことはないはずだ」

「何でそう言い切れるの？」

「誰よりも鱗川さんのことを見てきた自信があるからだよ」

恥ずかしげもなく、鷹谷はそんな台詞《せりふ》を口にした。

「あの写真を見たとき、突拍子もない考えが頭に浮かんだんだ。フレームの端に写り込んだ黒いもの――血に汚れた何かの生き物の一部が、倒れた鱗川さんから撮影者のほうへ這い寄っているように見えた。それが猫矢さんの中に入ったとしたらどうかな？　同時に、鱗川さんの魂というか、人格のようなものが猫矢さんに引き継がれたとしたら」

「鷹谷くん、大丈夫？　さっきから言ってることがおかしいよ」

「すべての合理的な可能性を除いて最後に残ったものは、どんなに非現実的でも真実でしかないんだ。自分の撮った写真を隠蔽《いんぺい》しようとしたのも、口のまわりが血で汚れていたのも、事件の後から瞬《まばた》きが減ったのも、人格の移動で説明がつく」

「……瞬き？」

「鱗川さんが不気味だとみんなが言うのは、瞬きの頻度が極端に少ないせいだと思う。先週、僕の家で会ったときも、ここで話をしているときも、君はほとんど瞬きをしてなかった」

鷹谷は地面に視線を落とした。土の上のサークルに向かって呟く。

「鱗川さん、何で一度も年賀状を送ってくれなかったの？」

死者に語りかけるように。私に話しかけるように。

「――面倒くさかったから」

鷹谷は視線を上げて、私の顔を見た。

「あと、白い葉書にびっしり文字を書いて送ってくるのはやめて。気持ち悪いから」

「鱗川さん……」

「私は鱗川冬子じゃないし猫矢秋果でもないけど、今まで通り猫矢と呼んで。そして、このことは誰にも秘密。他言したらあなたは殺される。いや――」

より正確に言い換える。

「私が殺す。わかった？」

「ああ、うん」いまだ混乱した面持ちで鷹谷は頷いた。「それはわかったけど、つまり君は何？どういう存在なの？」

「私は〈五番目の蛇〉。今は伍ノと呼ばれてる。説明は後でするから――」

猫矢の記憶に意識を引っ張られて、つい一族の秘密を洩《も》らしたわけではない。先程の言動から、鷹谷には大きな利用価値があると判断していた。

「鷹谷、あなたに頼みたいことがある」

「何？」

「一緒に、黒籠郷に来てほしい」

鷹谷は私の正体を見破ることができた。人間の中に紛れ込んだ怪物を。

ならば、怪物の中に紛れ込んだ人間を突き止めることもできるのではないか。

「私たち一族の問題を解決するために、あなたの力を貸してほしいの」

しばしの沈黙の後、鷹谷は訊いてきた。

「よくわからないけど、鱗川さんは――君の前の身体はどうして殺されたの？」

「私にもわからない。確かなのは、何者かが私たち一族を狙っているということよ。鷹谷にはその犯人を捜し出してほしい」

「それなら好都合だ。僕も個人的に犯人を追ってたからね」

「鱗川の仇《かたき》を取るために？」

「うん」

鷹谷はポケットから何かを取り出した。折り畳み式の小型ナイフだ。

「人間じゃない何かが関わってると気づいたときから、危険は覚悟してたよ。それでも鱗川さんを殺した犯人が許せなかった」

「鱗川冬子を殺したのは、私よ。六年前に私が衣裳替えしたとき、彼女は死んだ」

「ああ、そうとも言えるのか」

でもね、と続けながら鷹谷はナイフをポケットに仕舞う。

「僕にとっての鱗川さんの定義は、今、目の前にいる君のことなんだ」


翌日のニュースによると、警察は鱗川冬子殺しの犯人を特定した。鷹谷の推測通り、犯人は公園に面したアパートの一階の住人で、三十代の自称会社員の男。部屋からは犯行に用いたと思しきサバイバルナイフの包装が見つかった。

男は事件の数日前にアパートに引っ越してきたのだが、事件後は行方不明になっている。勤めていた会社は架空のもので、住民票も偽造されていた。

用意周到な立ち回りと、執拗《しつよう》な証拠隠滅――

どうしても、〈財団〉の影がちらつく。

実行犯の男は永遠に見つからないだろう。おそらく男は〈財団〉の放った刺客だ。もし一族を襲った者が〈財団〉を掌握しているなら、こちらには到底勝ち目などない。いずれ自らの手で肥え太らせた怪物に叩き潰されて、私たちはあっけなく滅びるのだ。

死にたくない、と切実に思う。

それぞれ嗜好の異なる私たちだが、〝生〟への執着はきっと共通だ。

二章

荒れた山道がつづら折りに続いている。

両脇にひしめく常緑樹の枝が道路に張り出して、時折フロントガラスを叩いた。道路の舗装はひび割れて波打ち、タイヤを不規則に撥《は》ね上げる。

「完全な廃道だな」

鯨井は愛用の一眼レフを構え、窓に張りついてシャッターチャンスを窺っている。

「黒籠郷の歴史からして、この道はざっと三十年くらい放置されてるはずだ」

「そういえば入口にフェンスがあったね」と犬見。「この先私有地につき立ち入り禁止、って。この道自体が私道なのかな」

壱ノが運転するバンには私、鷹谷、犬見、鯨井の三年生四人が乗っていた。

犬見と鯨井は間断なく喋り続けているが、私の隣にいる鷹谷は山道に酔ったのか、ぐったりとシートに身を預けている。私は代わり映えのしない風景に飽きて、持参した文庫本を広げていた。

「あっ、見えてきた」

犬見の言葉に窓の外へ目をやると、木々の合間から谷の全容が見下ろせた。

渓谷の向こう側の斜面に、複数の建造物が並んでいる。木造の温泉旅館から鉄筋コンクリート製のホテルまでバラエティ豊かだ。

しかし、どれも人の営みは感じられない。窓ガラスは割れ、塗装は剥がれ、灰色の森に埋もれて静かに朽ちている。

猫矢の記憶の中にある、黒籠郷についての鯨井の講義が蘇る。

――黒籠温泉郷は、高度経済成長期に開発された温泉地だ。山奥の渓谷に位置しているとあって、開発には多額のコストを要したが、当時の温泉ブームに乗っかって大繁盛した。温泉街は拡大し、黒籠郷の主要産業となった。

ところが今から三十数年前、この一帯を地震が襲った。大した規模ではなかったんだが、地下水源に影響したらしく、源泉が涸《か》れ始めた。その上、バブルが崩壊して多くの旅館やホテルが廃業、最終的に温泉街全体がゴーストタウンになってしまった。売却された土地の多くはどこかの団体が買い上げたらしいが、再開発の話はさっぱり聞かないな――

バンは谷間に渡された唯一の橋に差しかかる。在りし日は鮮やかな朱色が川面《かわも》に映えて、渓谷の風景を彩っていた鉄橋。今は赤黒く錆《さ》びついて、焼け死んだ巨大生物の骨格といった佇《たたず》まいだ。

橋が終わると道は右手に折れ、廃墟の立ち並ぶ温泉街のメインストリートを抜けた後、斜面をジグザグに上がっていく細い山道に入る。

やがて前方に、斜面から渓谷に張り出したスペースと、赤い煉瓦《れんが》造りの洋館が見えてきた。崖に沿って建てられた建物は細長く、壁面は緩やかに波打っている。上空から俯瞰《ふかん》すれば、丸みを帯びた「W」の中央を膨らませたようにも、卵を呑み込んだ蛇が身をくねらせているようにも見えるだろう。館は基本的に二階建てで、「卵」の部分の中央には太い煙突がそびえ立っている。

バンは洋館の山側に設けられた駐車場に停まり、私たちは石畳の上に降り立った。続いて、運転席と隣に停まった同車種のバンからは、小虎と竜野の二年生ペアが姿を現した。助手席から参ノと肆ノが降りてくる。

「参子《さんこ》」と参ノを手招きする壱ノ。「荷物を二階に運べ。私は彼らを案内する」

参ノはハイヒールを鳴らして歩み寄ると、眉間に皺《しわ》を寄せながら鍵を受け取った。小振りのハンドバッグを手に提げている。準備する時間がなかったのか、参ノの荷物はそれだけだった。

「……後で説明してくださるんでしょうか？　お父さん」

「もちろんだ。参子よ」

ここでは壱ノは「壱郎《いちろう》」、参ノは「参子」、肆ノは「肆郎《しろう》」という偽名を使うことになっている。壱郎は参子と肆郎の父親という設定だ。演技が恐ろしく不自然なのは、参ノと肆ノが今朝まで黒籠郷行きを知らされていなかったからだ。

九人は各々バンから荷物を下ろして、ポーチへ向かう小道を歩いていく。

「思ったより立派な建物だねー。別荘っていうよりホテルみたい」

犬見がそんな感想を洩らすと、壱ノはキャリーケースを転がしながら応じた。

「この建物は元々、大事な客をもてなす迎賓館として使われていた。所有者が代わると、会議やパーティーのために貸し出されるようになった。そして今は、長尾《ながお》家の別荘というわけだ」

カシャ、とシャッターを切る音に振り向くと、鯨井が洋館にカメラを向けていた。

「なかなか珍しい構造だ。窓が小さいせいか監獄みたいに見えるな」

鯨井の指摘は当たらずとも遠からずというところだった。

ポーチの短い階段を上がると、正面に金属製のドアがある。その上の壁に埋め込まれた幅一メートルほどの金属プレートには、館の名前が力強い毛筆体で刻まれていた。

〝涼月館〟

煉瓦造りの洋館にはそぐわないが、設計者の趣味なので仕方がない。三十年前に来たときとプレートのデザインが微妙に違っていて、周辺の煉瓦も新しく貼り直されていた。私たちがこの地を去った今もなお、定期的な改修が続いているのだろうか。

壱ノがドアを押し開けると、だだっ広い空間が目の前に広がった。

玄関ホールは吹き抜けになっていて、一本の太い柱が床と天井を貫いている。その柱を左右から取り巻くようにふたつの階段が二階へと続く。

「この柱って屋根の煙突に繋がってるんですか？」小虎が壱ノに訊いている。

「ああ。近年はセントラルヒーティングと呼ばれるものだ。冬場はこの中で火を熾《おこ》し、その熱を館中に行き渡らせて暖房にする」

　柱の裏手に回ったところには、中央に大浴場、左手に小浴場の入口がある。

　壱ノは右手にある広い部屋を示した。

「ここは食堂だ。夕食と朝食の際はここに集まってほしい」

　食堂には十数人がゆうに座れる長テーブルが並んでいて、その奥に広い窓があった。

「何これ、凄い！　落っこちそう」

　犬見はガラス窓に頬をつけて感嘆の声を上げる。

　この館は崖から張り出すように建設されているので、渓谷のパノラマを眼下に望むことができる。この絶景は客を呼び寄せる恰好《かっこう》の餌でもあった。

　私も窓辺に近づく。真下には温泉街の残骸が広がり、五十メートルほどの橋を挟んだ対岸も見渡せる。

「君たちには東棟の客室を使ってもらう。これから案内しよう」

　この館の西棟と東棟の一階には、緩やかにカーブした廊下に沿って、それぞれ十の客室が並んでいるが、節約のためか西棟のベッドはメイキングされていないらしい。男子と女子は離したほうがいいと小虎が主張したので、東棟の1号室から3号室までを竜野、鯨井、鷹谷。そして8号室から10号室までを小虎、犬見、私が使うことになった。私以外の〈蛇《セルペンス》〉は二階の部屋を使うらしく、高校生たちの部屋を確認してから階段を上がった。

　私も二階に泊まりたかったが、あくまで今の私は高校三年の猫矢秋果である。一人だけ特別扱いでは怪しまれる恐れがあるし、高校生たちの監視も仕事のうちだった。

そういうわけで、女子三人は私の10号室にいる。

「いい別荘だねー。ちょっと古いけど、景色いいし、部屋もまあまあ広いし」

犬見は勝手にセミダブルベッドの上でごろごろ転がっている。私もベッドの端に腰を下ろした。シーツは下ろしたてのように真新しく清潔だった。

「夜になったらみんなで蛇牢《へびろう》やろうよ。雰囲気たっぷりだしさ」

「いいね。六人くらいなら入れそう」

そこで、黙ってドアの近くに立っていた小虎が口を開いた。

「この建物、おかしくないですか？」

「確かに面白いよねえ」犬見は呑気に言う。「形がぐねぐねしてるし」

「そういう意味じゃありません。この館は怪しいというか異常なんです。この部屋だけでも不審な点がいっぱいありますよ」

小虎は南側の窓を指さした。渓谷を望む大きな窓には鉄格子が嵌まっている。

「せっかく眺めがいいのに、こんなに太い鉄格子があったら台無しじゃないですか。あと、鏡が多すぎます。この客室だけで六枚もある。トイレと浴場は別にあるのに」

ほうほう、と面白がるように犬見は相槌《あいづち》を打つ。

「トラコちゃんは、そこから何を推測する？」

小虎は少し言葉を溜めて、

「この館はかつて、売春宿だったんです」

と、ぴしりと王手を打つような厳《おごそ》かさで告げた。ああそうなんだ、と私が思わず納得してしまいそうなほど、堂々たる態度だ。

「こんな山奥の温泉街の、さらに山の上にこれだけ立派な建物を作るからには、それなりの理由があったはずです。窓に鉄格子を嵌めるくらいですから、渓谷の絶景のためじゃない。この館を世間から隠すためです。この館で後ろめたい商売を始めるつもりだったから」

「それが、売春？」

「あるいはラブホテルかもしれませんけど、どちらにせよ富裕層を相手にしたものです。でも、そんな単純な話では終わりません。この鏡はマジックミラーで、壁の向こうから部屋の中を覗けるようになってるんです。政治家とか社長とか、そういう大物にハニートラップを仕掛けたり、盗撮して強請《ゆす》ったり、情報を売ったりするための罠でもあるんですよ。ひょっとしたら、暗殺にも使われたかもしれない」

「暗殺！」

「あの鉄格子はきっと、ターゲットの逃走を防ぐためのものなんです。ターゲットが行為にふけっていると、突然ドアが――」

がらり、とドアが開いた。

自分の話す物語に没入していたのか、「ひっ」と小虎の肩が跳ね上がった。

「ああ、ここにいたんだ」

戸口に立っているのは鷹谷だった。小虎が抗議の声を上げる。

「先輩、女子の部屋にノックもせず入るんですか」

「ノックはしたよ。しばらく待っても反応がないから開けたんだ」

「何も聞こえませんでしたよ」

すると鷹谷は小虎を手招きし、廊下に連れ出してからドアをスライドさせて閉めた。客室のドアは洋館には珍しく引き戸である。しばらくして、鷹谷は部屋に入ってきてこう尋ねた。

「猫矢さん、犬見さん、ノックは聞こえた？」

犬見は首を横に振った。私には聞こえていたが、倣《なら》って首を振る。〈蛇〉は自然界の蛇と同じく聴力が弱いのだが、地面を伝わる振動には敏感なので、ノックに伴う床の微妙な揺れを感じることができた。

「学校とかの引き戸より重くて分厚いから、このドアは防音仕様なんだと思う」

鷹谷の言葉にはっと顔を上げて、小虎は私と犬見を交互に見た。

「やっぱりここはあれだったんですよ。防音に気を遣ってるってことは」

すると鷹谷は怪訝《けげん》そうな顔をした。「あれって何？」

「……ラブホテルです」

急に恥ずかしくなったのか、小虎は消え入るような声で言った。それでもうつむき気味に自説を語ると、鷹谷は鷹揚な笑みを見せた。

「面白い考えだけど、たぶん違うよ。この館が眺めのよさを最優先してるっていうのは本当だ。

窓が大きくて低い位置にあるからこそ、落下を防ぐ鉄格子が必要になる。鏡が多いのは窓からの光を室内に取り入れるため。昔の洋館にはよくある仕組みだよ。あと、高級ホテルはたいてい防音だから、ここが富裕層のための宿泊施設なら、ドアが防音なのも別に不思議な話じゃない」

「だとしても、鏡が盗撮に使われてないなんて証明できないじゃないですか」

　すると、鷹谷は手近な鏡を指で叩いてみせた。こんこん、と低く籠った音が響く。

「壁の向こう側に空洞はなさそうだ。壁の厚さからしても、隠し部屋やカメラを収める余地はないと思うね」

　なーんだ、と犬見はベッドの上で伸びをした。

「何人か死んでたら面白かったのになー。一度でいいから事故物件に泊まってみたいと思ってたんだ」

　先輩の発言にぎこちない笑みを浮かべつつ、小虎が応じた。

「まあ、人里離れた館だし、いかにも殺人事件が起こりそうな風情ですけど」

「あ、その線があったか。ここ、人が死んだような雰囲気があるんだよね」

　犬見はよく廃墟を訪問しているが、それと同じくらい心霊スポットにも足を運んでいる。だからこそ、この館に染みついたものを敏感に嗅ぎとったのかもしれない。

　一方、小虎はミステリ小説が大好物で、たまに探偵じみた言動を見せるが、〝名〟のつく探偵からはほど遠かった。それなりの能力が伴わなければ、探偵など面倒な詮索魔でしかない。とはいえ、無害なのは確かだった。

一族にとっての脅威は、どちらかというと犬見のほうだろう。私が胸のうちで結論を下したとき、犬見はぼそりと洩らした。

「事故物件っていうか、ここまで来ると処刑場だね」


手作りのサンドイッチで簡単な昼食を済ませ、写真部一行はバンで温泉街へと出発した。ハンドルを握るのは保護者として同行した参ノだ。

「危ない場所には入らないこと。温泉街を出ないこと。時間までに戻ってくること。このルールさえ守ってくれればあとは何をしたって構わないわ。温泉街の中心で降ろすから、五時までには同じ地点に集合して。わかった？」

参ノは高校生のお守《も》りを明らかに面倒くさがっていた。

「了解です！」参ノとは逆に、鯨井はいつもよりテンションが高い。「ところで参子さん、お願いがあるんですが、あとで被写体になってもらえませんか」

「私を写真に撮るってこと？」

「そうですそうです。きっと絵になると思うんで、お願いします」

きも、という小虎の呟きは鯨井の耳には届かなかっただろう。

バンは鉄橋から続くメインストリートの中ほどで停まった。ばらばらに行動するのは危険なので、男女のグループに分かれて行動しようと犬見が提案したところで、私は手を挙げる。

「私も参子さんの撮影に参加したいから、男子グループでいい？」

若い男女を主食とする色魔から衣裳候補を守るには、私が盾になるしかない。こちらの思惑を読んだのか、参ノは小さく舌打ちした。

するど、竜野がうつむきがちに手を挙げる。

「女子グループに入りたいんですけど。人物写真にはあまり興味がないので」

結局、私は鷹谷と鯨井、参ノとともに廃墟探索を行うことになった。

先導するのはやはり鯨井だ。短い首をひねって周囲を見渡しながら、太めの身体を揺すって機敏に動き回る。フィールドワークに慣れている者の身のこなしだ。

崩れた瓦礫《がれき》で足場の悪い一帯に差しかかり、鷹谷が心配そうに参ノを振り返った。

「参子さん、その靴で大丈夫ですか？」

「お気遣いありがとう。慣れてるから平気よ」

秋果ちゃん、と参ノは意味深な笑みを私に向けた。

「もし大人になったら、ハイヒールが似合う女になりなさい」

「変なことを言いますね。誰だっていつかは大人になりますよ」

「どうかしらね」

小さく肩を竦《すく》め、スリムな黒のハイヒールで軽々と瓦礫を越えていく。

廃墟群のあいだをごうごうと風が駆け抜けて、割れたガラス窓や色褪せた看板を小刻みに震わせた。街は風に少しずつ削り取られていく。しまいには河原の石のように小さくなって消え失せるに違いない。

ホテルだったらしい建物の割れた自動ドアから中に入った。埃だらけの階段を上がって屋上に出たところで、鯨井はリュックサックから平たくて黒い袋を取り出した。袋のジッパーには南京錠がかけられている。鍵を使ってジッパーを開けると、プロペラが四つある黒い機体が現れた。

鷹谷は感嘆の声を上げる。

「ドローン持ってきたんだ。大きいな」

「こいつは俺が持ってるやつの中でも一番でかいサイズだ。大きいほど風に強くて墜落しにくい。写真部としては邪道かもしれんが、まずは廃墟の全景を撮りたいからな」

鯨井はドローンを地面に置き、コントローラーを操作した。

プロペラが回転を始め、蜂の羽音のような甲高い音を立てる。やがてふわりと機体が浮いて、空に向かって急上昇する。

コントローラーにはタブレット端末が設置されていて、ドローンの小型カメラから転送された映像が流れていた。私と鷹谷は横からタブレットを覗き込む。今のところは森と空しか見えない。

「ドローンの優れてる点は、何といっても人間には撮れない画《え》が撮れることだ。軍艦島の撮影でも頻繁に使われたように、廃墟とドローンは相性がいい。人が足を踏み入れられないエリアでは、ドローンだけが観察者であり、撮影者なんだ」

「墜落したりしないのか？」

「させるもんか。あれ一台でレンズが何本買えると思ってるんだ」

上空を飛び回るものを見つめていると、なぜか胸の奥から敵意が滲《にじ》み出してくるのを感じた。

ふと参ノを見ると、私と同じく眉を顰《ひそ》めて空を睨《にら》んでいる。

「参ノ、目つき」近くに寄ってこっそり耳打ちする。

「あら、いけない。つい本能的に」

なるほど本能か、と私は納得する。空を舞うものは、蛇の天敵だ。


「もう少し、上を向いてください」

ドーム状の屋根のある野外ホールのステージ。その中央で参ノは体育座りをしている。指示された通り、軽く顎を上げて虚空を見据える。ひび割れた天井から差し込んだ光が、スポットライトのように参ノを照らして、鼻梁《びりょう》と頬骨にくっきりとした影を落とす。

きっと絵になる、と鯨井が評したのは正しかった。精神性はともかく、美を追求することに関して彼女の右に出る者はいない。その姿勢ひとつ、仕草ひとつが数世紀にも及ぶ研鑽《けんさん》の末に編み出されたものなのだから。

「おお、いい感じですよ」

段になった観客席を行ったり来たりしながら、鯨井はステージ上の参ノに向かって何度もシャッターを切った。

一方、私と鷹谷は付き合い程度に撮った後、カメラを持つこともなく後方の席にただ座っている。それでも鷹谷は天井を観察したり、遠くを眺めたりして落ち着きがない。

「不思議だね。こんなに大きくて立派な街に誰も住んでないなんて」

「立派でも何でもない。山奥に資本とコンクリートを流し込んだだけの粗末な代物だし、放っておいたらこんなに醜く崩れるんだから。そもそもこの開発には無理があった。たぶん、〈財団《アルカ》〉が裏から手を回してたんだろうけど」

「ここでこんなこと話して大丈夫？」

「大丈夫だと思う。向こうの声が聞こえないから」

ステージの参ノは鯨井と何やら言葉を交わしている様子だが、その内容までは聞き取れない。ただ、「いいですね、解像度高いですよ」と鯨井の上気した声ははっきりと聞こえた。どういう称賛なのか。

声を低めて鷹谷は訊いた。

「参ノさんと肆ノさんは、今回の小旅行について何か知ってるの？」

「今朝、いきなり連れてこられたから知らないと思う。抜き打ちじゃないと意味がないし。本当の目的を知ってるのは壱ノと私だけ」

「そして僕か。本当に教えてよかったの？」

いいわけがない。完全に一族の〈掟《レクス》〉を破る行為だ。

それでも鷹谷に頼るほかなかった。事件を客観的に捉えられる外部の目、問題解決に適した頭脳、そして私に絶対的な忠誠を捧げるこの男に。

「必要だと判断したから全部教えたの。鷹谷は犯人を突き止めることに集中して。代わりに、私は鷹谷が殺されないように取り計らう。わかった？」

「頼むよ。僕もできれば死にたくないからね」

〈蛇〉は衣裳の記憶を引き継ぐので、他の〈蛇〉が鷹谷に衣裳替えすれば、私の〈掟〉破りが露見する。私が鷹谷に衣裳替えすればすべて丸く収まるのだが、そうすれば彼の知性は、私の中の大量の記憶で薄まって、犯人を突き止めることができなくなる。

鷹谷が真相にたどり着くまでは、彼を全力で守らなくてはならない。

「君は醜いって言ったけど、僕は綺麗だと思うよ」

唐突に言って、鷹谷は首《こうべ》を回《めぐ》らした。野外ホールの横にある白塗りのホテルは、厚化粧をした老女のようにひび割れている。私はかぶりを振った。

「あんなものに価値なんてない」

「価値は一人ひとりが決めるものだよ。僕は時間の経過がもたらす美しさも存在すると思う。崩れたもの、壊れたもの、老いたものにも価値は見出《みいだ》せる。――あ、だからって僕が熟女好きってわけじゃないよ」

要らぬ弁解をする鷹谷をよそに、私はハイヒールのことを考えていた。

老いることに価値を見出せない私が、ハイヒールの似合う大人になることは未来永劫ないのだろう。しかし、それはそれで選択可能な生き方のひとつであるはずだ。

視線を上にずらすと、壊れた屋根のあいだから断崖の上の館が見えた。あの場所で生を受けてから五十年、私は一歩も前に進んでいないが、あえて進む理由もない。

「わ、やってるやってる」

背後から上機嫌の犬見が現れると、続いて小虎と竜野が階段を下りてきた。二人とも疲労を顔に滲ませている。

「二人ともどうしたの？」

「トラコちゃんったら元剣道部のくせして貧弱なんだよ」と小虎の首に腕を回してぐらぐらと揺さぶる。「竜野くんも屋上まで一往復しただけでへばっちゃうし」

「機材が重いんです」竜野は弁解する。

「だったらその馬鹿でかい望遠レンズと三脚を持ってこなきゃいいのに」

竜野は三脚を収めているらしい黒いバッグを背負い、肩から弁当箱くらいのレンズケースを提げていた。首から吊るした無骨な一眼レフカメラも重そうだ。

犬見の発言に、竜野は珍しくむっとしたように眉を寄せた。

「最高の機材を用意するのは、写真部員として当然です。あと知ってると思いますけど、レンズセットはかなり高価なんですよ。その辺に置いておくのは気が進みません」

「別荘に置いとけばいいじゃん」

「だってあの部屋、鍵がかかりませんし……」

竜野はちらりと私を見て、申し訳なさそうに口をつぐんだ。おそらく、あの一家が信用できないと言いたかったのだろうが、一家と繋がりのある私の前で口にするのは憚《はばか》られたらしい。スムーズに本音を引き出したいので、私は助け船を出した。

「別に気にしないで。私とはあまり交流のない人たちだから」

「そりゃそうだね」鷹谷は軽口を叩く。「親戚の知り合いなんて、四捨五入したら他人だ。竜野が胡散臭く思うのもわかる。見たところ変な家族だからね」

裏切ったのかと一瞬思ったが、鷹谷は私に弁解の場を設けてくれたのだと気づいた。長尾家の不自然さをうまく糊塗《こと》するために。

「……確かに、長尾家はちょっと特殊なのかも。壱郎さんは資産家だけど偏屈で、家の中では君主みたいに振る舞ってきたんだって」

「だから子供たちは、父親に敬語を使うんだ」

「うん。それに、参子さんと肆郎さんのあいだには確執があって――」

私がドラマを参考に創作した設定をつらつらと述べると、

「ははあ、昼ドラだね」

と、鷹谷は総括した。

犬見にヘッドロックを決められた小虎がうずうずと何か言いたげにしている。偽りのストーリーに疑念を呈するのではと身構えていると、予想外の攻撃があった。

「鷹谷先輩って、前はそんなに猫矢先輩と喋ってましたっけ？」

「長尾家じゃあるまいし、部員どうしで会話するのは当たり前だよ」

「いいえ、やっぱりおかしいです。あたしも二年間部員なのでわかるんですけど、先輩たちって二人でまともに会話したことなかったですよね」

小虎の言う通り、シャイで奥手な猫矢は三年間、鷹谷とまともに喋ったことがない。正確には、鷹谷から話しかけられると緊張のあまりしどろもどろな言葉しか発せないので、会話が成立しないのだ。度重なる失敗の末、鷹谷も話しかけるのを遠慮するようになっていた。

小虎は毅然《きぜん》とした表情で鷹谷の顔を見上げると、

「あの、先輩たちって――」

そこで、どかどかと重い足音とともに胴間声《どうまごえ》が割り込んでくる。

「何だ、おまえらも来てたのか。収穫はあったか？」

鯨井は上着を脱いでTシャツ一枚になっていた。首にかけた白いタオルが「親方」とでも形容すべき風格を漂わせている。

「服を着なよ。見てるこっちが寒々しい」と鷹谷は渋面を作る。

「俺は写真部員の本分を果たすべく動き回ってたんだ。ぼーっと椅子に座ってる誰かさんたちと違ってな」

そこで犬見が、一同の顔を見回して提案する。

「全員そろったことだし、記念写真撮ろうよ」

私たちは野外ホールのステージに横並びになった。参ノも渋々写ることを了承したようで、仏頂面をして私の横に立った。鯨井は竜野から取り上げた三脚にデジタルカメラを固定し、タイマーを使ってシャッターを切った。立て続けに三回、フラッシュが光る。

撮影が終わり、写真を確認していた鯨井は突然吹き出した。

「おい竜野、三回も撮ったのに全部半目ってどういうことだ」

「すみません、タイミングがわからなくて」

人間は注意しなければ自然に瞬きしてしまう。一方、〈蛇〉は注意しなければ瞬きすることを忘れてしまう。もっと早く瞬きのことを知っていたら、鷹谷に正体を見抜かれたりはしなかっただろうに、と思う。


山道を戻り、館に到着するころにはすっかり日が暮れていた。

夕食は参ノが一人で用意してくれた。食堂の長テーブルに並んでいたのは、平日の煮付けに、刺身の盛り合わせ、胡瓜《きゅうり》と蛸《たこ》の甘酢和え、豆腐の味噌汁、エトセトラ。

「できればナイフとフォークを使いたかったなー」

ぱりぱりと沢庵《たくわん》を嚙みながら、犬見は切なげな顔をする。

煉瓦造りの洋館で純和食。しかも山の上だというのに海の幸尽くし。食材を用意したのは確実に壱ノだろう。我らが〈蛇の長《パテル》〉は、和食と豊富な海産物目当てで日本に住み続けている節がある。

写真部員が廃墟の土産《みやげ》話で大いに盛り上がっている一方、長尾家の三人は黙々と箸を動かしていた。無口な一家の芝居に徹しているのだろう。

夕食がお開きになったのは八時ごろで、それからは入浴タイムだった。大浴場は女性用、小浴場は男性用ということに決まった。

埃や汚れは覚悟していたものの、タイルも大理石の湯船も綺麗に磨き上げられていた。客室と同じく定期的に手入れされていたのだろう。温泉の代わりに普通のお湯で満たされた湯船に、女子三人は並んで浸かった。

「いい風呂だねー」犬見は嘆息する。「露天じゃないのが残念だけど、広いし、窓は大きいし。朝風呂だったら景色がいいだろうな」

「窓が大きすぎて嫌ですけどね。外から見えそうじゃないですか」

「望遠鏡でも持ってこなきゃ見られないって。鉄格子もあるし。ネコちゃんだって別に平気でしょ？」

「……うん、まあね」

思ったより湯が熱くて頭が茹《ゆだ》りそうだった。変温動物は寒さはもちろん、暑さにも弱い。〈蛇〉用の風呂だというのにこの水温とは、温度調節を誤っているのだろうか。

「そうだ、見られるのが嫌なんだったら――」

犬見は湯から出ると、入口の方へ向かった。

パチン、と音がして浴場が真っ暗になる。

「わ、何やってるんですか先輩！」

「ほら、満月だよ」

犬見はどぼんと湯船に飛び込むと、平泳ぎをするようにして窓辺に近づいた。先程まで黒く塗りつぶされていた窓には、夜の渓谷が浮かび上がっていた。完璧な円をなした月が空の一点で輝いて、黄金色の光が山々の稜線《りょうせん》をなぞっている。

月明かりが照らす湯船の縁には、私と小虎だけが残された。

「猫矢先輩、訊いてもいいですか」小虎は私の耳元で囁いた。

「何？」

「今日、廃墟で訊きそびれたことなんですけど——」

頭の中で危険信号が灯った。この探偵もどきは何か重要なことに勘付いている。

躊躇《ためら》うようにひと呼吸おいて、小虎は言った。

「——鷹谷先輩と、付き合ってるんですか？」

何だそれは。

想定外の質問だったが、よく考えてみれば、高校生の男女があるときを境に親しく喋るようになったとしたら、交際を始めたと解釈するのが自然だろう。これ以上詮索されるのも面倒だった。

「うん、付き合ってる」

「え！　本当ですか？　ああ、だから鷹谷先輩、鱗川先輩が亡くなったのに割と元気そうなんですね。もしかして、先週の金曜日にも二人で会ってたんですか？」

「金曜日……」

熱に思考が融《と》けていく。あの日、私は何をしていたっけ。

——そもそも、私は誰？

「事件のあった日ですよ。鷹谷先輩と鱗川先輩が部室を出ていった後、猫矢先輩、すぐに帰ったじゃないですか。てっきり二人を追いかけたんだと思ってましたけど」

ああ、そっか。

わたしは鷹谷くんの好きなあの女が、嫌いで、邪魔で、羨ましくて。

でもあの女は刺されて、首から血を噴き出して死んで、だから鷹谷くんに想いを伝えるのは今しかないと思って、必死に彼のところまで走って――

「どうしたんですか？　先輩」

「……告白したの。でも、告白できなかった」

「どっちですか」

小虎さんの戸惑ったような声が遠くで聞こえて、あの日の悪夢を思い出す。

噴き出した鮮血。倒れる鱗川冬子。その口から飛び出し、雪の上を這い寄ってきた、嫌らしい光沢を帯びた――

「わたしが告白したかった。なのに、わたしは殺されて、あの蛇が……」

「猫矢先輩？」

丸い月が揺れている。あの黒い蛇の眼のようだ。わたしを射竦《いすく》めた金色の眼――

パチン、と音がして視界が明るくなった。幻影はどこかへ去り、ソフトフォーカスのかかった視界にふたつの顔が映る。

「大丈夫ですか？　顔、真っ赤ですよ」

「完全にのぼせちゃってるな。トラコちゃん、そっちの肩持って」

二人に肩を支えられて脱衣所までふらつきながら歩く。

何とか服を着て廊下に出ると、すっと気温が下がった。茹っていた頭が冷えたおかげか、次第に正常な思考が戻ってくる。

——思い出せ。私は〈五番目の蛇《クイントゥス》〉だ。記憶ごときに主導権を明け渡すな。

猫矢の記憶に意識を乗っ取られるのは二度目だったが、実のところ、同じような経験をしたことは他にも何度かあった。〈蛇〉は知性も記憶も持たない空っぽの器として生まれ、衣裳の記憶を取り込んでいくことで意識を形成する。塵から還って間もないころ、私の中には一人や二人程度の記憶しかなかったので、新たに取り込む記憶の質によってはあっけなく主従が逆転した。五人、六人と衣裳替えを繰り返すにつれて意識は安定してきていたが、十七人目の猫矢にそのバランスを揺るがされつつある。

一度インストールした記憶をアンインストールする術《すべ》はない。この先もしばらく、この問題児と同居生活を送るということだ。どこが人並みの感受性を持った普通の女の子だ、と肆ノに文句を言いたくなる。

とりあえず湯船の温度を下げるよう壱ノに進言しようと思い立ったところで、頭にタオルを巻いた犬見が心配そうに私の顔を覗き込んだ。

「あとで鷹谷くんの部屋に集まるつもりだったけど、ネコちゃんはどうする？」

「私は部屋で休んでるから、気にしないで」

一人で10号室に戻り、ベッドに横たわって腕時計を確認した。壱ノが指示した集合時刻の十時まで、あと一時間以上あった。無為に待つには長い時間だ。この館にはテレビが一台もないし、圏外なのでスマートフォンも使えない。

暇を持て余して窓の外に目を向けると、満月が浮かんでいた。先程と違って、それは〈蛇〉の眼には見えなかった。瞬きも揺らぎもしない冴えた光は、むしろ被造物たちを見下ろす〈主《ドミヌス》〉の冷酷な瞳のように思えた。


「――以上が事件のあらましだ」

壱ノのしわがれた声が朗々と響く。

表向きには存在しない地下一階の隠し部屋。天井に吊るされた煌《きら》びやかなシャンデリアが、円い空間を淡く照らし出す。部屋の中央には正五角形のテーブルが置かれ、その各辺には、壱ノ、参ノ、肆ノ、そして私が着席している。

「犯人は弐ノを拘束し、脅迫によって我々の情報を引き出した。そして〈財団〉の権限を奪うと、〈財団〉に命じて我々を襲撃した。さらに衣裳の総入れ替えに乗じて、我々の中に紛れ込んだ可能性がある」

「この中に人間がいるって言いたいの？」

参ノは豊かな胸の前で腕を組んで言った。赤いドレスは丈が短く、足を組んでいるので生白い太腿が露《あら》わになっている。

「人間が〈蛇〉のふりをするなんて、そんなことできるのかしら。ところで、どうして人間に捕まった弐ノを助けに行かないで、こんな山奥で〈満月の集い《ルナ・プレネ》〉を開くの？　まるで弐ノを切り捨てようとしてるみたい」

「参ノよ」

地の底から響くような壱ノの声に、私は半ば本能的に首を竦めた。闇が凝り固まったような瞳が参ノを見据える。

「〈財団〉を失った我々には、弐ノの居場所を突き止め、満月の夜までに奪還するのは不可能だった。この建物は私の所有物であり、〈財団〉が干渉できない領域だ。ここで衣裳替えを行い、互いの潔白を確かめた上で、明朝、弐ノが塵に還った後で召還し、形勢を立て直す。一族の血脈を繋ぐには他の道はない」

壱ノの冷酷な判断によって、〈満月の集い〉に出席できない弐ノが、明朝の月の入りとともに消滅することは決定されたわけだが、壱ノの言う通り、他に選べる道がなかったのもまた事実である。参ノも一族の陥《おちい》った窮地をよく理解しているだろうに、壱ノに非難の矛先を向けるとは酷なことをする。

「潔白を確かめる、ねえ」

茶化すように言って、参ノは背もたれに身を預ける。

「壱ノ、あなたの魂胆は見えてるのよ。この中に人間がいるなんて言っておいて、本当は別のものが見つかるのを期待してるんでしょう」

「参ノよ、何が言いたい」

「あなたはこの中に弐ノがいると思ってる」

私たちの中に、弐ノがいる――

「どういう意味？」

私は口を開いた。知らず語気が荒くなっている。

参ノは私に視線を向けると、厚ぼったくて艶やかな唇を歪《ゆが》めた。

「単純に考えてみて。犯人は〈財団〉の管理者権限を持っている。そして弐ノは〈財団〉の管理者だった。誰かが弐ノから権限を奪ったと考えるより、弐ノが自分の権限を使って私たちを襲ったと考えるほうがシンプルでしょう」

「だったら、どうして弐ノも襲われてるの？」

「自作自演に決まってるじゃない。襲撃に〈財団〉が関わってるのは明らかだから、管理者の弐ノは絶対に疑われる。私たちの前にのこのこ現れたら、〈掟〉によって処刑されるかもしれない。だから襲われたふりをして姿を消し、他の四匹のうちの誰かに成りすました。名前を奪われた可哀想な誰かさんは、今ごろ適当な衣裳を着せられて、どこかに閉じ込められてるんでしょうね」

「他の〈蛇〉にわざわざ成りすます理由は？」

「忘れたの？　私たちは今夜〈呪歌《カルメン》〉を聴かないと塵に還ってしまうのよ。その条件は弐ノだって同じ。弐ノは何が何でも〈満月の集い〉に出席しないといけない。そのためには、他の〈蛇〉を装って潜入するしかなかったの」

「でも――」

私がなおも反論を試みていると、肆ノが宥《なだ》めるように言った。

「伍ノ、私だって同胞を疑いたくはないんだ。でも、そう考えるのが一番自然――」

肆ノは不意にげほげほと濁った咳をした。

「――失礼。それに、弐ノには五十年前の前科がある」

「あれは無罪が確定したはずじゃ――」

「処罰しないと決まっただけで、実際に弐ノが〈掟〉を破った可能性はあるよ」

口元をハンカチで優雅に拭い、肆ノは続けた。

「私たちは肉体の病に侵されることはないけど、心の病は別だ。弐ノは〈蛇〉特有の精神疾患に侵されていたのかもしれない。長い時を生きるほど、精神は時という毒に蝕《むしば》まれていく。私たちの中にも、かつて同じような病に侵され、罪を犯した者がいた」

参ノは同意するように頷いた。

「言われてみれば、最近の弐ノは変だったわね。〈満月の集い〉にはもちろん来るけど、終わったらろくに喋らずにさっさと帰っちゃうし」

「急に様子が変わったのは三年くらい前か。何か思い詰めていたのかもしれないね」

五十年前と同じだ――

弐ノは再び、同胞殺しの罪で命を絶たれようとしている。

私は己の無力を噛みしめた。弐ノが精神に異常をきたしていたとは思えない。それなのに、自作自演を否定することができない。歯痒《はがゆ》くて仕方がなかった。なぜなら――

「一番怪しいのは、弐ノの衣裳の状態よ」

私の考えを読んだかのように、参ノは言い放った。

「死体は首を切り裂かれていた。他の犯行と同じ手口だったとすれば、犯人は弐ノの衣裳の首をナイフで刺して殺したということになる。でも、死体から〈蛇〉が這い出した跡は一切なかったのよね。体内から出た直後の〈蛇〉が、血の一滴すら床に落とさず移動できるわけがないでしょう。粘液は数分で跡形もなく蒸発するけど、血は消えないわ」

私は苦しい反論を試みる。

「犯人が衣裳の喉元に手を突っ込んで、弐ノを引きずり出したとしたら?」

「だとしたら、弐ノは犯人の手から逃れようと抵抗したはずよ。〈蛇〉の体長は五十センチあるし、身体をくねらせて暴れたらその跡が床に残る。なのに、床には鱗の痕跡どころか犯人の足跡すらない。……それに何より、〈蛇〉には強力な対人兵器があるじゃない。ひと噛みで人間を気絶させられる魔法の牙を持ちながら、こうもあっさりと捕まるものかしら」

「――〈蛇〉の毒牙は、他の〈蛇〉の衣裳には効かない」

「犯人は〈蛇〉だったと言いたいの? それなら犯人に毒牙が通用しなかったのも納得だけど、弐ノの痕跡が一切残っていないことは説明できないわ。この状況が指し示すのは、たったひとつのシンプルで美しい答えよ」

参ノはショットグラスを傾けてウイスキーを舐《な》める。

「つまりね、弐ノは首を切られる前に身体から抜け出していたのよ。別の身体に移った弐ノが、自分の抜け殻に傷を負わせ、何者かに襲われたような工作をした。首を斬られてるのに血飛沫が飛んでなくて、出血量も少なかったのは、死んだ後に首を切り裂いたから。私たちを襲った犯人は、出し抜けに首を切り裂いてきたでしょう。他の犯行と手口が違うのは、いかにも怪しいと思わない？」

別荘で死体を見たときの違和感は、死体の周囲に血が飛び散っていなかったことに起因していた。鱗川冬子の殺された血塗れの現場とは毛色が違う。

「でも、何のためにそんなことを……」

「さあ、知らないわ。時という毒に病んだ末に、私たちの絶滅を試みたんじゃないかしら」

私は反論できずに黙り込んだ。肉体とは魂の牢獄である、と誰かが言ったらしいが、これはまさにそういう謎だ。

弐ノは人間の肉体という密室の中で殺された。

この謎を解かないかぎり、弐ノの容疑は晴らせない。

「私たちの中にいるのが人間なのか、それとも弐ノなのか――」

肆ノは私を気遣うように笑顔を向けた。

「いずれにせよ、今夜衣裳替えをすれば明らかになることだよ。誰が悪いと論じるのは、それからでも遅くないいんじゃないかな」

「その通りだ」

壱ノは湯呑みの緑茶で口を湿らせ、言葉を継ぐ。

「疑わしきは罰せず、欠席裁判を行わないのが我々の流儀。現時点で弐ノは罪人ではないのだから、その名を穢《けが》すことがあってはならない。——では、始める」

それを合図に〈蛇〉たちは居住まいを正した。壱ノは軽く咳払いすると、

「我らが同胞、〈二番目の蛇《セクンドゥス》〉のために」

静かに歌い始めた。

〈偉大なる魔術師　我らが主よ
　地を這う我らを憐れみたまえ
　人を喰らう我らを赦したまえ〉

詩を読むように淡々としているが、夜の海のように穏やかな旋律のうねりがある。尖った喉仏が上下し、年季の染みた声が一語ずつ紡ぐのは、〈蛇〉の命を長らえさせる魔法の歌だ。目をつぶって、部屋に満ちていく壱ノの枯れた歌声にじっと耳を澄ませる。

〈たとえ命尽きようとも　我らは主に永遠なる献身を誓わん〉
何百回も聴いてきたこの歌詞が今は耳に障った。なぜ死人に献身を誓わなくてはならないのか。私たちをこの世界に残して地獄に堕ちたくせに。

〈願わくば我らが同胞を塵より蘇らせたまえ
　願わくば満月に焼かれる我らを癒したまえ〉

　塵に還るように創ったのも、月の満ち欠けに縛られるように創ったのも、他ならぬ〈主〉の仕業だ。自分の創造物に自分を崇《あが》めさせて愉悦に浸っていたのだろう。自らを「偉大なる魔術師」と称《たた》えるに至っては、高慢すぎて反吐《へど》が出る――

　ふと気がつくと詠唱は終わっていた。やはり新たな〝弐ノ〟は出現しなかったらしい。

「さて、この集まりの目的を改めて説明する」

　壱ノは湯呑みの残りを飲み干して、唸《うな》るような咳払いをした。

「我々が以前とは異なる衣裳を身に着けている今、〈蛇〉の殺害を目論む人間、あるいは〈二番目の蛇〉が我々の中に紛れているかもしれない。そこで全員が衣裳を脱ぎ、各々の額の刻印――真の名前を確認し合うことにする」

〈蛇〉の体表には傷がつけられないので、刻印の改竄《かいざん》は不可能である。

　ちなみに、刻印は死んでも変わらないので、〈蛇〉の個体名も同じく変化しない。弐ノが明朝塵に還り、〈呪歌〉によって蘇った場合、生まれたばかりの弐ノは一族の末っ子となるが、呼び名は「弐ノ」のままだ。

「衣裳候補が寝静まったのを確認し次第、明日の月の入り――午前六時九分までに四匹の衣裳替えを行う。我々の中に人間がいた場合は捕らえ、衣裳替えしてその者の記憶を奪う。弐ノがいた場合は尋問を行う。そして、我々の中に弐ノがいなかった場合、すなわち弐ノが月の入りとともに消滅していることが確実な場合、弐ノを召還して衣裳を着せる。〈掟〉と〈呪歌〉の継承および死体等の後処理を済ませたら、それで終わりだ」

「ねえ、壱ノ」

参ノはテーブルに身を乗り出して、

「ふと思ったんだけど、この中に敵が紛れてるかもしれないのに、全員が一斉に衣裳替えしても大丈夫なのかしら。剝き身の〈蛇〉は無防備よ」

「案ずるな。私が何のためにこの館を設えたと思っている？」

「温泉のためでしょう。ところで服が替わってないけど、お風呂は入ったの？」

「明日までには棄《す》てる身体だ。入浴は必要ない」

「へえ、珍しいわね。温泉目当てで日本に五百年も住んでるあなたが。源泉が涸れて残念なのはわかるけど、お風呂には入ったほうがいいわよ。老人臭がぷんぷんするから」

参ノは大袈裟に鼻をつまんでみせる。参ノは時折、壱ノの保守的な性格を揶揄《やゆ》し、人間の老人のようだと皮肉を言う。さっさと〈蛇の長〉を引退したらいいのに、と軽口を叩くこともあるが、どこまで本気なのかはわからない。

壱ノは表情筋を動かすことなく話を戻した。

「この館は単なる温泉ホテルではない。衣裳替えに最適化された装置だ。当然、このような使用も想定されている」

この館は対外的には〝涼月館〟と名付けられている。涼月とは旧暦の七月だ。夏でも涼しいこの館は避暑地として昔から人を集めてきた。しかし、建物の地上部分は単なる装飾であり、人間を誘い込む罠に過ぎない。館の本体はこの地下室だ。

館の本当の名前は、カメラ・オブスキュラ――〈暗室〉。

ラテン語で〝暗い部屋〟を指すこの言葉は〝カメラ〟の語源だが、もとをたどればピンホールカメラの装置を指している。明かりのない部屋の壁に小さな穴を開けると、反転した外の風景が反対側の壁に映り込む。カメラの本質はレンズではなく、この暗い小部屋にある。

「伍ノよ。衣裳候補の様子は？」

「今は全員が鷹谷の3号室に集まっていると思います。当分は客室には戻らないかと」

「伍ノは3号室に潜入し、動向を監視しろ。衣裳候補が各客室にばらけたタイミングで衣裳替えを始める」

その前に、と壱ノは懐から半紙を取り出して、テーブルの中心に広げた。

「各々の衣裳を決めなくてはならない」

流麗な毛筆で五人の名前と身体的特徴が記されている。

鷹谷匠　男、一八歳、身長一七九、体重六二
鯨井茂　男、一八歳、身長一六六、体重八一
竜野健　男、一七歳、身長一七一、体重五〇

犬見未央　女、一八歳、身長一六五、体重五一
小虎瑠里　女、一七歳、身長一四九、体重四五

それぞれの身長と体重はおそらく壱ノの勘だが、ビッグデータに基づいたその分析は勘というより統計的手段だ。その精度は信じられないほど高い水準を誇る。

「この中で、特に希望のある者はいるか？」

壱ノがそう言い終わるか終わらないかの瞬間、私は真っ先に口を開いた。

「弐ノの衣裳は、鷹谷にするのがいいと思います」

「なぜだ？」

「鷹谷は有能な人間です。彼を新しい弐ノの衣裳にすれば、その知性を薄めずに留《とど》めることができます。私たちの現状を打開する鍵になるかもしれません」

私の説明を聞き終えた壱ノは、小さく眉を上げた。

「おまえは、私の〝知〟が薄まっていると言いたいのか」

捕食によって幾多の〝知〟を我が物にしてきた壱ノにとって、私の発言は聞き捨てならないものだろう。しかし、たとえ壱ノの反感を買ってでも、鷹谷を新しい弐ノの衣裳として確定しなければならなかった。

ここにいる四匹の衣裳替えと異なり、新しい弐ノに衣裳を着せるのは急務ではないから、私が手を回して延期することができる。その場合、鷹谷は私との契約通りに生きて帰れるわけだ。最

悪、裏工作に失敗して鷹谷が喰われたとしても、弐ノの精神に刻まれるのは鷹谷の記憶だけだ。彼の優れた頭脳と私に対する忠誠心は保存され、私の〈掟〉破りが発覚することもない。契約違反を根に持って、私を裏切る恐れはあるが。

「いえ、まさかそんなことは言っていません。ただ私は、他の記憶と混ぜるより、鷹谷の人格を残すほうが利用価値が高いと考えているだけです」

「そうか。――私も異存はない。他に希望がある者は？」

私の無礼を受け流し、壱ノは話を先に進める。参ノが私に向かって言った。

「その子が気に入ってるなら、自分で喰っちゃえばいいじゃない」

「そういうわけじゃない。それに、鷹谷は三年生だから、明後日《あさって》には卒業するの」

「ああ、あなたはそういう趣味だったわね。なら、誰にするの？」

「私は小虎にする」

「ええ、私も小虎がよかったのに。顔が小さくて可愛いし」

「犬見は？」

「背が高めなところは評価できるけど、目が悪いのがいただけないわ。私、眼鏡という代物が大嫌いなのよ。鯨井と竜野もタイプじゃなくて。……本当は鷹谷も好みだったんだけど、仕方ないわね。今回は犬見にしようかしら」

私が胸を撫で下ろしていると、肆ノが口を開いた。

「私は竜野をもらおうか。体型と肌の色からしてなかなか虚弱そうだ」

〈蛇の長〉が最初に決めてもよさそうなものだが、壱ノは衣裳にあまりこだわりがないようで、最後に残った余りものを選択した。

「では、私は鯨井を。……異存はないな」

私は他の面々に倣って小さく頷いた。うつむくと腕時計が目に入った。午後十一時半。夜はまだこれからだ。

壱ノは静かな挙措《きよそ》で立ち上がった。

「以上で解散とする。伍ノよ、地上に戻って衣裳候補を監視しろ」

はい、と返事をして私も席を立つ。

テーブルから少し離れたところにある柱の正面には扉がある。中に入ると、柱の内側に沿って上下に続く螺旋《らせん》階段が現れた。

等間隔に灯った橙色《だいだいいろ》のランプに導かれて、私は階段を上がっていった。分厚い防音壁と毛足の長い絨毯《じゆうたん》のおかげで、階段を上り下りする音が外に響くことはない。

「2F」と表示のあるドアの前で立ち止まる。

覗き穴から外を見たが、真っ暗で何も見えない。念のために壁のスイッチを押した。

ぱっ、と視界が明るくなって、積み重ねられたテーブルや椅子、ダンボール箱の山が見える。物置部屋に誰もいないことを確認して、ドアを押し開けた。

ドアは巧妙に隠されていて、一目見ただけでは鏡のかかった壁にしか見えない。こちらからドアを開けるには、壁の煉瓦タイルのうちのひとつを押し込みながら、鏡の枠を手前に引くという、まるで忍者のからくり屋敷のような操作が必要だった。

隠し扉が一階ではなく二階にあるのにも理由がある。地下への隠し扉が二階にあるわけがない、という人間の先入観を利用し、地下室の隠蔽を確実にするためだ。壱ノらしい老練な設計と言える。

外側の階段で一階に下りると、パジャマ姿の犬見に出くわした。

「そろそろネコちゃんの様子を見に行こうと思って。もう大丈夫？」

「もう治ったよ。みんなまだ鷹谷くんの部屋にいるの？」

「うん、蛇牢やってるよ。今のとこ、私がトップ」

犬見は誇らしげに胸を叩く。彼女はこの手の心理ゲームがとても上手い。

3号室に入ると、鷹谷、鯨井、小虎が部屋の中央で車座になっていた。

「あれ、竜野くんは？」

「外で夜景を撮ってる」と鯨井が答えた。「満月のせいで条件は悪いが、できれば星も撮りたいから、長時間露光も試すらしい。絶対に明かりを近づけるなとのお達しだ」

星の光は微弱なので、撮影するにはカメラを三脚で固定し、数十秒露光させなければならない。

今頃、竜野は寒さに震えながら夜空を見上げていることだろう。

部屋に五人が床に座れるほどのスペースはないので、女子はベッドに、男子は床に座ることになった。

「猫矢さんは今回から参加だから、〇点スタートになるね」

鷹谷はスマートフォンを操作しながら言う。今の得点は、犬見がトップの四点。鷹谷と小虎が同点で二点。鯨井が一点だという。

「ルール設定はいつも通りだよ。説明するまでもないね」

「もちろん」

鱗川であったころの私は、〝蛇牢〟という有名なゲームのルールすら知らなかったが、猫矢は何度もこのメンバーでプレイしていた。

蛇牢は通常四人以上で行う、テーブルトークRPGの一種だ。専用のアプリを起動させたスマートフォンを順繰りに回し、ゲームを進行させていく。

まず、抽選によって役を決める。〝ヘビ〟が一人で、その他は〝人間〟。ヘビは人間に擬態しているが、夜になると人を襲って喰い殺す――どこかで聞いたような話だ。

一方、人間も黙って殺されてばかりではない。彼らは合議と投票を行い、ヘビと思われる人物を処刑する。ゲーム世界の一日ごとに捕食と処刑のサイクルが繰り返され、ヘビが処刑されたら人間の勝ち、人間が残り一人になればヘビの勝ちとなる。

ヘビが勝てば、ヘビだけが三点獲得。人間側が勝てば、生死を問わず人間全員が一点を獲得し、総合点で勝ちを争う。

「遥かな宇宙より到来した寄生生物〝ヘビ〟が地球を支配して早三年。人類はすでにヘビの操り人形と化していた。しかし、あなたたち五人は魔の手を逃れ、地下深くのシェルターで隠遁《いんとん》の日々を送っていた――」

犬見は画面に流れるストーリーを律儀に読み上げる。彼女はプレイヤーの一人だが、ゲームマスターとして進行役も務める。

「ところがある日、一匹のヘビがシェルターに侵入する。その任務は最後の人類の殺害。防衛システムにより封鎖された密室の中、惨劇の日々が幕を――」

「スキップしろよ。四回目だぞ」

なぜか沈んだ顔で鯨井が文句を言うと、犬見はおとなしくスキップボタンを押した。

その後、役の割り当てが始まった。回ってきたスマートフォンの画面をタップする。現れたのは、寄生生物の恐ろしげなイラストと『ヘビ』の文字。

少々出来すぎなほど、皮肉な状況だ。

「さて、恐ろしい夜が来ましたよー。今夜は死人が出るかな」

今夜、正真正銘の死人になる可能性が高い犬見が、楽しげに言う。

またスマートフォンが回ってきた。今度の画面には三つの選択肢が並んでいる。

『潜伏』、『捕食』、そして『寄生』。

蛇牢の最大の特徴は、ヘビの役を他人に押しつけられることだ。『寄生』を選択し、任意の誰かをヘビにすれば、自分は人間に役を変えることができる。

〈蛇〉の身でヘビを演じるのは気味が悪い。早く人間になろう。

そう思っていた矢先、犬見はこんなことを口にした。

「あ、ネコちゃん。言うの忘れてたけど、今まで三回ゲームをやってて、今回のゲームが最終回なんだ。で、総合点で最下位の人はペナルティがあるから」

「ペナルティ？」

「外で心霊写真撮影。もちろん一人で」

鯨井が浮かない顔をしている理由が腑《ふ》に落ちた。彼は図太そうな風貌《ふうぼう》に反して肝《きも》が小さい。昼間の廃墟は好きだが、夜に訪れることは絶対にないという。

「でも、どこで撮るの？　廃墟を撮りたいなら麓《ふもと》に下りないといけないけど」

「そこまでしなくていいよ。館の外を適当に撮れば」

心霊写真が好きなら自分で撮ればいい。犬見は単純に鯨井をからかって楽しんでいるのだろうが、こちらとしては迷惑な話だ。勝手に外出されては衣裳替えに差し支える。

私の危惧《きぐ》に答えるように小虎が言った。

「だいたい、勝手に外に出ていいんですか？　せめて長尾家の人に断らないと」

「それは後で決めればいいんじゃないかな」鷹谷は笑って鯨井の肩を叩いた。「あと一回戦あるんだから、勝てばいいんだよ、勝てば」

「うるせえな。おまえもいっぺん貧乏くじを引いてみろ」

このゲームにおけるヘビはババ抜きのババに近い。ヘビとして勝てば大きな点を得られるが、生存者が二人に絞られるまで生き残るのは至難の業だ。

衣裳候補が外出すれば、監督不行き届きとして叱責を受けるだろう。ここはヘビとして負け、最下位を引き受けなくてはならない。

幸い、今のところ私の得点は〇点。最後までこれをキープすればいい。

「あ、でもこれじゃネコちゃんが可哀想だね。鯨井と同じ一点にしようか」

犬見の提案で予定が狂った。私は得点しないまま、鯨井を勝たせなくてはならない。

「おい、それはさすがに甘すぎるだろ」と予想通り鯨井が抗議する。

「甘いのは鯨井の考えだって。どうせ心霊写真、ドローンで撮ってくればいいやって考えてるんでしょ」

「駄目なのか？　あれも撮影機材の一種だぞ」

「あんなやかましいモーター音立てたら霊が逃げるじゃん」

小動物かよ、と鯨井はぼやいて、スマートフォンを私に回した。

今、ゲーム世界は夜である。私は迷わずひとつのコマンドを選択した。

スマートフォンが全員の手を巡った後、犬見が画面を見る。

「二日目の朝が来ました。昨夜の犠牲者は——おっと、私でした」

最初にゲームから排除すべきなのは、トップを独走する犬見だった。彼女はすでに自分の勝敗への関心をなくしていて、鯨井を負けさせることしか考えていないからだ。

「じゃあ、誰を処刑するか話し合ってください。討論タイム、スタート」

犬見の合図とともに口火を切ったのは小虎だった。

「今回のゲームって最終回ですよね。今のところ、鯨井先輩と猫矢先輩が最下位タイ。二人は同点ですから、最下位が一人に決まらないこともあり得る。でも、最下位をジャンケンで決めるっていうのは締まらないし、ゲームとしても面白くないです」

「そうだね」と鷹谷は相槌を打つ。「罰ゲームにも納得感がなくなる」

「だったら、あたしと鷹谷先輩、犬見先輩の三人は、自分がヘビの役になった場合、鯨井先輩か猫矢先輩に寄生するはずです。そうすれば、二人のうちどちらかが勝つか負けるかして、得点に差がつきますから」

「なるほど。一日目の夜にヘビが『捕食』を選んだということは――」

「ヘビは『寄生』する必要がなかった。つまり、ヘビは最下位の二人のどちらかです」

小虎は名探偵のごとく得意げに言い放ったが、ゲームの最終回という状況を鑑みれば、誰かがそれに言及することは想定済みだった。

鯨井に邪魔されないうちに、私は効果的な一手を打つ。

「どうしてですか？」

「でも、私だったら犬見さんを『捕食』しないと思う」

「だって、犬見さんは鯨井くんを最下位にしたがってるから」

犬見は「ご名答！」と指を鳴らす。

「正直、ネコちゃんが最下位になるの可哀想だもんね」

「死んだ人は喋らないでください。ルール違反ですよ」

小虎に制されると、犬見は両手を口に当てて黙った。

犬見の指摘した通り、私――猫矢が最下位になるのは「可哀想」なことだ。ゲームに途中参加したというハンデもさることながら、猫矢の弱々しく大人しいキャラクターが『捕食』や『処刑』を躊躇わせる。一方、鯨井が最下位になるのは「面白い」ことだ。私がヘビとして負けるのは難しい。

ならば、鯨井をヘビとして勝たせればいい。

「俺がヘビだったら犬見は狙わん。怪しまれるに決まってるからな」

鯨井はいささか苦しい弁解をして、私を睨んだ。

「猫矢、おまえが犬見を『捕食』したのは、俺を疑わせるためだろ？」

「犬見さんを退場させたら、私の味方が減るでしょ。そんなことをしてもメリットがないよ。このゲームは味方の票数を集めるのが大切なんだから」

真っ当な反論に鯨井が口ごもったとき、犬見がタイムアップを告げた。

「はーい、ストップ。投票に移ります」

犬見を除いた四人がスマートフォンを回す。画面に表示されたプレイヤー名をひとつ選んでタップし、「今日」の処刑対象としてふさわしいプレイヤーに票を入れる。もちろんシステム上、自分には投票できない。

四人の注意が私から逸れたタイミングで、鷹谷に目配せを送った。

視線に気づいた鷹谷と目が合う。私はさりげなく唇を動かした。

——わたしに。

それだけで意図を悟ったのか、鷹谷は小さく頷いた。

スマートフォンが一巡した後、犬見が結果を発表する。

「さて、処刑された人は――誰もいませんでした」

「えっ、何で？」小虎が驚いたように声を上げる。

「票が同数になったからだよ、トラコちゃん」

「それはそうですけど……」

腑に落ちない表情の小虎を眺めて、うまく行った、と心の中で呟く。

鯨井が私に投票し、小虎が鯨井に投票するのは確定していた。さらに私は鷹谷の票を獲得したので、四票のうち二票を集めたことになる。私が小虎か鷹谷に投票すれば、私はヘビとして処刑され、目的は果たされていたはずだ。

しかし、私は鯨井に投票し、票数を拮抗させて無効選挙にした。この流れの中で私が処刑されるのは不自然であり、鷹谷と示し合わせていることが明るみに出かねないからだ。小虎は違和感を覚えたようだが、誰の仕業かまではわからないだろう。

ゲームは「二日目」の夜へと進み、プレイヤーがスマートフォンを回し始める。その手続きから弾き出されて退屈そうな犬見が、ふと思いついたように言った。

「それにしてもさ、何で〝ヘビ〟なんだろう。地球外生命体なのに」

「ヨーロッパの民間伝承に『体内の蛇』っていうのがあるんだ。とあるきっかけで蛇が人の身体の中に住み着く。最終的に蛇は食べ物の匂いにつられて喉から出てきて、人間を窒息死させてしまう。寄生生物のイメージはそこから来てるんだと思う。映画『エイリアン』のモチーフも『体内の蛇』だと言われてる」

鷹谷は以前、鱗川だったころの私にした話を繰り返した。それでも、犬見はいまひとつ腑に落ちない様子だ。

「でも、『エイリアン』と違って、蛇牢のヘビって知能が高い感じだよね。人の身体を乗っ取って自由に動けるところも、微妙にイメージが違うというか」

「もしかすると、蛇牢のヘビはアップルヤードの影響を受けてるのかもしれない」

「何それ」

「アメリカ人の小説家だよ。アラン・アップルヤード。五十年も前に亡くなってるし、和訳された作品は少ないから、日本での知名度は限りなくゼロに近い。それでも、アップルヤードは蛇というモチーフを新しい解釈で書き続けたという点で稀有《けう》な作家だ。一番有名な作品は『湖畔の親子』かな。どうしてこれが有名なのかというと、これが彼の絶筆であり、遺書でもあったからなんだ」

「遺書？」小虎は興味深そうに身を乗り出す。

「これは短編小説なんだ。あらすじを簡単に説明すると――」

ヨーロッパのとある農村に、一人の少年とその母親が暮らしていた。

二人は貧しくも満ち足りた日々を送っていたが、母親は流行《はや》り病に倒れて、しきりに苦痛を訴えるようになる。母親を苦痛から救ってほしいと教会で毎日祈りを捧げていた少年は、〝光り輝く大いなるもの〟に出会い、永遠の魂を授かった。

少年は苦しむ母親を救うために、魂を蛇に変えて、彼女の身体に入った。

すると、少年は母親その人になった。

彼は母親との思い出を回想しながら、激しい苦痛に耐えていく。やがて、凍《い》てつく冬が来る。

彼は湖畔に降り積もる雪を目の当たりにして、ついにこと切れる。

「話はそこで終わって、最後にこう書いてある」

――彼の旅はそれからも長く続いた。

「これがアップルヤードの絶筆になった。原稿が残されたホテルの屋上から転落死したんだ。若くして死別した妻を追って自殺したと言われてるけど、こんな説もある。アップルヤードこそが永遠の魂の持ち主で、少年と同じく長い旅に出た」

犬見は時折頷きつつ真剣に聞いていたが、

「でもさ、それって一見意味深だけど、現実感がないよね。最後の一文は普通に小説の一部なんだし、自殺とは関係ないと思う」

「何にでも不思議さを見出そうとするのは人の性《さが》だからね」

「実際はきっと、死んだ妻に手を引かれたんだよ。何となく屋上に出たら、柵の向こうで妻が手を振ってるの。思わず手を差し伸べたら、恐ろしい力でがっしり握られて、そのまま冥府の門をくぐってた、みたいな」

「おまえの言う現実感って何なんだ」鯨井が突っ込みを入れる。「もう夜は終わってるだろ。早くゲームを進めろよ」

はいはい、と犬見はスマートフォンを確認した。

「三日目の朝です。昨夜の犠牲者はいませんでした」

犠牲者がいないというのは、ヘビが『寄生』もしくは『潜伏』を行ったことを意味する。『潜伏』ではヘビの役は移動しない。これは『寄生』が行われたかもしれないという疑心暗鬼を生み、人間サイドを混乱させるためのコマンドである。

鯨井がちらりと視線を投げてきた。私は素知らぬ顔をする。

犠牲者が出なかった日は討論も投票も行われないため、そのままゲーム世界は夜に突入し、

「四日目」の朝が来た。

「昨夜の犠牲者は――鷹谷くんでした」

これで残るプレイヤーは三人だ。私と鯨井、そして小虎。

「食べられちゃったか」鷹谷は軽く肩を竦める。「でも、なかなか盛り上がってきたじゃないか。ヘビと人間のどっちが勝ってもおかしくない状況だ」

「次で決着がつくかもね。――討論タイム、スタート」

案の定、最初に口を開いたのは鯨井だった。

「俺は二日目の夜、猫矢に『寄生』した。今のヘビは猫矢だ」

意気揚々と言い放った彼は、ヘビである。

二日目の夜、私は鯨井に『寄生』した。鯨井の視点からすれば、私は犬見を『捕食』して鯨井を疑わせた後、彼にヘビの役を押しつけたことになる。戦略としてはそれほど不自然ではない。

私が敗北を目指していることを見抜かれはしないだろう。

鯨井の主張に、小虎は曖昧に頷いた。

「確かに、筋は通ってますね」

小虎の視点では、一日目の夜までヘビは鯨井だった。二日目の夜、鯨井から私にヘビが移動したとしても理屈に合う。実際はその逆とは知るよしもない。

これで小虎の票は堅いだろうが、形式上、反論しておく必要がある。

「二日目の夜までヘビは私だったから、今のヘビは鯨井くんだよ」

「全員に疑われてる俺にヘビを移すか？　俺に疑いの目を向けさせたまま、安全圏で『捕食』を続けたほうが勝てる可能性が高いだろ。どう思う、小虎？」

「ええと……鯨井先輩の主張のほうが正しいと思うんですけど、何だか違和感があるんです。どうして猫矢先輩は、鯨井先輩が『潜伏』したって言わなかったのか。自分が前までヘビだったって言い張るより、そっちのほうがもっともらしいじゃないですか。ということは逆説的に、猫矢先輩の話は本当なんじゃないかって……」

どうやら小虎の疑り深さを過小評価していたらしい。面倒なことになった。

と、ここで鯨井が、私にとっての援護射撃を放つ。

「惑わされるな。生き残ったプレイヤーは三人しかいない。今回ヘビの処刑に失敗したら、次の夜にまた一人『捕食』されて、人間の負けが確定するんだぞ」

もっとも、すでに鯨井の勝利は確定している。

次の投票で私は小虎を選ぶため、鯨井が二票を獲得することは決してない。想定通りなら小虎と鯨井は私に入れる。私は処刑され、ヘビの鯨井が勝者となる。もし小虎が鯨井に票を投じたとしても、結果は引き分けとなり、次の夜に鯨井が『捕食』を行うのを止める者はいない。チェックメイトだ。

敗北という名の勝利を確信したとき、鷹谷の声が割り込んできた。

「今回、小虎さんが投票したほうは必ず処刑されるってことだね」

「鷹谷先輩、死人は喋らないでください」

小虎に咎められると、鷹谷はひらひらと手を振った。

「いやごめん、黙ってるのが退屈で。でも、当然の事実を確認しただけだから、少しは見逃してくれないかな」

「まあ、それくらいならいいですけど」

「つっても、当然にもほどがあるだろ」鯨井が呆れたように言う。「俺と猫矢は互いがヘビかどうかを知ってるから、互いに票を入れ合うことになる。結局、誰が処刑されるかを決めるのは小虎の一票だ。わざわざ言うほどのことじゃない」

――まずいことになった。

次の投票で「必ず」誰かが処刑されると鷹谷は強調し、二人が「互いに票を入れ合う」と鯨井は断言した。その認識が場で共有されてしまった。もし小虎が鯨井に投票し、引き分けになったとしたら、なぜ私が鯨井に入れなかったのかを追及されかねない。

なぜ鷹谷は、あんな余計なことを言ったのだろう。

一日目の投票において、私は鷹谷に密《ひそ》かな指令を送った。鷹谷ほど頭の回る人間が、あの時点で私の意図に気づけないわけがない。私がヘビであり、ゲームに負けようとしていることを悟ったはずだ。さらに鷹谷は間違いなく、指令に従って私に投票した。今さら私を裏切るとは思えない――

いや、よく考えてみると、鷹谷が私に投票したのは、引き分けになるのが確実だったからかもしれない。指示に従ったのは私を油断させるためであり、この状況に――私が究極の二択を強いられるこの状況に持ち込むためだったのではないか。

部員たちに疑念を抱かれるリスクを冒して、小虎に投票するか。

それとも、ゲームに勝つリスクを冒して、鯨井に投票するか。

鷹谷をそっと盗み見た。相変わらず、底の見えない胡散臭い笑みを浮かべている。

彼は部員の命を守るため、衣裳替えを妨害するつもりなのではないか。私に協力するふりをして、裏では〈蛇〉と戦う準備を着々と進めているとしたら。

――させるものか。

私は考え抜いた一票を投じると、スマートフォンを犬見に渡した。

「さて、処刑された人は――」

犬見はたっぷりと溜めを作ると、やや困惑気味に言った。

「――誰もいませんでした」

場に沈黙が満ちる。

「何で？　あたしは鯨井先輩に――」

「とりあえず続けようぜ」

鯨井の言葉に促され、ぎこちない雰囲気のままゲームは続行された。

次の夜、小虎が『捕食』されるとともに、鯨井がヘビとして勝利したことがスマートフォンに表示された。各プレイヤーの点数に今回の得点が加算される。

計算通り、私は最下位になった。

勝利を手にしたはずの鯨井は喜びもせず、疑わしげな表情で訊いてきた。

「猫矢、どうして俺に投票しなかった？」

引き分けを恐れず小虎に投票したのは、ある単純なことに気づいたからだ。鷹谷が仕掛けた二者択一のゲームに、私が真面目に参加する必要などないということに。

そう、所詮こんなものはお遊びだ。

私は猫矢らしい気弱な笑みを浮かべてみせた。

「だって鯨井くん、外に行くの本気で嫌がってたから、可哀想だと思って」

たちまち場の緊張が解ける。犬見がはやし立てるように言った。

「鯨井、悔しくないの？　女の子に同情されてさ」

「どうだっていい。俺は絶対行かないぞ」

「情けないねえ。ネコちゃんはそれでいいの？　鯨井に行かせようか？」

「別に平気だよ。幽霊とかあまり信じてないから」

罰ゲームの権利を剝奪されては面倒なので、話を逸らすことにした。

「ところで、犬見さんは幽霊の存在を信じてるの？」

犬見は真顔で頷いた。

「うん。実際見たことはないけど、いるかいないかは何となくわかるよ。お祖母《ばあ》ちゃんが霊感強くてさ、昔から何度もその手の話を聞いてたんだ。それで、人間じゃないものが世の中に紛れてるって感覚は嫌でも染みついてる」

「あたしは、幽霊は信じないほうです。存在が矛盾してますから」

と、小虎が話に入ってきた。

「どんな土地だって、過去を遡《さかのぼ》れば何十人も何百人も人が死んでます。死んだ人が幽霊になるなら、そこらじゅう幽霊だらけの満員電車ってことですよね？　でも、幽霊は事故物件とか、心霊スポットとか言われるところにしか出てこない。そこに矛盾があると思いませんか？」

矛盾はしてないよ、と余裕のある口ぶりで犬見が応じる。

「人が死んだ後に残るのは霊魂とか、怨念とか、いろいろ言い方はあるけど、つまり『自分』ってやつなんだよ。死んでからも『自分』を保てるのは、悲惨な殺され方をしたり、思いつめて自殺したり、そういう重くてネガティブな霊だけ。だから、そういうスポットでしか心霊現象は目撃されない——まあ、私はそう解釈してる」

「だとしたら、『自分』を保てない軽い霊は消えちゃうんですか？」

「消えるっていうより、薄くなって拡散するんじゃないかな。それで、重い霊に引かれて吸収されたりもする。万有引力の法則って幽霊にも成り立つと思うんだよね」

「じゃあ、重い霊はどんどん重くなる？」

「そう、重い霊は他の霊を吸収して質量を増す。臨界点に達するとブラックホールになって、現実世界に影響を与えるようになる。これこそが心霊現象なんだよ」

そこで鷹谷が口を開いた。

「なかなか面白い考え方だね。質問していい？」

「どうぞ」

「人が死んで幽霊になるのなら、動物だって植物だって、生きとし生けるものみんなが幽霊になってもおかしくない。人間以外は幽霊にならないの？」

「動物の霊は人間に比べてずっと軽いから、心霊現象として表れるほどの質量を獲得できないんでしょ。鷹谷くん、人間と動物の一番の違いは何だか知ってる？」

「脳の大きさかな」

犬見は自分の頭をぽんと叩く。

「正確に言えば、感情を司る大脳新皮質の大きさ。人間は感情の振れ幅が大きいから、霊の質量も自然と大きなものになる。だから、私たちが観測できるのは人間の霊だけ。猟師に撃ち殺された猪《いのしし》が化けて出たとか、一本釣りした鰹《かつお》に呪われたとか、そんな話は聞かないでしょ？」

「殺した人の霊に復讐されるって話はよくあるね」

「そうそう。人殺しは法律で裁かれるだけじゃなくて、幽霊にも裁かれるんだよ」

裁かれる、という言葉が重く響いた。

〈蛇〉が創られて以来、おびただしい数の人間が私たちの衣裳となった。人の霊が質量を持つのなら、私たちの頭上には月のように膨れた呪詛《じゅそ》の塊が浮かんでいることだろう。

私は猫矢秋果を殺した。鱗川冬子を殺した。五十年間で十七人を殺した。そして今年、弐ノが裁かれた。私たちは〝彼ら〟の裁きを受けている最中なのかもしれない。

犬見はふと天井を見上げて呟いた。

「冬子ちゃんは大丈夫かな。成仏できてるといいけど……」

非業の死を遂げた部員のことを思い出し、誰もが言葉を失っていた。

そのとき、私は床を伝わる規則的な振動に気づいた。車のエンジンだ。三匹は地下にいるはずなので、少なくとも私たちが乗ってきたバンではない。明らかな異常事態だったが、部員たちは当然ながら何も気づいていない様子だった。

私が腰を上げたのと同時に、鷹谷も立ち上がっていた。

「誰か来たみたいだ」

鷹谷は客室の扉をそっと開けた。私は微妙な引っかかりを覚えつつ、その後ろに立つ。

人の声が微《かす》かに聞こえた。廊下の窓の外から響いてくるそれは、歌だった。

鈴を転がすような、ほのかに甘い少女の歌声。

〈偉大なる魔術師　我らが主よ――〉

ぞわりと背筋の毛が逆立った。

人里離れた夜の山で、声の主は〈呪歌〉を歌っている。

「こんな夜中に、誰だ？」

鯨井が怪訝そうに呟く。私たちは廊下に出ると、玄関側の窓を覗き込んだ。どこから取り出したのか、犬見が懐中電灯を窓の外に向けた。

丸く切り取られた光の中に浮かび上がったのは、黒いセーラー服だった。十メートルほど離れているうえ、光量も足りないので判別しづらいが、形状は私たちの高校の制服とよく似ている。

襟《えり》に走った白いラインと、膝丈のプリーツスカート。

息継ぎに合わせて、胸元に垂れた長い黒髪が揺れる。

〈たとえ命尽きようとも　我らは主に永遠なる献身を誓わん〉

ステージに立つ歌姫のように、少女は私たちの視線を意に介さず、残りの詞を伸びやかに歌い上げる。誰も言葉を発さない。皆が固唾《かたず》を呑んで、この奇妙なステージを見つめている。不意に懐中電灯が動いて、光の領域が上方にスライドした。

闇に隠れていた少女の顔が照らされる。

しなやかに動く唇と舌。光を吸い込む空洞のような双眸《そうぼう》。

〈願わくば我らが同胞を塵より蘇らせたまえ〉

呼吸が止まり、時間の流れが凍りついた。雷のような衝撃が私を床に縫いつけた。彼女は蘇ったのだ。罪深い一族に裁きを下すために。

〈願わくば満月に焼かれる我らを癒したまえ〉

歌い終えると、少女は右手を背中に回して何かを引き抜いた。再び現れた右手に握られていたのは、鈍く光を反射する刃物。身を翻すと、こちらに背を向けて歩き去っていく。やがて闇に紛れて見えなくなった。

その先には――

弾かれたように窓辺から離れ、廊下を走って玄関ホールへ向かう。館の唯一の出入口である玄関は施錠され、閂《かんぬき》もかかっていた。それを見て、私は安堵する。

〈暗室〉の玄関を除いたすべての開口部は鉄格子が嵌まっているか、あるいは非常に幅が狭いので、玄関さえ封じれば侵入は不可能だ。あの少女が何者であれ、私たちを襲うことはできない。

いや、と楽観的な考えを打ち消す。

少女は恐ろしく流暢《りゅうちょう》なラテン語で〈呪歌〉を歌い上げた。彼女が〈蛇〉――弐ノである可能性は高い――ならばどんな隙間からでも建物内に侵入できる。もちろん、少女の肉体は捨てなければならないが。

弐ノがどんな理由であのような行為に出たのかはわからない。それでも、刃物を携える少女から滲み出ていた冷たい敵意は感じとれた。

宣戦布告――そんな言葉が浮かぶ。

しかし、何かの誤解ということもあり得る。何らかのトラブルで身動きが取れなくなっていた弐ノが、タイムリミットすれすれで〈満月の集い〉に駆けつけたのかもしれない。だとすれば見捨てるのはあまりに不憫だ。

「何で、門が……」

そんな声に振り返ると、呆然とした顔の小虎が立っていた。

「長尾家の誰かがかけたんだと思うけど」

「まだ竜野が外にいるのに、ですか？」

撮影で外出している後輩の存在をすっかり失念していた。竜野が出かけた後、〈蛇〉の誰かが施錠したのか。山奥の廃墟に泥棒が入ることもないだろうに。

「長尾家の人に相談してくる。危ないから外には出ないでって、みんなにも伝えて」

急ぎ足で二階に上がる。周囲を警戒しながら物置部屋に入り、螺旋階段を駆け下りる。地下室には〈蛇〉の三匹がそろっていた。壱ノはテーブルに着いて本を読んでいたが、私が現れると顔を上げて鋭く問う。

「衣裳候補は部屋に戻ったか？」

「いえ、違います。それとは別の異常事態です」

先程起こったことを説明するにつれ、壱ノの眉間の皺は深まっていく。ふむ、と唸りながら補聴器を嵌めた右耳を掻《か》いた。

「弐ノが戻ってきたの？」

と、長椅子に寝転がっていた参ノが跳ね起きた。

「〈満月の集い〉がどこで開かれているかは知らないはずなのに、この場所を突き止められるものかしら」

「私たちが集まりそうな場所を夜通し巡っているんだろう。何しろ夜明けまでに壱ノの〈呪歌〉を拝聴しなければ死んでしまうからね」

肆ノはそう言って〈蛇の長〉に目を向けた。

「壱ノ、どうするんだ？」

「話だけでは判断しかねる。その者の顔を見たい」

壱ノの提案で私たちはぞろぞろと地上へ上がる。部員たちに怪しまれないよう、二階の物置部屋からは一人ずつ間隔をおいて廊下に出た。最初に一階へ下り立った私を迎えたのは、玄関ホールに集まった四人だった。

「ずっと窓から呼びかけてるけど、竜野くんの返事がないの」

いつもは泰然自若としている犬見も、今は少し蒼ざめて見えた。部長としての責任を感じたのだろうか。

「長尾家の人たちが様子を見てきてくれるって。犬見さんはみんなと部屋に戻って」

「ネコちゃんは？」

「私は……」

うまい言い訳が思いつかず口ごもったところで、参ノが階段を下りてきた。私の肩を摑んで玄関のほうへ強引に押しながら、部員たちをさっとねめつける。

「あなたたちはさっさと部屋に戻りなさい。おねむの時間よ」

凄みのある声色に、四人は脱兎《だっと》のごとく客室に帰っていった。

私を含めた〈蛇〉の面々は、懐中電灯で窓の外を照らしながら館の端から端まで歩いたが、あの少女は見つけられなかった。駐車場に誰かが立っていると思ったら、竜野の三脚だった。カメラだけが孤独に星を見つめている。彼はどこに消えたのだろう。

「我々は籠城する」

玄関ホールに再集合すると、壱ノはそう宣言した。

「かの少女が弐ノだろうと〈財団〉の刺客だろうと、月の入りが迫る今、私から姿を隠す理由など皆無だ。弐ノがよからぬことを企てている可能性は高い。幸いにも、〈暗室〉は外敵に対する要塞としても機能する。したがって玄関を施錠し、夜明けまで外出を禁じる。窓辺にも近寄ってはならない」

ひとつの可能性に思い至って、私は口を挟んだ。

「外にいたのは弐ノではなく、弐ノに名前を乗っ取られた別の〈蛇〉かもしれません。すると、その〈蛇〉は哀れにも塵に還ってしまいます。正当な裁判を行うためにも、もう一度〈呪歌〉を歌ってもらえませんか？」

「それが何者であろうと、私は救いを与えない」

「どうして……」

「伍ノよ、その者は刃物を見せたと言ったな。おまえを威嚇《いかく》するように」

私は絶句する。

創造主である〈主〉が課したルールとは別に、私たちは〈掟〉と呼ばれる独自のルールを作り、長いあいだそれを守って暮らしてきた。内容はいたってシンプルだ。


第一条、我々は同胞を殺してはならない。

第二条、我々は人間に知られてはならない。

第三条、掟を破った者は裁かれなくてはならない。


第一条は、他の〈蛇〉に明確な殺意を向ける行為も禁じている。あの少女が〈蛇〉であれば、私の衣裳を刃物で切り裂き、中身を引きずり出して塵に還そうとしたとも解釈できるので、これは第一条に抵触する。

裁いた結果、有罪となれば死刑。衣裳を引き剝がされ、精神を消去される。

死刑が実際に行われたことはほとんどないという。罪人の処遇は一族の多数決で決まる。裁くのも裁かれるのも身内だから、温情をかけることのほうが多いのだろう。しかし、一族の敵と見《み》做《な》した者に慈悲を与えるほど〈蛇の長〉は甘くないらしい。

「弐ノが何らかの手段で我々を害する可能性がある。無防備な姿を晒すのは得策ではない。よって衣裳替えは弐ノが消滅するまで延期する。標高や天候、月と地球の距離によって消滅時刻は多少変動するが、その幅は最大でも前後十分といったところだ。月の入りは六時九分。そこから余裕を見て二十分待てば、確実に塵へと還るだろう。明朝六時半、館の外を見回り、安全を確保してから衣裳替えに取りかかることにしよう」

ひとつ問題がある、と肆ノは落ち窪《くぼ》んだ目を壱ノに向ける。

「竜野健はまだ外にいる。〈暗室〉の中にいる衣裳候補は四人だけだ。一匹は衣裳替えができないことになるけれど、これでいいのかい」

「弐ノを召還するのは後日だ。それなら弐ノの衣裳は必要ない」

「なるほど」と肆ノは納得した顔をしたものの、すぐに眉を寄せた。「となると、私は竜野に衣裳替えできないということかな？」

「明朝、外で見つかったらおまえの自由にしていい。まだ生きていればの話だが」

竜野は例の少女に襲われてすでに死んでいるかもしれないが、彼女の正体が何であれ、ここに籠城している私たちには指一本触れられない。

壱ノは玄関のドアノブを引き、ドアが動かないことを確かめた。ドアには一般的な錠前に加えて、横にスライドする閂が設えてあり、今はその両方が玄関を封鎖していた。

ふと気になって、私は三匹の顔を見回して問いかけた。

「玄関を施錠したのは誰でしょうか」

「私だ」と答えたのは壱ノだった。「外に竜野がいるとは知らなかった。窓からは明かりがひとつも見えなかったからな」

満月とはいえ館内の明かりに慣れた目には外は暗い。撮影の邪魔になる懐中電灯を使っていなかったせいで竜野は見落とされてしまったのだろう。赤外線を感知する〈蛇〉の能力も、衣裳の中にいる状態では発揮しようがない。

「私も肆ノも一緒にいたけれど、誰も気がつかなかったわ」

参ノも同意した。どうやら三匹は一緒に玄関の戸締まりをしたらしい。

黒籠郷の山道は険しく、ひとたび足を踏み外せば数十メートルの崖を転がり落ちることになる。その上、得体の知れない敵が跋扈《ばっこ》する夜の山で、竜野は一晩を生き延びられるのか。

肆ノは残念そうに溜息を洩らしながら言った。

「きっと彼は死んでしまうだろうね。私が見込んだだけあって、長生きできる顔じゃない。いかにも薄幸で、死神にちょっかいをかけられるタイプだ」

進んで死神を挑発してきた肆ノが言うと説得力がある。

解散後、3号室をノックするとやはり四人がそろっていた。危険だから夜のあいだは館の中でおとなしくすること、明日の朝に竜野を捜しに行くことなどの決定事項を彼らに告げると、小虎が強く反論した。

「一晩中、竜野を外に閉め出すつもりですか？　人間のやることじゃないですよ」

もちろんそうだ。人間がやっていることじゃない。

「竜野なら大丈夫だろ」鯨井は楽観的だ。「いくら得体が知れなくても、武器を持っていても、相手は腕の細い女子だ。高校生の男に敵《かな》うわけがない」

「竜野の貧弱さを知らないんですか？　体育のとき、あいつ内股でのたのた走るんですよ。大半の女子より遅いですし」

「なら、いったん山を下りて温泉街に逃げ込めばいい。どこかの建物に隠れてしまえば安全に夜を越せる」

「運動神経が悪いのに、ガードレールも街路灯もない悪路を走れるわけないです。九十パーセント、途中でこけて崖から落ちます」

「残りの十パーセントは何だ？」

「追いつかれて後ろからずぶり」

そのとき、ぽつりと呟いた鷹谷の言葉が場を凍らせた。

「鱗川さん、走るの速かったな」

他の三人の視線はまず鷹谷に向けられ、そして互いの蒼白な顔に向けられた。謎の少女の正体について、誰しもが同じ仮説を持っているようだ。

三人はひそひそと囁き合う。

「……本当に、鱗川さん？」「そんなわけないだろ。他人の空似だ」「だとしたら、何でセーラー服着てたの？　どうやってここに来たの？」「車の音がしたんだろ。あいつは現実に存在するんだ」「あたし、車の音聞いてないです」「そう言われると、私も自信ないな」「嘘だろ、おい。だったら何なんだあいつは」

四人の言う通り、あの少女の顔は鱗川冬子にそっくりだった。鱗川が死んだことは誰よりも私がよく知っている。だからこそ、顔を見た瞬間の衝撃は凄まじいものだった。

「戻ってきたのかもしれないね。ここはきっと、そういう場所なんだ」

鷹谷の物言いに、鯨井は渋い顔をする。

「やめろ、薄気味悪い」

さらに犬見が追い打ちをかける。

「凶器を持ってたから、復讐しに来たんじゃない？　自分を殺した犯人がここにいると思い込んでる。悲惨な殺され方をしたもんだから、負のエネルギーがめちゃくちゃ溜まって暴走してるの。ひょっとしたら、生前にひどい仕打ちを受けた恨みが――」

「ちょ、ちょっと待ってください、あたしのせいですか？」

慌てる小虎を横目に、私は考えを巡らす。

本当の意味で鱗川を殺したのは私だ。もし鱗川が復讐のために彼岸から舞い戻ってきたとしたら、ターゲットはこの私だろう。刃物は猫矢の喉を抉《えぐ》って私を引きずり出す道具であり、〈呪歌〉

は私を屠《ほふ》ってやるという意志の表明だ。とはいえ――

「俺は幽霊なんて信じない。断固としてな」

と、鯨井は堂々と虚勢を張る。

「だから、あの鱗川似の女子は実在する。なら、なぜ彼女はこんな山奥でセーラー服を着て、刃物を見せびらかして、薄気味悪い歌を歌ったのか。答えは恐怖させるためだ。そのターゲットとは、鱗川が現れたら最も恐怖する人間。つまり、鱗川を殺した犯人だ」

「真犯人がこの館にいるってことですか？」

「事実はともかく、彼女はそう思ってるんだろう。顔は似てなくても化粧でごまかせる。ましてや月明かりしかない暗闇の中だから、少し似てるだけで本人だと錯覚してしまう。セーラー服は違和感をカバーするための手段だ」

鯨井の指摘はある意味で的を射ていた。

あの少女を知っていた私でさえ、彼女を鱗川冬子だと誤認してしまったのだから。

窓越しに顔を見たときは動揺していて気づかなかったが、記憶の中の映像を突き合わせて確信した。彼女は、私が次の衣裳として用意していた中学生だ。

〈財団〉の力を借りて情報を集め、偶然を装って何度か接触してきた。物静かで大人びた少女だった。美しくも能面めいて表情の薄い顔は、鱗川冬子とよく似ていた。私の衣裳の顔はどれもそっくりだと肆ノが指摘したのも頷ける。ともかく、亡霊のたぐいではなかったことに安堵すべきだろう。

しかし、謎は深まるばかりだ。あの少女はおそらく〈蛇〉の衣裳だろうが、なぜ私の衣裳候補を使い、高校の制服まで着たのだろうか。

「鯨井先輩の話が本当で、偽鱗川先輩のターゲットが殺人犯なら、無関係な人間には手を出さないはずです。たぶん、竜野が殺されることもない」

でも、と小虎は続ける。

「このまま竜野を外に閉め出しておけば確実に風邪を引きます。脱皮直後の蟬《せみ》くらい虚弱ですから、そのまま野垂れ死ぬかもしれません。そうなったらさすがに寝覚めが悪いですし、長尾家の人たちには内緒で捜しに行きませんか？」

鷹谷は真剣な顔で頷いた。

「捜索には僕も同意する。ただ、あの女の子が館の中に入るのは絶対に阻止しないといけない。ドアの内側に待機する役が必要だ。最低でも一人は館に残らないと」

「その役ならやっていいぞ」鯨井は手を挙げる。「外に出るのは勘弁だが」

「僕たちは捜しに行くけど、二人はどうする？」

鷹谷は私と犬見の顔を交互に見た。

止めるべきだった。衣裳候補に何かあれば私の責任になるし、外に出るなと壱ノに釘を刺されたばかりだ。なのに、口から出たのは正反対の言葉だった。

「私も行く」

きっとこれも猫矢のせいだ、と心の中で吐き捨てる。

時刻は午前零時半。行動を開始した。

偵察に出ていた私は3号室に戻ると、廊下に誰もいないことを報告した。五人は足音を忍ばせて玄関ホールへ向かい、先頭の鯨井が閂をスライドさせてドアを開け放つ。

「健闘を祈る」

鯨井の言葉に送り出され、私を含めた四人は夜闇に足を踏み出した。

風のない静かな夜だった。高地特有の冷気が足元から這い上がってくる。

館から光が見えないように、しばらくはライトを使わずに進む。ぼんやりと行く手を照らす満月の光だけを頼りに歩いていくと、足元の砂利道が硬い地面に変わった。

「もう大丈夫。明かりをつけていいよ」

鷹谷の声を合図に、全員が明かりをつけた。館の備品である懐中電灯を使っているのは私だけで、他のメンバーはスマートフォンのライトを使っている。

光量が増えたことで周囲の状況が判明した。庭と駐車場を抜けて、麓へと続く細い舗道に出たらしい。私たちはあちこちにライトを向けたが、何も見つからなかった。

——館から見える範囲にいないってことは、竜野は山道か温泉街にいるはずだ。道は一本しかないし、崖に挟まれてるから捜しやすいと思う。でも、温泉街に隠れてるなら厄介だ。ひたすら名前を呼んで歩き回るしかないからね。

捜索を始める前、鷹谷はそう話した。チーム唯一の男子というだけの理由で、彼は隊長に任じられていた。

私たち四人は山道を下り始めた。ひび割れて波打つアスファルトは歩きづらく、何度も足を取られそうになる。折れ曲がりながら続く急な坂道を下っていくこと三十分。道はようやく平坦になって周囲にちらほらと建物が現れる。

大きな通りに出ると、ペンキの剝げかけた古い木製の看板が一同を迎えた。

『ようこそ黒籠郷へ　清流と秘湯のまち』

「やっと着いたー」

犬見はくたびれたようで看板の横にへたり込んだ。延々と続く下り道は思いのほか体力を消耗させる。私も手近な段差に腰を下ろした。

「なかなか広いね。どこから手をつけていいのか」

鷹谷が嘆く通り、懐中電灯で照らせる範囲でも無数の建物がある。渓谷に沿っているので土地は細長いが、面積はちょっとしたテーマパーク並みなのだ。しらみつぶしに当たっていては日が昇るし、それでは捜索の意味がない。

とりあえず呼びかけをしようと、二組のペアに分かれて行動することになる。もちろん私は鷹谷と組んだ。犬見は意味深なウインクを私に放つと、渓谷に向かって右手の街道を小虎とともに歩いていった。

左手の街道を進みながら、私と鷹谷はてんでばらばらのタイミングで声を張る。

「おーい、竜野ー」

「竜野くーん」

反響した声が重なりつつ闇に消えていく。こだま以外の返事はない。遠くから犬見と小虎が放った声も聞こえてきた。この渓谷は地形的に音が響きやすいようだ。

しばらく連呼して喉が疲れたのか、鷹谷は小休止してぽつりと言う。

「正直言って、ここでは見つからないと思う」

「どうして？」

「あの女の子が車で館に来て、そのまま車で立ち去ったのは確かだ。あの一本道の途中に車はなかったし、隠せる場所もないからね。問題なのは、彼女が館に来てから引き揚げるまでに、それほど時間がかかってないことだよ」

私は内心首をひねった。

「車が来たのは私たちが部屋で蛇牢をしていたときだった。車が去ったのはいつ？」

「君が二階に行った後だ」

地下室にいたときか。それなら音を聞いていないのも納得がいく。

「車はすぐに山を下りていったのに、竜野は何時間も戻ってこない。つまり――」

「殺された？」

「あるいは誘拐された。崖から転落したって可能性もあるけど、目の届く範囲にはいなかった。竜野はたぶん、車に乗せられてどこかに運ばれたんだ。君たちの計画にはこんなことは含まれてなかったと思うけど」

「確かに、あの女が現れたことも、竜野がいなくなったことも、私たちの想定外の事態だった。他の〈蛇〉たちは弐ノの仕業だと考えてる。でも、私はそうは思わない。たとえ弐ノが一族の襲撃を企てたとしても、私の身を危険に晒すことだけはしないはず」

「君が弐ノさんと親しかったから？　それとも、他に理由があるの？」

鷹谷の質問に答えようとした口を、理性が閉ざした。

危険だ。情報を与えすぎている。

「あなたの役割は犯人を見つけること。それに関係がないことは教えない」

先程のゲーム中に彼が取った行動は、私を裏切っているとも見做せるものだった。鷹谷が本当に信頼に足る人間なのか、見極めなくてはならない。

「鷹谷、あなたに訊きたいことがある。なぜあなたが写真部員たちを裏切って、彼らを私たちの衣裳にする計画に加担しているのか」

「君が好きだから、という理由じゃ納得してもらえないかな」

「これでも私は人間社会を長く生きているし、大勢の記憶を吸い取ってきたから、人間の思考パターンはよく理解しているつもりよ。普通の人間は人殺しの怪物を好きにならないし、それに手を貸して人を殺すこともない。それでも協力するのだとしたら、考えられる理由はふたつある。恐怖によって従っている、もしくは裏切りを画策している」

本当はもうひとつあったが、口にはしなかった。それは私の切なる願いであり、秘すべき己の弱さであり、現実離れした妄想だったから。

「君のことは怖くないし、裏切りなんてもってのほかだよ」

　鷹谷の声に一抹の寂しさが滲む。それでも私は追及の手を緩めない。

「だったら、どうしてあのゲームで私を試すような真似をしたの？　あなたは衣裳替えのことを知ってるし、私が負けたがってることに気づいてたはず。なのに、私がわざと負けられないようにあんなことを言った」

「君を外に行かせたくなかった」

「……どういう意味？」

　しばらくの沈黙の後、鷹谷は口を開いた。

「ごめん、うまく説明できない。君が僕のことを信用し切れないのもわかってる。でも、これだけは信じてほしいんだ。僕は絶対に君のために動く。他の誰を裏切ってでも、君の役に立ちたいと思ってる。だって――」

　月明かりの下、鷹谷は照れくさそうに言った。

「僕は、君を守るために生まれてきたんだから」

　毒気を抜かれるとはこのことだろう。疑う気力すら失せてしまった。

「要するに、あなたは変態なのね」

「そうかもしれない」

「だけど、あなたの気持ちはわからなくもない。誰かを無条件に信じているという点では、私も同じだから」

「弐ノさんのこと?」

「そう。弐ノは私にとって教師であり、親でもあった。そして弐ノにとっても――きっと、私は特別な存在なんだと思う。五十年前、私が弐ノの命を救ったときから」

*

『ようこそ黒籠郷へ　清流と秘湯のまち』

そんな真新しい看板を横目に、鴨居《かもい》縁《ゆかり》はとぼとぼと街道を歩いていた。

道沿いに延々と並ぶ屋台の赤提灯《あかちょうちん》が、どこか異界じみて感じられる夜だった。

縁が同級生たちと黒籠郷に来たのは、高校最後の思い出作りのためだ。予約していた安い宿に荷物を置いて、みんなで賑やかな街道を練り歩いた。

しかし、今は縁一人だ。野外ホールに有名なアイドルが来ていると聞いて、人混みを掻き分けてホールを目指している途中、みんなとはぐれてしまったのだ。縁はみんなを捜すことを諦めて宿に戻るつもりだった。人混みは苦手だったし、件《くだん》のアイドルにもそれほど興味がなかったのだ。

街道の石畳にはうっすらと雪が降り積もっている。さまよえる人魂《ひとだま》のように提灯が揺れる。遠くから聞こえてくる歓声を、山々の圧倒的な静寂が呑み込んでいく。

突然、目の前にドレス姿の女性が現れた。

「お嬢さん、パーティーに行かない？」

日本人離れした派手な目鼻立ちの美人だ。彼女が言うには、山の上の高級ホテルで催されるパーティーに縁を招待してくれるとのことだった。

誘いは魅力的だったが、自分一人で抜け出すわけにはいかない。友達を待たせてるので、とやんわり断ろうとしたとき、女性の背後から見知った少女が二人現れた。

おさげ髪の鳥羽啓子《とばけいこ》と、眼鏡の鶴岡恵美《つるおかえみ》。

縁と同じ大学に進学を決めている二人の親友だった。

「縁も行こうよ」啓子は手招きした。「恵美がみんなに伝えてくれるみたいだから」

「恵美は行かないの？」

「わ、私はいいよ」恵美はぶんぶん首を振って後ずさりする。「二人で行ってきて」

結局、縁と啓子が女性の車に乗ることになった。別れ際、恵美がそっと耳打ちしてきた。

「気をつけてね。あの人、何だか嫌な感じがしたの」

「大丈夫だって」

縁は能天気に笑って、車窓の向こうに遠ざかる恵美に手を振った。それが今生の別れになるとも知らずに。

連れていかれた〝涼月館〟は立派だった。パーティー会場はそれほど混んでおらず、身なりのよさそうな男の人や綺麗な女の人が、ワイングラスを片手に談笑していた。場違いだなと思いつつ、テーブルに並んだ料理を片っ端から頬張った。普段は小食なのに、美味《おい》しくて箸が止まらなかった。全部食べ尽くそうかと二人で笑い合った。

「恵美も来ればよかったのにね」

そのうちに、会場から人が次第に減っていくのに気がついた。

話を聞けば、パーティーの参加者は館に無料で泊めてもらえるのだという。

これほどの料理を無償で出して、そのうえ宿も提供してくれるなんて、世の中にはお金を持て余してる人がいるんだな、と一応は納得した。腕が片方なかったり、顔に縫合の痕があったりする傷痍《しょうい》軍人らしき人たちもいたので、何らかの慈善事業かもしれない。

結局、二人は涼月館に泊まることにした。

部屋はどれも一人用だったので、縁と啓子は別々の部屋を割り当てられた。疲れていたのもあって、大浴場で身体を洗うと、さっさと部屋のベッドに入った。

もう零時を回っていたけれど、なかなか寝つけなかった。何者かの視線を感じて落ち着かなかったのだ。鍵がないせいかもしれない、とドアに歩み寄った。どうにかしてドアが開かないようにできないかと考えて、その必要がないことに気づいた。

ドアが開かない。

何かが隙間に挟まって動かないのか、それとも誰かが外から鍵をかけたのか。不安が込み上げてドアを叩く。衝撃を吸収する素材なのか、ほとんど音がしなかった。

「誰か、誰か開けて！」

底知れない不安が込み上げて、何度も拳でドアを殴った。助けてと叫んだ。それでも何も起こらなかった。そのうち涙が溢れてきて、嗚咽《おえつ》を洩らしながら床にうずくまった。

ずるり、と背後で音がした。

涙を拭いて振り向くと、ベッドの下にわだかまった闇の中で何かが動いていた。

ずる、ずるっ。

やがて、「それ」はランプの明かりのもとに姿を現した。

金色の眼をした、黒い蛇。

切り傷のような瞳に射竦められて息が詰まった。恐ろしくて逃げ出したいのに身体が動かない。

蛇は眼を爛々《らんらん》と輝かせ、身体を左右に揺らしながら距離を詰めてくる。押し寄せる絶望の中で、自分は無力な獲物でしかないと縁は悟った。

やがて蛇の頭に一本の裂け目が走り、ぱっくりと真っ赤な口腔が晒されて——

縁の意識はそこで途切れた。


地獄の夢を見ていた。

どろどろした熱い混沌《こんとん》の中で身をくねらせ、私は必死に先へ進んだ。

やがて現れた赤い壁を食い破り、中に身を滑らせる。陽だまりを思わせる温かな繭《まゆ》に包まれて、居心地のよさに身体を丸めると、次第に全身が溶けていくのを感じた。

そして、目を覚ました。

目の前には白い天井があって、知らない顔がいくつも私を見下ろしていた。

「気がついたか？」

ぞっとするほど温度の低い声は、白髪の老人の口から発せられていた。右目で私を観察し、左目はあらぬ方向を見つめている。義眼なのだろうか。

弾かれたように半身を起こし、掛布団を撥ねのけた。部屋の内装には見覚えがあった。

そうだ、ここは涼月館だ。ベッドで眠ろうとしたら、夜中にドアが開かないことに気づいて、それからあの蛇が――

その先の記憶は曖昧だった。悪い夢を見ていただけかもしれない。

「おまえの名は？」

見知らぬ老人の不躾《ぶしつけ》な問いに、私は警戒しつつ答える。

「……鴨居です」

「違う。おまえはクイントゥスの名を戴く者。日本名は、ゴノだ」

「ゴノ？」

老人は指先で宙に文字を書いた。ゴノは「伍ノ」と書くらしい。

「おまえの本体はその少女の中にある。おまえは少女の記憶を引き継いでいる〈蛇〉に過ぎないが、記憶に強く根を張った常識が、おまえ自身を人間だと錯覚させる。実際、我々の中で己の正体に自力でたどり着いた者はいない。真実を知るには、外からの助けが要《い》る」

意味のわからないことを言って、老人は私の額を指さした。

「伍ノよ、脳髄の奥に意識を向けてみろ。そこにおまえがいる」

「何を……」

「脳髄の奥に意識を向けろ」

渋々言われた通りにした途端、雷に打たれたかのように理解した。頭蓋骨の白いドームの中、灰色の泥に溶け込んだ自分の身体を、まざまざと感じる。

――そうか、私は〈蛇〉なんだ。

「じゃあ、鴨居縁はどこに行ったんですか？」

「死んだ。おまえに喰われてな」

言葉を失っていると、少し離れたところから聞き慣れた声がした。

「鳥羽啓子も死んだわ。私が食べちゃったから」

枕元に歩み寄ってきたのは間違いなく親友の啓子だった。ひとつ違っているのは、あのドレスの女性と同じ香水の匂いをまとっていること。

啓子の背後にいた恰幅のいいスーツの男は、金歯を見せて言った。

「キザキイチロウも死んだ。私が喰ったからな」

窓辺に佇む、首から顔にかけて痛々しい火傷《やけど》の痕が走る禿頭《とくとう》の男は、両手で何か仕草をした。手を動かすたびにしゃらしゃらと鈴の音が響く。それから歪《いびつ》な微笑を浮かべる。

最後に、義眼の老人は言った。

「ササグリカズオも死んだ。私が喰った」

啓子の顔をした「何か」は可笑《おか》しくなったように吹き出した。つられてスーツの男が豪快に笑う。火傷の男と義眼の老人も、静かに笑いを洩らしている。

「今宵《こよい》は我々の宴だったのだよ」

四人の笑い声が部屋に響き渡って、私はベッドに座ったまま硬直する。

まだ、悪夢の続きを見ているのだろうか。

「――さて、これで五匹がそろったわけだ」

老人の言葉に、場が凍りついたような気がした。

「〈呪歌〉と〈掟〉の継承を先にしたほうがいい」スーツの男の声は少し震えていた。「慣例に従うならそうすべきだろう。万が一、無知なる〈蛇〉が野に放たれたら――」

「ニノよ。私は誰だ？」

ぐ、と喉の奥で唸って、スーツの男は溜息を洩らす。

「……わかったよ、イチノ。我らが長よ」

よろしい、と老人は答えて全員の顔を見回した。義眼がぎらぎらと光沢を放つ。

「これより裁判を始める。被告はニノ。裁判官はイチノ、サンノ、シノ、そして伍ノだ。結審後は四匹の裁判官の多数決によって判決を下す。票が同数となった場合は不成立、つまり無罪とする。――伝統に則った形式だが、ここまでに異論のある者は？」

誰も声を上げない。頷いて老人は続ける。

「ニノの罪状は、伍ノを死に至らしめたことである」

「あの」おそるおそる手を挙げる。「伍ノって私のことですよね？」

「おまえではない。おまえが塵に還る前の伍ノだ」

ますます混乱に陥っていく私を置き去りに、裁判と称された何かは進んでいく。

「改めて認識を擦り合わせる。サンノよ、知っている範囲で事件の内容を説明しろ」

説明しろって言ってもねえ、と啓子は頰に手を当てる。

「詳しいことはあまり知らないわよ。伍ノがパイプに入ったとき、私は焼却炉に死体を運んでたんだから」

パイプ？　焼却炉？　いったい何の話だろう。

私が話についていけないことを察したのか、啓子もどきが提案した。

「ねえ、イチノ。これじゃ伍ノには意味不明よ。もっと詳しく事情を説明してあげないと、公平な裁判にはならないわ」

老人は重々しく頷き、私に顔を向けた。

「〈暗室〉を案内する。ついてこい」


義眼の老人は〝壱ノ〟という名前らしい。

彼に先導されて暗い螺旋階段を下った先には、円筒の空間があった。

タイル張りの壁には、天井から床にかけて何度もぎざぎざに折れ曲がる溝が刻まれていて、それらが等間隔に並んでいる。雨樋《あまどい》かと思ったけれど数がやけに多く、数えてみると二十本ある。

「〈蛇〉は人間の身体に寄生することで生きている。人間とはいわば我々の衣裳であるから、別の人間に乗り移ることは〝衣裳替え〟と呼ぶ。この地下室には、衣裳替えを円滑に行うための様々な仕組みが備わっている。例えば、これだ」

そう言って、壱ノは壁の溝に触れた。

「この溝は一階の各客室に繋がっている。この地下室で衣裳を脱いだ〈蛇〉は、溝を這って天井まで登り、天井の穴から壁の中を巡るパイプに入る。パイプは客室を一周していて、途中に開いた小窓から室内を覗ける。小窓はハーフミラーであり、室内側からはパイプは見えない」

客室にやたらと鏡が多かったことを思い出す。やっぱり覗かれていたのだ。

「この小窓で衣裳候補の様子を確かめ、パイプの出口付近にあるスイッチを鼻先で押す。すると、客室のドアは完全に封鎖される。衣裳候補が逃げたり、ドアの隙間から悲鳴が洩れたりするのを防ぐためだ」

「これは？」

私はそれぞれの溝の近くに一本ずつ設置されたレバーを指さした。溝と同じく二十本が壁から生えていて、すべて上を向いていた。

「それを使えば手動でも客室を封鎖できる。たとえパイプ内のスイッチが故障しても問題はない。重要な機構には電気に頼らない手法を取り入れているのだ。ここは山奥で、電力供給が不安定だからな」

壱ノはおもむろに手近なレバーの一本を握って引き下ろした。ずん、と微かな地響き。そしてレバーを上げると、じゃらじゃらと鎖の鳴る音がした。割と原始的な仕組みのようだ。

「〈蛇〉は無事に衣裳替えを果たしても、そのままでは客室の外に出られない。パイプの中のスイッチをもう一度押せばドアの封鎖は解かれるが、スイッチは人間の手の届かない位置にある。密室を解くには、他の〈蛇〉の手を借りなければならない。具体的には、パイプ出口の蓋を押し開けて合言葉を言うのだ。それを聞いた地下室の〈蛇〉が、レバーを上げて客室を開放する」

今後、おまえもこの仕組みを使うだろうが、と壱ノはぞっとすることを言って、

「客室の封鎖は必ず衣裳替えの直前、パイプ内のスイッチで行い、衣裳替えが終わったら速やかに封鎖を解かねばならない。封鎖中、何者かが客室を訪れ、鍵のかからないはずの扉が施錠されているのに気づけば、〈暗室〉の仕組みが暴かれかねないからな。封鎖の時間は最小限に抑えることにしている」

さて、と壱ノは螺旋階段のほうへと歩き始める。

「衣裳替えが済んだら、最後に古い衣裳を――死体を始末する」

ドアを開けると、階段が巻きつく円筒の正面に観音開きの扉があった。その先には小部屋があって、巨大な金属の箱と、プレス機のような機械が置かれていた。

「ここは焼却室だ。台車で運んできた死体をこの焼却炉で燃やし、残った骨は破砕機にかけて粉末にする。以上が衣裳替えの工程だ。理解したか？」

「ええと、一応は」

なんとなく、小学校のときにパン工場を見学したことを思い出した。パンと死体の違いはあるが、工程が半ば自動化しているというのは理解できた。

地下一階の部屋に戻ると、シャンデリアが照らす正五角形のテーブルに着いた。すでに他の三人は着席していた。

壱ノは全員の顔を片目で見回して、おもむろに話し始めた。

「先週、各地から衣裳候補を招いたパーティーをこの館で開催した。我々はパーティーを通して慎重に吟味し、数多い候補の中から衣裳とする人間を選ぶ」

パーティーの夜、衣裳候補たちが客室に引っ込むとともに、五匹は行動を開始した。

まず、彼らは地下室に集まった。客人の部屋割りが書かれた紙をもとに、それぞれがどの人間を捕食するかを決める。

弐ノと参ノは不参加を表明した。お眼鏡にかなう候補がいなかったらしい。

最初に肆ノが2号室の傷痍軍人に。続いて壱ノが6号室の歴史学者に衣裳替えした。ちなみに、傷痍軍人は先程の部屋にいた禿頭の男で、歴史学者は目の前にいる義眼の老人だという。この二匹は今週の「宴」には不参加だったということだろう。

この時点で地下室に残っていたのは、弐ノ、参ノ、そして伍ノ。

伍ノが選んだのは1号室の中学生の少年だった。

「中学生がこんなところに？」

「彼は伍ノが特別に呼び寄せた孤児で、保護者は同伴していない。今日の宴にはおまえのような高校生がいたが、先週の衣裳候補で未成年だったのは彼一人だ」

「あんなパーティーに中学生がいたら、すごく目立ちますね」

「彼に限った話ではないが、まあいい。話を進める」

伍ノは台車に寝そべった状態で衣裳を脱ぎ、〈蛇〉の姿で床に落ちた。参ノはその死体を運んで焼却室へ向かった。

そのあいだに、伍ノは1号室へと続く溝を這って天井の穴へと消えた。

弐ノはレバーの前で待機していた。弐ノの証言によると、伍ノが天井に消えてから数分後、レバーがひとりでに下がったという。パイプ内のスイッチが押されて客室が施錠されたのだ。

衣裳替えの完了の合図は〈城門を開け〉。その声が聞こえたら、レバーを上げて客室を開放する手筈になっていた。

しかし、一時間経っても伍ノの声が聞こえない。

通常、〈暗室〉での衣裳替えに要する時間は、客室を封鎖してから五分前後、長くても三十分程度だ。それ以上封鎖を長引かせると、〈暗室〉の仕掛けを第三者に悟られるリスクが大きくなる。

何か不測の事態が起こったのか、あるいは好機をじっと窺っているのか。どちらとも判別がつかなかったが、歴史学者の姿で地下へ戻ってきた壱ノの提案で、しばらく様子を見ることになった。不測の事態に備え、参ノは2号室で寝ていた傷痍軍人の肆ノを起こし、二匹で扉を見張った。地下のレバーは壱ノと弐ノが監視した。

さらに一時間が経った。

たとえ好機を待っているにしても、客室を封鎖したまま二時間も待つとは思えない。伍ノは衣裳候補の少年に返り討ちにされたのではないか。ならば救出しなくてはならない、ということで1号室を開けることになった。

封鎖を解いた途端、部屋の中から攻撃される可能性もあるので、老人の壱ノと若い女性の参ノは地下に残り、中年男性の弐ノと元軍人の肆ノが1号室を訪ねた。打ち合わせ通りの時刻に地下でレバーが上げられ、1号室の封鎖が解かれると、すかさず二匹は真っ暗な客室に踏み込んだ。

明かりをつけると客室は血の海で、息絶えた少年が横たわっていた。

床に広がった血はすでに乾いていた。首筋に鋭い傷があり、少年の手にはナイフが握られていた。自分で頸動脈を切り裂いたものと思われた。

少年の口からは蛇行する血の跡が続いて、わずかに開いた窓の向こうへ消えていた。

その後、四匹は夜通し捜索したが、伍ノはついに見つからなかった。

「伍ノは少年に衣裳替えした後、己の首を切り裂いて窓から飛び降りた。――下手人はそう思わせたかったのだろう。浅はかな考えだ」

「じゃあ客室を開けたとき、犯人は中にいたんですね？」

そう考えないと理屈に合わない。客室は二時間のあいだ施錠されていたのだから。

ところが、予想に反して壱ノはかぶりを振った。

「客室の中にあったのは少年の死体と、大量の血液だけだった。少年の荷物は小さな鞄ひとつで、中に人間が隠れられる容積はない。当然、中身は調べたが、たいしたものは入っていなかった」

「え、それじゃ……」

「そう、これは密室殺人だ」

壱ノは肘をテーブルに突いて、両手の指を組む。

「1号室の窓は開いていたが、鉄格子に阻まれて人間の出入りはできない。唯一のドアは我々が確認するまで完全に封鎖されていた。その他の開口部は存在しない」

にわかには信じられない話だった。

「じゃあ、犯人はどこに行ったんですか。煙のように消えたとか？」

「人間を燃焼させるには高温が必要だ。骨の主成分であるリン酸カルシウムの融点は千六百七十度。そのような高熱を発生させた痕跡は残っていなかった。犯人が煙と化したなどというのは、実に非科学的な話だ」

〈蛇〉の存在も十分に非科学的だ。納得がいかない。

「では、犯人はどこに行ったのか。単純な仕掛けだ。犯人は伍ノの衣裳替えの前に1号室を訪れ、少年を殺し、客室を出た。死体は死後二時間、誤差三十分程度だった。客室が封じられる前に殺されたとしても矛盾はしない」

「ええと、それっておかしいですよね」

「どこが間違っている？」

真顔で訊き返されたので、私は緊張しながら答える。

「客室の中は鏡を通して覗けるんですよね。少年の死体も見えていた。すると、伍ノさんは少年が死んでいることを知っていたのに、部屋を封鎖して衣裳替えを始めたことになります。これはおかしいですよ」

「そうだ。我々は視力こそ弱いが、赤外線を感知できる。たとえ部屋の明かりが消えていても、少年の生命活動が止まっており、熱を帯びた液体が床に撒《ま》き散らされているのが見えたはずだ。そして、客室に入った伍ノを攫える者は存在しない。とすれば、前提条件が間違っているとしか考えられないだろう」

壱ノの右目がぬめりと動いて、大柄なスーツの男を視界に捉えた。

「弐ノよ、伍ノは本当に1号室へ向かったのか？」

「……本当だ。信じてくれ」

懇願する弐ノを無視して、壱ノは視線を私に戻した。

「我々の仮説では、これは弐ノの仕業だ。衣裳を捨てた伍ノは、1号室のパイプに入る前に捕まり、どこかへ隠された。当時、地下室には弐ノと参ノしかおらず、参ノは伍ノが天井に消えるのを見届けることなく焼却室へ向かった。したがって弐ノには、伍ノを捕まえて地下室から持ち出す時間があった」

「待ってくれ。私は地下室から一歩も出ていないんだ。それに、階段のドアを開ければ音がするはずだろう」

弐ノが救いを求めるように見たのは、棒つき飴《あめ》を舐める啓子――参ノだった。

「確かに、ドアが開く音は聞こえなかったわ。でも、私は焼却炉の前にいた。激しい燃焼音でドアの音が搔き消されたとしてもおかしくない」

「おい参ノ……」

「でもね」

飴を口から出すと、濡れた青緑の玉を指先でくるくる回す。

「私は弐ノの無実を信じる。弐ノがそんな馬鹿な真似をしたとは思えない」

「ならば、伍ノの死をどう考える。参ノよ」

「自殺に決まってるじゃない。それともあなたの頭の中では、自殺者が十字路に埋められる時代がまだ続いていて、その可能性すら浮かばないのかしら。耄碌《もうろく》したものね」

「愚かな」

壱ノは恐ろしい殺気を滲ませていた。事情を知らない私は沈黙するしかない。

そこで、火傷の男——肆ノが手を挙げた。しゃらっ、と清らかな金属音。よく見ると、手首には飾り紐《ひも》が巻かれ、金色の小さな鈴がついていた。

肆ノは先程と同じように両手をパントマイムのように動かす。

弐ノは信じられないというように、目を見開いて男を見つめた。

「やめてくれ、肆ノ。確かに私は一族の移住を主張していた。だが、あの程度のことで伍ノを手にかけるわけが——」

「黙れ」

壱ノの一喝で場に沈黙が下りた。弐ノがごくりと唾を飲み込む。

「これより決を採る。弐ノの処刑に賛成か反対かを答えろ。まず、私は賛成する」

「私は反対」参ノは言う。

肆ノが右手を肩の上に振り上げた。そして相変わらず黙っている。

私の戸惑いを察したらしく参ノは説明した。

「肆ノの衣裳は唖者《あしや》なの。戦争で声帯を失ったから手話でしか喋れない。まったく、そんな衣裳を好き好んで選ぶなんて理解できないわね。その手話は、『賛成』を意味するの。次はあなたの番よ」

「私の番……」

「弐ノの処遇はあなたにかかってる。よく考えて」

これまで賛成二票、反対一票。

私が賛成に一票を投じれば、弐ノは処刑。反対に投じれば二対二の同票となるので、弐ノは無罪放免。私の一票ですべてが決まる。

重すぎる責任に揺れる私を後押しするように、壱ノは話す。

「伍ノよ。記憶を失ったとはいえ、〈二番目の蛇〉はおまえを殺したのだ。おまえの判断こそが最も尊重されるべきだと私は思う」

弐ノが私を見ている。細い目をさらに細めて、救いを求めるように。

伍ノが殺されなければ縁は死ななかったし、私は縁を殺さなくて済んだ。

でも、死者に報いることに意味なんてあるのだろうか。

「私は反対します」

一週間後、私は交通事故に遭って死んだ。

*

「いきなり事故とは、唐突な話だね」

「本当のことだから仕方ないでしょう。運が悪かったの。事故の直後、下校途中の高校生にうまく乗り移れたのは幸運だったけど」

意図的に説明を省いたところはあったが、嘘ではない。

事故以来、高校の卒業式が近づくと衣裳を替えたいという強迫観念に襲われることも、同じく伏せていた。協力者だからといってむやみに弱点を晒すことはない。

「弐ノは私に恩義を感じていたの。お返しとして何があっても私を守ると約束してくれた。だから、弐ノが私を傷つけたりはしないと信じてる」

考え込むような間を置いて、鷹谷は言った。

「少なくとも、弐ノさんは五十年前の事件の犯人じゃない」

これにはさすがに驚いた。

「どうしてそう思うの？」

「確実性が低いからだよ。君の話によれば、各自の衣裳を決めたのも、衣裳替えの順番を決めたのも、地下室に入ってからだ。偶然にも伍ノさんの順番が最後で、しかも地下室に残っている人数が二人じゃないと、計画は実行できない。もし弐ノさんが伍ノさんの命を狙っているとして、これほど偶然頼りの方法を選ぶとは思えないんだ」

「そのチャンスが到来することを信じて、あらかじめ少年を殺しておいたとしたら？」

「少年の死体を伍ノさんが発見したら、絶対に怪しむよ。自分が狙われていると察知して、衣裳替えを控えるようになるかもしれない。暗殺者にとってターゲットに警戒されるのは最悪だ」

では、伍ノは誰もいない部屋に鍵をかけて、どこに消えたというのだろう。暴れる〈蛇〉を小脇に挟み、顔のない犯人が煙のように消えていくのを想像する。壱ノの言う通り、何とも非科学的な話だ。

「一番考えられそうなのは自殺だけど、壱ノさんは否定的なんだね」

「ええ、それにしては状況が変だから」

伍ノが自殺するわけがないと壱ノは固く信じているようだった。あの強固な信頼には何か根拠があったのだろうか。

そのとき、前方から足音が聞こえた。

建物の陰から現れた人影に、とっさに懐中電灯の光を浴びせる。

「あ！」

鷹谷は素早く駆け寄って、「大丈夫か」とその肩を軽く叩いた。竜野はうつむいたまま小さく頷く。鷹谷はほっとしたように私を見る。

「竜野だ。生きてる」

あっけない再会だったが、竜野が語った経緯はバイオレンスなものだった。

「車が来たと思ったら、誰かが降りてきて、いきなり殴られたんです。そのまま気を失って、目が覚めたら誰もいない廃墟の中にいました」

一撃で気絶させるとはなかなかの手練《てだ》れだ。

「犯人の顔は見てないの？」

「暗くて見えませんでした」

竜野が邪魔だったなら、殴った後で放置すればよかったのに、なぜ犯人は竜野をわざわざ連れ去ったのだろう。犯行の意図が読めなかった。

赤黒く腫れた竜野の顎を見やって、鷹谷が気遣うように言った。

「殴られて気を失ったのなら、脳震盪《のうしんとう》を起こしたのかもしれない。後で症状が出ることもあるから早めに病院に行ったほうがいい。長尾家の誰かに車を出してもらおうか？」

無理な相談だと窘《たしな》めようとしたら、先に竜野がきっぱりと言った。

「いや、全然平気なので大丈夫です。大事《おおごと》にはしないでください」

その後、犬見と小虎が合流し、五人になったチームはぞろぞろと山道を上り始めた。満月はずいぶん傾いて、山々の陰に隠れようとしている。

鷹谷と並んで最後尾を歩きながら、私は胸騒ぎを感じていた。

壱ノが危惧していたように、襲撃者はきっと夜明けまでに何かを仕掛けてくる。私たちが無事に朝を迎えられるとは限らないのだ。この局面を生き延びるためには、手持ちの駒を最大限に活用しなくてはならない。

私がふと足を止めると、鷹谷も応じるように立ち止まった。他のメンバーとの距離が開いたのを見計らって、私は彼に囁く。

「あなたは私を守ってくれるんでしょう。それなら、私たち一族も守ってくれる？」

「もちろんだよ。君にとって大切なものは、僕にとっても大切だ」

目に見えて相好を崩した鷹谷は、ここで予想外の提案を持ちかけた。

「その代わりと言ってはなんだけど、僕からひとつお願いがあるんだ」

「何？」

「写真部のみんなを助けてほしい。つまり、衣裳替えを中止にしてくれないかな」

強《したた》かな男だ。一度条件を呑んだふりをして交渉を持ちかけるとは。

私は小さく息を吐き、必要事項を淡々と伝える。

「衣裳替えは明日の朝に変更された。六時半までに部屋を出て。風呂に入ってもいいし、散歩に行ってもいい。それであなたの衣裳替えは中止になる。もちろん他の部員には伝えないで。私はあなたを助けるとは言ったけど、五人全員は守り切れないし、下手に動けば私が一族に疑われかねない。そもそも私は、衣裳替えをやめるつもりなんてない」

明朝に行われる衣裳替えは、私たちが真の名前を確認し合い、互いの信頼を強固にするための重要な儀式。一人分の衣裳が使えなくなったとしても差し支えはないが、写真部の五人にそっくり逃げられては困るのだ。

「誰を裏切ってでも私の役に立つ、ってあなたは言ったでしょう」

だが、鷹谷は引き下がる素振りを見せなかった。

「もちろん、それは嘘じゃない。でも、君が一族を守りたいように、僕も写真部のみんなを守りたい。誰も切り捨てないで済む道があるなら、それを選びたいんだ」

「彼らがあなたと同じ人間だから？」

「違う。仲間だから、だよ」

私には奇妙に思える訂正を入れると、鷹谷は理路整然と続けた。

「それに、もはや衣裳替えをする意味はほとんどない。さっきの女の子は館の外から現れた。敵は君たちの中じゃなくて、館の外部にいる可能性が高いんだ。そうすると、衣裳替えをして館の人間の数を減らすのは悪手だ。〈蛇〉は人間の身体なしでは生きられないから、兵糧攻めには弱い」

「だとしても、衣裳替えの実行は〈蛇の長〉が決めたことよ。もう覆らない」

「こっそりみんなの部屋の穴を塞いだら？」

「それは駄目。秘密を知ったと勘違いされて、結局全員殺される」

鷹谷は思案を巡らすように黙り込んで、

「六時半――その時点で全員が部屋の外にいる合理的な理由さえあれば、みんなの命は助かるし、君が一族から疑われることもない。そうだね？」

「ええ……」

だったらいい方法がある、と言い残して鷹谷は駆け出した。ずいぶん先へと進んでいた他の四人に追いつき、私に聞こえるような大声で提案した。

「明日、朝日を撮りに行かないか？」


その夜、昔の夢を見た。

私が弐ノの教育を受けていたころの記憶だ。弐ノは他の兄姉たちの過去について色々と教えてくれて、その日は壱ノの話になった。

「壱ノは基本的に出不精だが、趣味に関しては腰が軽いんだ。学者や探検家の噂を聞けば世界中のどこにでも飛んでいく。戦争中だろうが地球の裏側だろうがお構いなしだ」

「そのときは、他のみんなもついていくの？」

「いいや。壱ノの道楽には付き合いきれない。まあ、私は何度か同行した。たまに面白い人間に会えるからな」

例えば、と弐ノは本のページをめくって次々に歴史上の人物を挙げていく。

物理学者、生物学者、哲学者、法学者といったアカデミックな分野で業績を残した人物。将軍、皇帝、国家元首、大統領といった政治において手腕を振るった人物。武道家、狙撃手、職人、詐欺師など、特殊な技能を磨いてきた人物。

どれも他の者にはない、優れた〝知〟を備えた人間たちだ。

これほどの面子《メンツ》がそろっていれば、一人くらいは壱ノを超える叡智を持った人物がいたのではないか。弐ノにそう訊くと、

「いや、壱ノは人間を頭の足りない獣だと考えているし、会いに行った者たちにしても、他の連中よりはマシとしか思わなかったらしい。あまりに知性の低い人類に失望して、この国に引きこもるようになったのかもしれないな」

「世界中を回っても、尊敬できるような人には巡り合えなかったんだ」

「いいや、壱ノには昔、誰よりも尊敬する存在がいた」

「〈主〉？」

「いや、違う。魔術師のことはむしろ憎んでいるからな」

あの壱ノが尊敬するほどだから、教科書に載るような偉人に決まっている。私は思いつくかぎりの名前を挙げたが、弐ノはそのたびに首を振るばかりだった。

「おまえが知らない奴だ。とうに死んでいるが、いい奴だった」

人の寿命は〈蛇〉と比べるとあまりに短い。壱ノが尊敬していたという彼または彼女も、その例外ではなかったのだ。

「壱ノは、その人を食べたの？」

衣裳替えによって己の一部にしたと思いきや、弐ノは否定した。

「喰えるものなら喰いたかっただろう。だが、それは叶わなかった」

「どうして？」

問いには答えず、大きくて分厚い手のひらを私の頭に載せ、弐ノは呟いた。

「不思議なものだな。おまえは奴によく似ている」

誰かを懐かしむような優しい瞳と目が合ったとき、ベッドの中で目を覚ました。

部屋は暗く、サイドテーブルに置いた腕時計の文字盤が緑色に光っている。午前五時十二分。

さらさらと微かに聞こえるのは、窓ガラスを雪が撫でる音だろうか。

ふと、目元が濡れていることに気づいた。

実年齢は五十歳とはいえ、十七人分の脳を貪ってきた私の主観時間は、三百年を優に超える。

長い年月に希釈された私の意識は、弐ノを失うことへの哀しみをほとんど感じられないのに、肉体はまもなく訪れるその死を嘆いている。私の代わりに猫矢が泣いているのかもしれない。

私はいつか、鷹谷を喰うのだろうか。

そんなことを考えながら、再び眠りに落ちる。

三章

ぴぴぴ、と鳴り続けるアラームを止めて、私はベッドから抜け出した。

時刻は六時十五分。カーテンを開けると、雪化粧した渓谷が薄明を迎えていた。雪はもう止んだらしいが、空は一面鉛色の雲に覆われている。

すでに写真部の五人は館の外に出ていることだろう。私は彼らの不在を確認してから地下室へ向かい、衣裳候補の五人が勝手に外出した旨を報告することになっていた。なぜ彼らを止めなかったのかと問われたら、私は何も知らされていなかったと答えよう。彼らにとって私は長尾家側の人間なので、外出を咎められるのではないかと思ったのでしょう、と。

着替えを済ませ、鏡で軽く寝癖を整えてからドアに手をかける。

開かない。

引き戸は万力のような圧力でぴたりと閉じている。五十年前の悪夢が蘇ったような気がして、軽い眩暈《めまい》を覚えた。間違いなく、地下室のレバーが下ろされている。

――誰が、何のために?

衣裳候補たちが部屋を出るのを防ぐため、〈蛇《セルペンス》〉の誰かが夜中にレバーを下ろしたのかもしれない。私の部屋まで封鎖した理由はわからないが。

するると、五人はまだ部屋にいて、扉が閉ざされていることに戸惑っているはずだ。彼らを守るという鷹谷の計画は失敗したわけだ。

窓を開けると、氷のような鉄格子に頬をつけて、隣の犬見の部屋のほうを見る。部屋の幅は狭く、窓の幅は広いので、隣の窓までは一メートルもない。だが、角度の関係で部屋の中までは見えなかった。

不安がひたひたと胸中に押し寄せてきた。

私が地下室に来ていないことには気づいているだろうに、なぜ誰も私の部屋のドアを開けないのか。そもそも、部屋を施錠したのは本当に〈蛇〉なのか。

一族に紛れ込んだ敵が、いよいよその牙を剝いたのではないか――

ベッドの下に潜り込み、壁に嵌まった丸い蓋を押し込んだ。蓋は上部に蝶番《ちょうつがい》がついているので、下側が奥に持ち上がって穴が見えた。地下室へと続くパイプの開口部だ。

穴に向かって叫ぶ。

「伍ノです! 10号室に閉じ込められています! レバーを上げてください!」

一分待ったが返事はない。ドアも開いていなかった。

封鎖を解くスイッチはパイプの奥の、人間の手では押せない位置にある。パイプが曲がっているので棒状の道具も使えない。打つ手がないので、再び叫んだ。

「伍ノです！　10号室に――」

ずん、と床を伝わる重い振動。

私はドアに飛びついた。軽い力でするりと開く。時計を見ると六時半だった。

廊下を走って玄関ホールから二階に上がると、地下室への入口がある物置部屋のドアの前に、誰かが倒れていた。

見覚えのある黒いパーカーを着た人間だった。近づいて顔を覗き込んでみる。虚弱そうな白い顔からますます血の気が引いている。

どう見ても、竜野健だった。

眠っているのではなさそうだ。虚ろに開いたままの目は彼岸を見つめている。

どうせ警察なんか呼ばないのだから、と素手で死体をひっくり返す。検分の結果、死後一時間以内だと見当がついた。死体に接する機会が必然的に多いので、私たちはちょっとした法医学者である。

顎の腫れを除けば、死体に外傷は見当たらなかった。首を絞めた痕も、服毒による嘔吐《おうと》物もない。鷹谷が危惧していたように、脳震盪の症状が遅れてやってきたのだろうか。不運なことだ、と幸薄そうな死に顔を眺めているとき、それに気がついた。

口元に付着した、何かが這い出たような少量の血。

物置部屋から地下一階へと駆け下りると、部屋の中央には一人佇む人影があった。手を後ろに組み、壁を見ている。

「ご存じだとは思いますが、竜野が死んでいました」

私の報告に壱ノはゆっくりと振り返り、手で奥の壁を示した。

「あれをどう思う、伍ノよ」

私は瞠目《どうもく》した。ひとつを除いて、壁のすべてのレバーが下がっている。

「ここに来たときには全部下がっていた。おまえの声を聞いて10号室のレバーを上げたが、その他には手をつけていない」

「誰が、そんなことを……」

「わからない。それに——見てほしいものがある」

普段よりいっそう口が重い壱ノの後を追って、私は二階に上がった。

二階の東側には〈蛇〉専用の個室が五つ並んでいる。一階の客室とは違い、扉は引き戸ではない。部屋番号はローマ数字で記されている。

肆ノが使っているⅣ号室の前を通りかかったとき、異常なものが視界に入ってきた。木製のドアの表面に赤いペンで殴り書きされた、おぞましい文字列。


〈四番目の蛇は裁かれた〉

海辺の別荘に放置されていた死体。変色した腹部に刃物で刻まれたメッセージが脳裏に蘇る。

〈二番目の蛇は裁かれた〉——

　思わずドアノブに飛びついたが、開かなかった。施錠されているようだ。

「同じメッセージが参ノの部屋にも残されていた。見てみろ」

　壱ノの言う通り、隣のⅢ号室のドアにも赤いペンでこう書かれていた。


〈三番目の蛇は裁かれた〉


　Ⅲ号室のドアノブを回すと、こちらは抵抗なく開いた。一階の客室より広々とした部屋だ。室内に動くものの気配はなく、ベッドの上には雑に撥ねのけられた掛布団があるだけだった。さらに、参ノのハンドバッグがどこにも見当たらなかった。

　不思議なことに、入口付近の床に黒のハイヒールが脱ぎ散らかされていた。両方とも横倒しになっているので、右のヒールが根元から折れてなくなっているのが見て取れる。昨夜までは普通に歩いていたが、いつ折れたのだろう。いや、そんなことよりも——

「靴も履かずに、参ノはどこに行ったんでしょうか」

　館は基本的に土足だし、スリッパのような履物も備品にはなかったはずだ。

「後で捜す。肆ノの確認が先だ」

　ドアの廊下側に鍵穴はなく、室内側にサムターン錠がある。ドアが施錠されているなら誰かが中にいるはずだが、Ⅳ号室のドアを叩いても反応はなかった。

「外側から鍵を開ける方法はありますか?」

「ドアを壊すしかない」

この館に鈍器のたぐいは置いていないだろう。試しに体当たりしてみたが、肩を強か打っただけだった。痛みにうずくまる私に、壱ノは何かを差し出した。

「地下室に保管していた脱出用のハンマーだ。これを使え」

先に言ってほしい。

細身のハンマーでドアノブの近くをひたすら叩く。気の遠くなるような打撃の果てに、手首が通せるくらいの穴が開いた。

私は手探りでつまみを回し、ドアを開けた。

カーテンを通して降り注ぐ曙光《しょこう》が、室内を仄《ほの》かに照らしている。

ベッドの掛布団が人の形に膨らんでいた。布団を撥ねのけると肆ノがいた。開いた目は天井を凝視していて、口は何かを言いたげに小さく開いたまま動かない。

肆ノの衣裳は死んでいた。

「ただの抜け殻だ」死体を検分して壱ノは言った。

「死因は何ですか?」

「外傷は見当たらない。苦しんだ痕跡のない穏やかな死に様だ。病死か、脱衣による死か、そのどちらかだろう」

私は思わぬ事態に動転しつつも、壱ノに倣って検死を試みた。死斑はまだ小さいし、硬直もほとんど見られないので死後三十分から一時間くらいだろう。竜野の死体と同じで外傷がなく、ただ死んでいる。竜野と異なるのは口から出血していないことだ。〈蛇〉が喉の粘膜を突き破って脱出すれば、当然口元は血で汚れるし、口腔内も血塗れになる。

「肆ノはまだ身体から出ていないんでしょうか」

「皮膚に傷がない以上、出口は口と肛門しかないが、その両方に脱出の痕跡はなかった。論理的に考えれば、肆ノはまだ体内に居座っていることになる」

〈蛇〉との接続が断たれた瞬間に衣裳は死亡するが、その後も〈蛇〉が死体の中に留まることは可能だ。試したことはないが、組織を食い破りつつ体内を移動することもできるだろう。とはいえ常識的に考えれば、肆ノがこんなところに引きこもる理由はない。

「中身を確認することにしよう」

二人がかりで竜野と肆ノの抜け殻を運び、物置部屋の中にある死体運搬用の台車に載せ、螺旋階段へとそのまま押し込む。台車は壁のレールを伝って、適度に減速しつつ下りていく。

地下一階の焼却室に到着すると、二体を炉に突っ込んで点火する。久々の食事に喉を鳴らすかのように、ごうごうと炉が唸る。

一般的な火葬炉は骨を残すために炉内温度を適度に保っているらしいが、この炉はそのような設計になっていない。高温かつ短時間で、死体を容赦なく燃焼させる。

十分ほどして炉を開けたが、白っぽい灰が散らばっているだけだった。地獄の業火にすら耐えるであろう〈蛇〉の姿はどこにもない。

「また、密室か」

肉体という密室、そして内側から施錠された部屋。頭の痛くなる二重の密室だ。

すると、壱ノはさらに地下へと続く階段に足を向けた。その先には――

「どうして〈沼〉に？」

「〈呪歌《カルメン》〉を歌う。弐ノが叛逆者《はんぎやくしや》の手に落ちるのは防がねばならない」

一瞬意味がわからなかったが、ほどなくして理解が込み上げてきた。

壱ノは、参ノと肆ノのどちらかが〝叛逆者〟だと考えているのだ。叛逆者は殺されたふりをして身を隠すと、今朝塵に還った弐ノを召還し、拘束しようとしている。だとしたら、私たちは一刻も早く〈呪歌〉を歌わなくてはならない。

私と壱ノは階段を下りると、「Ｂ２」と表示された扉を開ける。

巨大な円形のプールが広がっていた。

〈ケレスの沼〉――五十年前、私が塵から蘇った場所。

水中に設置された照明で青く輝く〈沼〉には、摂氏零度に近い水が満たされていて、生まれての凶暴な〈蛇〉をノックアウトする仕様だ。水面が微かに波打っているのは、水温を均一に保ち、凍結を防ぐために、絶えず水を循環させているからだ。

壱ノは飛び石を渡って〈沼〉の中心に立ち、歌い始めた。

〈偉大なる魔術師　我らが主よ

地を這う我らを憐れみたまえ
人を喰らう我らを赦したまえ〉

壱ノの歌声が水面を渡り、薄暗い空間を満たしていく。

私は壱ノの後方、プールの縁に立ち、固唾を呑んで空中に目を凝らしていたが、かつて映像で見たような黒い靄は一向に現れなかった。

〈――願わくば満月に焼かれる我らを癒したまえ〉

歌が終わってしまった。〈蛇〉は現れず、水面は穏やかに凪《な》いでいる。

腕時計を見る。六時五十七分。

「一足遅かったようだな。弐ノは奪われた」

「そんな――」

参ノは館から消え、肆ノは衣裳の中から消え、弐ノは叛逆者に召還された。

五匹いたはずの〈蛇〉も残り二匹。私たちはもはや滅亡寸前だ。

「壱ノ、もう衣裳替えどころじゃありません。今すぐここを出て、安全なところに隠れましょう。

このままだと私たちも殺されます」

「それはできない。〈暗室〉は封鎖された」

「封鎖？」

「殲滅《せんめつ》機構が作動している」

壱ノが告げたのは、想定しうる最悪の知らせだった。

一階に戻って確かめたところ、確かに玄関のドアは封鎖されていた。閂を外し、サムターン錠を回しても、重厚なドアは壁と同化したかのように動かない。

「これも、叛逆者の仕業ですか？」

「〈蛇〉の犯行であることに疑いの余地はない」

壱ノが断言できるのには理由がある。

〝殲滅機構〟は、何らかの理由で〈暗室〉を完全封鎖しなければならない場合に作動させる、一種の非常装置である。例えば、衣裳替えに失敗して〈蛇〉を大勢に目撃されたりすれば、館内のすべての人間を始末しなくてはならない。

装置を起動させるためには、まず衣裳を脱ぎ捨て、地下一階にある小さな穴——〈ウルカヌスの門〉に入る。複雑に曲がりくねったパイプを進み、最深部にあるスイッチを押すと、ふたつの機構が同時に作動する。

まず玄関のドアが閉まり、十本の鉄棒がドアの上から挿入される。こうなると人間の力では決して開かず、〈蛇〉にも開けられない。この装置に封鎖を解く機能はないからだ。この機構を〈ウルカヌスの檻〉と呼ぶ。

叛逆者は塵に還った弐ノを召還し、パイプの中に隠されたスイッチを押した。信じたくはなかったが、これではっきりした。

――叛逆者は、〈蛇〉だ。

「〈ウルカヌスの息吹〉は作動しなかったということですか」

「ここを使わなくなって以来、タンクは空だからな」

本来なら玄関の封鎖後、自動的に館の全空間に致死性のガスが流し込まれるはずだった。この機構は〈ウルカヌスの息吹〉と呼ばれ、死の息吹は〈蛇〉以外の生物を全滅させる。その後は窓から脱出して温泉街に行けば、衣裳はいくらでも調達できるというわけだ。その街も廃墟となって久しかったが。

「脱出する方法は、本当にないんですか？　隠し通路とかは――」

「ない。〈暗室〉の図面はおまえも見ただろう。たとえ人間が地下室を占領しようとも脱出不可能な設計だ。我々がここから出るには、衣裳を捨てて窓から出るしかない」

「一日で衣裳を調達できるでしょうか」

「全速力で這っていけば、半日ほどで山を越えて市街地に出られるはずだ。暖かい日ならな」

暖かい日、と繰り返して、私は二の腕をさすった。肌寒い朝だった。

「天気予報によれば、これから数日は気温が低い。今朝は雪も積もった」

「……今日はやめておいたほうがよさそうですね」

変温動物の〈蛇〉にとって、雪の上を這うのは激流に逆らって泳ぐようなものだ。体力は尽きないにしても、体温を奪われ続ければいずれ身体が動かなくなって、ただ死を待つだけの状態になるだろう。

ともあれ、今考えるべきなのは客室に囚われた写真部員たちの処遇だ。殲滅機構を起動させた叛逆者が、パイプを伝って客室に侵入し、部員の一人に衣裳替えしている可能性は高い。客室を開放すれば当然、叛逆者も自由の身となる。

「衣裳候補たちはあのまま閉じ込めておくんですか？」

「すぐに解放する。彼らの中には敵が紛れている恐れがあるとはいえ、味方の〈蛇〉もいるかもしれない。何らかの理由で別の衣裳に避難しているとすれば、見殺しにはできない。それに、籠城が長引けば新鮮な衣裳候補が我々の命綱となるだろう」

壱ノは客室に戻るよう私に指示した。

「衣裳候補と同じく閉じ込められていたふりをするのだ。私は当分のあいだ地下室に籠城する。長尾家の三人はすでに館を去ったと彼らに伝えろ。そして、おまえの役目は彼らの中にいる〈蛇〉を探し出すことだ。敵であれ、味方であれ、いずれ向こうから接触してくるだろう。警戒を怠るな」


七時半になった瞬間、客室の外から小刻みな振動が伝わってきた。誰かが廊下を走っている。そろそろ部屋を出ようとしたとき、がらりとドアが開いた。

だぶついたパジャマ姿の小虎が立っていた。

「勝手に開けてすみません先輩。あたしたち、ここに閉じ込められてたんですけど、気づいてました？」

「どうやって？　このドア、鍵はかけられないけど」

「つっかい棒か何かしてたんだと思います。戸がぴくりとも動かなくなってましたから。でも、さっき確かめたら開いたんです。犬見先輩も同じですよね？」

戸口から顔を出してみると犬見の姿があった。叩き起こされたばかりらしく、ぼんやりとした表情を浮かべている。

「気のせいじゃないの？　ドアの滑りが悪くなってて閉じ込められてるって勘違いしたとか、そういうことだって。私は気づかなかったし」

「六時に集合だったら、五時には起きるでしょう。どうして気づかないんですか」

「私はトラコちゃんみたいに早起きじゃないんだって」

私たちは東棟の奥に向かい、他の三人の客室を訪ねて回った。

「俺は気づいてたぞ」

戸口に現れた鯨井は荒れ放題の頭をぼりぼりと掻いた。

「五時半には閉まってた。さっきまでは二度寝してたが」

「起きたら起きろよ」鷹谷は呆れたように言う。早くに起きていたらしく、服を着替えて髪型も整っている。「そういう油断が命取りなんだ。早起きで助かる命もある」

「寝言は寝て言え。だいたい六時に集合なんて無茶だろ。それに山のせいでその時間に太陽は見えない。結局、太陽が山から顔を出すまで待たなきゃいけないだろうが」

「あの、ちょっといいですか」

小虎は二人を制するように手を挙げた。

「竜野がいませんでした。捜しに行かないと」

「またかよ」と鯨井は口を尖らせる。「先に撮影しに行ったんじゃないのか？　あいつが一番乗り気だっただろ」

「窓から見える範囲にはいませんでした。それに、玄関が開きません。参子さんが車で出かけたとき、ドアが壊れたんだと思います」

「出かけた？」

「駐車場から車が一台、消えてました。参子さんが運転してたやつです」

窓の外に目をやった。白一色に塗り替えられた駐車場には壱ノのバンしかなかった。参ノのバンのあった場所には雪がなく、黒いアスファルトが露出している。玄関から黒い四角までは一組の足跡が続いており、そこからは二本の轍《わだち》が道路のほうへ続いていた。

「ほら、参子さんの足跡も残ってますよ」

小虎の指さす先を見るなり、鷹谷は目つきを変えて窓に張りついた。

「妙だね。あれはハイヒールの足跡じゃない」

「別の靴で行ったんだろ」と鯨井。

「参子さんの荷物は小さかった。別の靴なんて持ってきてないはずだ」

「おまえ、そんなこと確認してたのかよ。きもいな」

私は注意深く四人の挙動と会話を観察したが、その中に〈蛇〉がいるのかどうかは判然としなかった。〈蛇〉は乗っ取った人間の記憶を引き継ぐので、周囲に怪しまれずその人物になりすますことができる。

とりあえず竜野を捜そうと鷹谷が提案し、まずは館の中を捜索することになった。例によって私と鷹谷はペアを組み、二階へ上がった。

廊下を奥に進みながら、今朝の出来事について手早く鷹谷に説明する。竜野が死んでいたことを伝えると、彼は表情を曇らせた。

「そうか……守り切れなかったか。悔しいな」

写真部の仲間を守るという彼の望みは叶わなかった。ただ彼を慰めるつもりはないし、その余裕もない。こちらも仲間を新たに二匹失っている。

「部員の中に参ノと肆ノが紛れているかもしれない。あなたは違う？」

「違うよ。朝五時に起きてずっと部屋にいた。……とにかく、僕たちを閉じ込めたのは他の誰かなんだね。安心したよ。君に裏切られたんじゃないかと思ってたから」

「私は約束を守る」

今のところは、と心の中で付け加える。

Ⅳ号室のドアを開け、鷹谷は室内側のドアノブを観察していた。ドアノブの上のサムターン錠をひねると、かちりと音がしてドア側面からストッパーが飛び出した。

「この手のドアノブを外から施錠するのは難しそうだね。糸を引っかけようにも滑るだろうし、ドアと壁のあいだに隙間がないから糸が通らない。……そういえば、ドアの下って少し隙間を開けなきゃいけないいんじゃなかったっけ。建基法的に」

この館を裁くのならむしろ刑法だろう。設計そのものが殺人を意図しているのだから。

「殲滅機構を起動させるとガスが館中に撒き散らされるけど、二階の客室だけはクリーンに保たれるようになってるの。ドアがエアロックで密閉性が高いから」

「それで〈蛇〉は気絶せずに脱出の準備ができると。合理的だ」

私たちはⅣ号室に入った。

鷹谷は興味深そうに部屋の中を見回す。掛布団をめくって顔を近づける。

「確かに〈蛇〉の這った跡がない。弐ノさんが襲撃された事件も、似たような状況だったね」

肉体という密室。弐ノも肆ノも、周囲に蛇行跡を残すことなく消え失せた。

そういえば、と鷹谷が訊いた。

「〈蛇〉が分泌する粘液って、どのくらいの量なの?」

「それほど大量じゃないけど、外気に触れているあいだは垂れ流しよ。一分間にスプーン一杯分くらいだと思う。〈蛇〉は物理的に不変だから、分泌によって身体が軽くなったり縮んだりはしないし、粘液が尽きることもない」

「なるほど。そして、粘液は数分で蒸発する。――可能性のひとつにすぎないけど、肆ノさんは接続を断ってから、しばらく体内で過ごしたのかもしれない。時間が経てば経つほど粘液が分泌されて、身体についた血は洗い流されるからね」

粘液で身体を洗うというのは盲点だったが――

「どうしてそんなに長い時間、体内に留まっていたの？」

「弐ノさんのケースだと、犯人は首を切って弐ノさんを捕まえようとしていた。弐ノさんはそれを察知して、首から離れて胴体のほうに逃げたんだ。食道とか胃のあたりに隠れていたんじゃないかな。その後で死体から去ったか、犯人に捕まった」

「それでも粘液に混ざった血は蒸発せずに残るから、少しは血痕が残るはず。まったく痕跡がないのはあり得ない。それに、この部屋は密室よ。肆ノも犯人も出られない」

ドアには内側から鍵がかけられていて、窓にもクレセント錠が下りていた。そして、一階の客室のように秘密の出入口はない。

「困ったもんだね」

お気楽に言って、鷹谷は部屋をぐるりと見回した。

「ひとつ確認したいんだけど、君と壱ノさんがここに来たとき〈蛇〉はいなかった？」

「いなかった……いや、そうとも限らない」

肆ノの衣裳以外の人間がいなかったことは確実だ。ベッドの下は確認したし、見通しのいいこの客室で人間が隠れられるスペースは他にない。しかし、〈蛇〉が部屋のどこかに身を潜めていなかったとは断言できない。

「部屋を調べてみようか」

結論として、〈蛇〉は見つからなかった。

マットレスの中。ベッドの下。カーテンの裏。机の引き出しとその奥。体長五十センチの〈蛇〉が隠れられるスペースは洗いざらい調べたが、ついに見つけられなかった。

「君たちが部屋を出てから戻ってくるまでのあいだに、肆ノさんがドアを開けて部屋を出たのかもしれない。玄関みたいな重いドアは無理でも、このドアは軽いから〈蛇〉でも開けられそうだ。……そろそろ下に戻ろうか。みんなが心配するからね」

「鷹谷」

意図的に伏せていた情報を、残酷な事実を伝えなくてはならない。

「あなたはもうこの館を出られない」

「どうして？」

「誰かが〈暗室〉の殲滅機構のスイッチを入れた。玄関は不可逆的に封鎖された。もう人間がこの建物を出ることはできない」

私に背を向けたまま、鷹谷はその意味を噛みしめるようにしばらく黙った。そしてぽつりと言った。

「――どうして」

絶望の末にこぼれた悲鳴ではなく、明確な意図をともなった言葉だった。なぜ犯人はそんなことをしたのかを考えている。犯人は誰なのかを考えている。

真相を、考えている。

「大丈夫」

不意に、力強い台詞が鷹谷の口から発せられた。

「脱出する方法はある。僕も写真部のみんなも、生きてここを出られる。もちろん君も」

「私は別に、いつだって外に脱出できるけど」

「だけど、その身体は捨てないといけないじゃないか。それは駄目だ。これ以上、誰も死なせない。それに僕は――」

振り返った鷹谷は笑っていなかった。

「君と一緒に卒業したいんだ」


「状況を整理するぞ」

食卓に着いた一同に向かって、鯨井は話し始める。

「まず、俺たちは早朝から部屋に閉じ込められていた。少なくとも、俺、鷹谷、小虎の客室が封鎖されていたのは間違いない。確かめてなかっただけで、他の寝坊助どものドアも閉まってたんだろう。そして、七時半に突然ドアが開くようになった。一番最初に気づいたのは小虎だ。小虎、ドアが開いたとき、外に誰かいたか？」

「いませんでした。ドアが開かないか、頻繁に確認してたんですが」

「小虎は8号室だ。誰かが外からつっかい棒を外したとすると、一番奥の1号室から、2、3、8、9、10の順に行い、玄関ホールから逃げたとするのが順当だろう。つまり犯人は、8号室を開放してから小虎がそれに気づくまでに、9号室と10号室を開放し、玄関ホールへ走り、玄関を施錠して逃げた」

「そんなの無理だと思います。あたし、ほとんどドアに張りついてましたから。それに、玄関ホールまでそれなりの距離がありますし」

「まあ、足が速けりゃ何とかなる。話を続けるぞ。——竜野と長尾家の三人は館から消えていた。俺たちを閉じ込めて車でどこかに行きやがったんだ。書き置きひとつ残さずにな」

「昨夜の女の子と何か関係があるんじゃないですか？」

「さあな。長尾家のごたごたを解決するのは俺たちの仕事じゃない。何よりもまず取り組まなきゃならんのは、脱出方法を探すことだ。もしあいつらが戻ってこなかったら、遅かれ早かれ餓死する」

「何とかなるんじゃないの？」のんびりした口調の犬見。「別に監獄じゃないんだから、全員でかかればドアの一枚や二枚、簡単に破れると思うけど」

　犬見の認識は間違っている。

　ここは監獄ではない。看守さえ必要としない、純粋な〝檻〟だ。

「電話とか、無線とかはないんですか？」と小虎。「スマホも使えないこんな辺鄙《へんぴ》な場所で生活するのに、通信手段がなかったら大変だと思うんですけど」

「見たかぎりではなかったな。元々置いてないのか、持ち去られたのかは知らんが」

　私はさりげなく説明する。「電話線を引く予定はあるけど、工事するのはずっと先みたい。ここで暮らしてるわけじゃないから無線もないの」

「まあ、電線が通ってるのは助かるな。停電になることはなさそうだ」

部員たちは想像より落ち着いているが、絶対に脱出不可能だと悟ったとき、自暴自棄になって思わぬ行動に出るかもしれない。状況によっては私が消滅する事態もあり得る。すべてを知る鷹谷も含めて、十分に警戒を払う必要があった。

犬見が訊いた。「食料はどのくらい残ってた？」

「肉の塊がいくつか。野菜が少し。食パン数枚。牛乳がひとパック。缶詰がたくさん」

「それで何日くらい持つの？」

「えーとな」

いまひとつ要領を得ない鯨井に代わって、鷹谷が答える。

「普通の量の食事をしようと思ったら、明日で生鮮食品は底を突く。なぜか米と缶詰は山ほどあるから、いざとなったらそれだけで一ヶ月は生きられると思う。毎日鯖《さば》の味噌煮ってのはぞっとしないけど」

私は目の前に置かれたふたつの器を見る。トーストが載っていた平皿と、ヨーグルトが満たされていた小鉢はすでに空だ。和食主義の壱ノも朝食はパン派だったようだが、洋風の食事はこれで最後だろう。

「それで、どうやってここを出る？」

「玄関を破るのが一番手っ取り早いが……」と鯨井は気落ちしたように続ける。「そもそも、人様の家を破壊して大丈夫なのか？　ぶち破った後に壱郎さんか肆郎さんが戻ってきたらどうする。

あんな高そうなドア、弁償なんかできないぞ」

「大丈夫」と私は言った。「壊したって誰も文句は言わない。私が保証する」

長尾家側である私に後押しされたことで、鯨井は活力を取り戻した。

「よし、やってやるぞ。全員ついてこい！」

鯨井は椅子を蹴倒して立ち上がり、一人でどかどかと食堂を出ていった。

「じゃ、行こっか」

部長である犬見のひと言で、ようやく全員が席を立ち始める。


ごん、ごん、と鈍い衝撃音が玄関ホールに響いている。

鷹谷と鯨井は椅子を横倒しに抱え、鐘を鳴らすように、脚の部分をドアに何度も打ちつけていた。もう三十分近く続けているので、二人の顔は疲労の色が濃い。

「そろそろ休憩しよう」

鷹谷が提案すると、二人は椅子を投げ出してぐったりと床に腰を下ろした。

「無理だろ、これ」

先程までの威勢が嘘のように、鯨井は意気消沈していた。

最初は足でドアを蹴ったり体当たりをしたりしていたが、あまりにも表面が硬いのでハンマーの代わりになるものを探した。ところが手ごろな道具は見つからず、椅子より大きいものは床に固定されていたので、仕方なく椅子を使っていたのだった。

私も小指の先くらいは二人の健闘が実を結ぶと信じていた。が、やっぱり無理だろうと考え直した。動物に破れる檻は価値がないし、壱ノはそんな半端なものを作らない。地下室に隠してあるハンマーを使っても同じことだろう。

男子二人のチャレンジを遠巻きに眺めていた私と女子二人は、互いに顔を見合わせた。これ以上待っていても進展は見られない、と二人の顔が語っていた。

「あたし、飲み物持ってきます」

小虎は逃げるように小走りで食堂に向かい、私と犬見が残される。いい機会だ。

「犬見さん、他に抜け穴がないか探しに行かない？」

「抜け穴？」

「出入口がひとつしかない建物なんて法律的にあり得ないよ。どこかに非常口とか勝手口が隠れてるんじゃない？」

一理あるね、と犬見は頷いて東棟のほうへ歩き出す。

当然の話だが、館は法律を度外視して建てられており、玄関以外に出入口は存在しない。人形《ひとがた》が描かれた緑色の非常灯もないし、非常階段もない。出入口を探すというのは、犬見と二人きりになるための口実だ。

東棟の突き当たり、1号室の前にたどり着くと、犬見は煉瓦の壁に手を這わせた。

「一番ありそうなのはここかな。居住区に近いから、非常口がないと危ないし」

「見た感じだと、ただの煉瓦の壁だけど」

「煉瓦っていうか、煉瓦風タイルじゃないかな。外側は本物だけど、内側はイミテーション。たぶんね」

思いのほか鋭い推測に驚いた。確かに外壁は本物の煉瓦組みだが、その内側はコンクリートでサンドイッチされた鉄板。偽装として内壁には煉瓦風タイルが貼ってある。

「タイルの下に扉があるかも。剝がしてみようか」

頭ひとつ高い位置から提案した犬見の顔を、私は上目遣いに観察する。

犬見は二人きりになっても自分が〈蛇〉だと告げなかったが、彼女が人間なのか、それとも叛逆者の〈蛇〉なのかはまだ確定していない。

「どうやって剝がすの？」

「台所にテーブルナイフがあったよ。包丁とかより削りやすいと思う」

テーブルナイフを二本調達してくると、私たちはタイルの隙間の繫ぎを削っていく。白い粉が舞い、床に降り積もっていく。くしっ、と犬見が独特のくしゃみをした。

「ここに閉じ込められて、犬見さんは怖くないの？」

「怖い……」犬見はうーんと唸った。「別に怖くはないなー。それより、困る」

「何が困るの？」

「このままだと明日の卒業式に出られそうにないし、そうなったら困るよ。写真部全員が卒業式をサボったことになる。部長の責任問題になるって、絶対」

「あはは、だったら今日中に帰れるように頑張ろうか」

「くしっ」

それからしばらくして、「取れた」と犬見が唐突に告げた。犬見が剝がし取ったタイルの向こうには、灰色のコンクリート壁がある。

「やっぱり鉄筋造りかー。ロマンがないな。せっかく雰囲気のある洋館なのに」

〈暗室〉の分厚いコンクリート壁は十ミリの鉄板で補強されている。人の力では到底破れる代物ではないし、道具を使って小さな穴を開けるだけでもひと苦労だ。

「出入口とかはなさそうだね。やっぱり窓から攻めようか。鉄格子を外せば、何とか通れそうだし」

「……そうかもね」

ターゲットを窓の周辺に絞って作業は続行された。脱獄を試みる囚人のごとく、地道にコンクリートを削っていく。次第に手が痺れてくるが、作業に没頭している犬見を置いていくわけにもいかず、私も仕方なく不毛な掘削を続けた。

作業開始から二時間が経ったころ、犬見が急に笑い出した。

「あはは、何これ。絶対無理じゃん」

コンクリートがえぐれて鉄格子の根元が見えているが、それは壁の中の鉄板にしっかりと溶接されていた。鉄格子は太く、念入りに被膜でコーティングされているので錆びてはいないだろう。さまざまな装飾を取り払えば、〈暗室〉は無骨な金属の箱だ。

「この構造、明らかに悪意があるよね。まるで人を閉じ込めたいみたいな――」

やはり核心を突いてくるなと感心していると、小虎が廊下を歩いてきた。

「鷹谷先輩がお昼を作ってくれるそうです。あと、作戦会議をしたいとか」

「玄関はどうなったの？」

「全然駄目みたいです。椅子は壊れましたけど」

鷹谷が腕によりをかけて作ったのは牛丼だった。白飯に比べて牛肉と玉葱《たまねぎ》の量が少ないけれど、食料統制下では仕方がない。その代わり味はなかなかよかった。朝よりクオリティの高い食事にもかかわらず、部員たちの顔は晴れない。

全員の器が空になったころ、鯨井が切り出した。

「はっきり言って、この館は俺たちの手に負える代物じゃない。まるで人を閉じ込めるために作ったみたいだ。そういうわけで、内側からの脱出は諦める」

「諦めちゃうんですか？　ここに骨を埋めるつもりですか？」

「んなわけあるか。内側からは無理だろうが、外側からなら可能って話だ」

ＳＯＳ、と鯨井は空中に指先で描いた。

「外部に救助を要請する。信号を送るんだ。すぐには気づかれないだろうが、辛抱強く送り続ければきっと警察は動く。これくらいの壁なら容易くぶち破れるはずだ」

「あ、その手があったか」犬見は悔しそうに口を尖らせた。「そうだよねー、山ひとつ越えたら街があるんだもんね。すっかり脱出ゲームの気分になってた。外に助けを求めちゃいけないなんてルールはないのに」

警察に助けを求める?

それは無理な相談だ。〈暗室〉の存在を公に晒したりしたら私は処刑される。それほどこの建物は〈蛇〉の秘密の核心に迫っているのだ。

〈蛇〉の存在が人間社会の知るところとなった場合を想像する。大規模な魔女狩りが起こるだろう。暗黒時代の再来だ。私たちは一匹ずつ狩り出され、一族は根絶やしにされる。そして、〈呪歌〉は二度と歌われない。

「脱出ゲーム……」

鷹谷の唐突な呟きが思考を遮った。

「これが誰かの仕組んだゲームだとしたら? 犯罪は何ひとつ起こっていないし、誰も死んでいない。ヒントは館の中に散らばっていて、しかるべき手続きを踏むとドアが開く」

鯨井は訝しそうに眉を寄せて、

「長尾家が家族ぐるみで仕掛けたのか? 何のために」

「理由なんか知らないよ。でもそういう可能性はある。警察を呼ぶ前にもう少し調べておいたほうがいいんじゃないかな。脱出ゲームに警察の介入はご法度《はっと》だからね」

やや苦しい説明だが、これで少し時間が稼げる。気の利く相棒だ。

ところが、鯨井はこの説明に納得していないらしい。

「いや、おかしいだろ。何だよ脱出ゲームって。そもそも見ず知らずの他人を人里離れた建物に閉じ込めるのが犯罪じゃないわけ――」

「じゃあ、ドローン使おうよ」犬見が提案する。「長尾さんたちが仕掛け人なら、この近くに待機してるはずでしょ。それを確認できれば鷹谷くんの説は正しいことになる」

「賛成です」と小虎。「何か事故があって、長尾さんたちが動けない状況にいるとも考えられます。助けを求める前に、まず外の状況を把握しないと」

そういうわけで、鯨井は渋々ながらドローンを引っ張り出してきた。

私たちは玄関ホールの窓際に集まる。ドローンは大型だが薄いので、鉄格子の隙間を通して外に出せる。同じくフライパンの持ち手以外を隙間から出し、上に向けた底にドローンを載せた。即席の離着陸場《ポート》だ。

まもなくモーターが始動し、プラスチックの猛禽《もうきん》はポートから飛び立った。

真剣な顔でコントローラーを握る鯨井に、犬見は無邪気にすり寄る。

「鯨井、貸してよ。私も操縦したい」

「馬鹿か、状況を考えろ。あれが墜落したら誰も回収できないんだぞ」

ドローンが三メートルほどの高度を保ちつつ、駐車場のほうへ向かうのが見えた。参ノのバンがあった場所を通り過ぎたところで、地面に突き立った白い棒に気がついた。タブレット端末の映像を見て、その正体がわかった。

カメラを固定した三脚に、細かい雪が降り積もっている。

「竜野くん、カメラ回収してなかったの？」犬見が不思議そうに言った。

「それどころじゃなかったんだろ。殴られて気絶して、誘拐までされたんだしな」

「あれじゃ水が入って壊れちゃうよ。あーあ、もったいない」

山道に入るとドローンは高度を上げ、やがてタブレットには〈暗室〉の全容が映し出された。改めて奇妙な建築だと思う。波打つ崖に沿ってぐねぐねと身をくねらせる洋館。その後ろから、つづら折りの山道が延びている。急斜面の一部を削って均《なら》した細い道路には白い雪が降り積もり、その上を二本の轍が走っている。

ドローンが徐々に館を離れるにつれて、視野が広がっていった。

「それは何？」

鷹谷が指さしたのは、山道の途中に置かれた奇妙なオブジェだった。

表が黒く、裏は白い。長方形に四つの黒い突起がある。

鯨井は黙ってコントローラーを動かした。ドローンは降下を始めたらしく、オブジェは次第に大きくなり、やがてその形が見て取れるようになった。

裏返しになった自動車。

虫の死骸のように腹を空に晒しているのは、参ノが運転していた白のバンだった。散乱したガラスの破片が光を反射している。

バンの近くには五メートルほどの切り立った崖がそびえていて、崖の上にも山道が左右に走っていた。崖の上の道に残った轍からして、バンはそこから下の道に転落したようだった。

「嘘だろ……」

ぐらり、とタブレットの映像が揺らいだ。鯨井の手は細かく震えていた。

「ちょっと貸して」

犬見はここぞとばかりにコントローラーをひったくると、ドローンを車のそばに着陸させた。それから映像を切り替え、機体前方の風景を表示させた。

フロントガラスは砕け散っていて、運転席の様子がはっきりと映った。

白い顔。虚ろに開いた目。直角に折れ曲がった首。天井に右頬の肉を持ち上げられ、歪んだ笑みをカメラに向けている、赤いドレスを着た女。

ひゅっ、と小虎が息を呑んだ。

「参子さんが……」

参ノは――参ノの衣裳は、明らかに死んでいた。

ディスプレイを見つめたまま呆然としている犬見に、私は訊いた。

「犬見さん、飛ばせる？」

こくりと頷くと犬見はドローンを離陸させた。私の指示に従って車のまわりを一周する。ほとんど出血は見当たらなかった。首の骨が折れて即死だったのかもしれない。

「これだけ派手に転落すれば大きな音がしたはずだ。なのに――」

鷹谷の呟きは耳を素通りしていく。車の周囲に積もった雪には乱れがなく、〈蛇〉が這った痕跡も見当たらなかった。衣裳が死んだのに、なぜ参ノは車から出てこないのか。雪の上を這うのはリスクがあるものの、ここから館まではそれほど離れていない。

やはり弐ノや肆ノと同じように、参ノもまた――

鯨井の絶望に満ちた声が聞こえた。

「言った通りだろ。これはゲームなんかじゃない」

「――では、〈蛇〉は見つからなかったということか」

地下室の正五角形のテーブル。壱ノは定位置である私の左隣の席に着いていた。広いテーブルに二匹しかいないと寂しさが際立つ。地下室の静寂が耳に痛いほどだ。

「はい。夕食までに、鷹谷、犬見、小虎、鯨井の全員に接触しましたが、自分が〈蛇〉だと明かした者はいませんでした」

「〈蛇〉が人間を装うのは造作もないことだ。おまえの目を欺《あざむ》くのもな」

「あの中に叛逆者が？」

「ああ。――館に現れた少女は、おまえの衣裳候補だと言ったな」

「〈財団《アルカ》〉を通して選定していた一人です」

「ならば、管理者の弐ノは彼女を知っていたはずだ。あの少女は弐ノの衣裳だったのだろう。竜野を誘拐し、彼に衣裳替えしてから館に侵入すると、参ノと肆ノのいずれかを殺し、夜明けとともに消滅した。その後、叛逆者が弐ノを召還し、自らも殺されたように装って姿を消した」

弐ノを主犯とする説に抵抗を感じながら、私は訊いた。

「弐ノと叛逆者はどんな関係だったのでしょうか」

「叛逆者と弐ノが手を組んでいたのか、叛逆者が弐ノを利用して犯行を企てたのか、あるいは時間に病んだ弐ノの凶行に叛逆者が便乗したのか、手持ちの情報では判断がつかない。叛逆者の正体もそうだ。二匹から一匹に絞ることすら難しい」

「参ノと肆ノの、どちらかが叛逆者ということですか」

「二匹が共犯という線もあるが、二匹とも被害者ということはあり得ない。事実として、弐ノは何者かの〈呪歌〉によって召還されているのだからな」

いずれにせよ、二匹が消えた状況が不可解であることに変わりはない。肆ノの衣裳は密室となった客室の中にいて、部屋にも肉体にも脱出の痕跡はなかった。参ノの衣裳は〈暗室〉の外、転落した車の中で死んでいて、周囲の雪に蛇行の跡はなかった。

とにかく理屈に合わないことばかりだ。これなら〈蛇〉に喰い殺されてきた人間たちによる呪いとしたほうが収まりがいい。呪いに密室など関係ないのだから。

壱ノは気怠《けだる》げに頰杖をつく。

「私はここを動けない。隠し部屋の存在が明るみに出るからな。それに、四人は私を敵だと認識しているだろう。殺人の容疑によって拘束される恐れがある。それよりは、ここで生活したほうが快適だ」

「老人を軟禁するような度胸のある者はいないと思いますが」

「自らの命が危機に瀕したときのみ、人間はまともに頭を働かせる。社会的な自制を取り払い、思考を行動に直結できるようになる。倫理を失った人間は——いや、倫理を失った人間のみが、我々の天敵たり得るのだ。あの忌まわしき魔女狩りのようにな。伍ノよ、おまえには私の手となり足となってもらう。館の中に隠れている叛逆者を捜し出すのだ」

　ところで、と壱ノは話題を変える。

「衣裳候補の脱出は成功しそうなのか？」

「玄関と壁が壊せないとみて、救助を求める方針に変えたみたいです。狼煙《のろし》を上げる予定ですけど、まだ準備が終わっていません」

　駐車場側の窓の外に、折れた椅子の脚で井桁を組んだ。この作業が思いのほか難航し、着火に至らなかったのだ。

「そうか、それなら当分は心配しなくていいだろう」

　私は螺旋階段を上がって隠し扉を出ると、物置部屋の棚からセロハンテープを取った。それを小さく千切ったものを、隠し扉と壁を跨《また》ぐように貼りつける。一度でも扉を開けるとテープが剝がれる仕組みだ。

　午前零時だというのに廊下は明るかった。昨日は消灯していたが、安全のために照明をつけっ放しにしているのだ。

　まわりに足音がないことを確認しながら慎重に歩き、Ⅲ号室の前で足を止めた。

　そっとノックすると、ドアが細く手前に引かれる。

「入って」

　鷹谷は私を部屋に招き入れた。微かに漂う香水の香りが、部屋の主だった参ノの不在を際立たせている。

ふと、鷹谷が手に何かを持っていることに気づいた。印鑑のような形をした、黒くて細長い小片だ。

「それは何？」

「廊下に落ちてたんだ。東棟二階の一番奥だよ」

鷹谷はそう答えると、参ノの黒いハイヒールの片方を拾い上げた。踵《かかと》の部分に小片を当てると、ぴたりと形状が一致する。なるほど、ハイヒールの折れたヒール部分か。

「ヒールを折るなんて、参ノらしくない」

私が何とはなしに呟くと、鷹谷が「そうなの？」と訊いてきた。

「ええ。参ノはハイヒールが大好きだし、この世の誰よりも履き慣れてるから」

廃墟探索のときも、参ノは瓦礫だらけの悪路をハイヒールで易々と歩いていた。

「だったら、これも新しい謎だね。どうして参ノさんはヒールを折ったのか」

「事件に関係あるの？」

「さあ。でも、関係あるかもしれないよ」

煙に巻くようなことを言い、ところで、と鷹谷は本題に入る。

「壱ノさんの様子はどうだった？」

「いつもと変わらない。地下には簡易キッチンもトイレもあるから、結構快適に暮らせるの。当分こっちに出てくるつもりはないと思う」

「それは安心だ」

私を含め、写真部員の五人は住まいを二階に移していた。二階の客室は鍵がかかるので安全だと鷹谷が提案したのだ。長尾家の三人の部屋は空けておくことになったので、〈蛇〉用の豪奢《ごうしゃ》な客室を使えるのは二人だけだ。くじ引きの結果、犬見はⅡ号室、鯨井はⅤ号室、それ以外の三人は西棟の端に並んでいる使用人用の部屋に収まった。

客室を移したのは、地下室とのアクセスを断つためだ。

もし一階の客室を使い続ければ、部員たちは地下室の壱ノに対して無防備になる。壱ノが容疑者であるうちは、これ以上事態を掻き回されないようにする必要があった。

「鷹谷、答えは出た？」

私は単刀直入に訊いた。日中のうちにある程度の情報は伝えていたので、後は鷹谷の推理を待つ状況だった。

「今回の事件の犯人を突き止めるには、まだ情報が足りない。でも、五十年前の事件の犯人には見当がついてるんだ」

鷹谷が何気なく口にした言葉に愕然とした。

五十年間未解明だった謎を、まさか一日で解き明かしたというのか。

「……詳しく教えてくれる？」

鷹谷はちらりと腕時計を見て、話し始めた。

「今回の事件とは直接関係ないかもしれないし、この後にやりたいこともあるから簡単に話そうか。――五十年前の事件をかいつまんで言えば、君の前任者である〝伍ノさん〟が失踪し、タイムオーバーで消滅した事件だったね。疑われたのは、地下室でレバーを操作していた弐ノさんだった。でも、前に話した通り、犯人は弐ノさんじゃないと僕は考えてる」

ところで、と鷹谷は話題を変える。

「この館における衣裳替えの工程は、とてもシステマティックに設計されてるんだね。〈蛇〉の安全を確保しつつ、徹底的に効率化されている。だけど、ある一点だけ、改善の余地があるポイントを見つけたんだ。衣裳替えが完了した後、客室を開放する方法だよ」

客室の穴に向かって〈城門を開け〉と呼びかけることだ。それを合図にして、地下室に待機していた誰かがレバーを上げ、客室は開放される。

「客室を開けてもらうには、地下室に言葉で合図を伝えなきゃいけない。新しく乗り移った人間が声を発せられるという前提があるんだ。でも実際は、必ずしもそうじゃない」

衝撃が走った。なぜこんな事実を見落としていたのだろう。

「……肆ノ」

「そう。肆ノさんが選んだ衣裳候補は、唖者だった。戦争で負った怪我のせいで喋ることができない。当然、〈城門を開け〉と発声することもできないはずだ。〈蛇〉たちは彼のために別の意思伝達の方法を用意したんだと思う。決まった音を出すための道具を」

「たぶん、鈴ね。あの衣裳を使っているとき、肆ノはいつも手首に巻いていた」

なるほど、と鷹谷は確信を得たような顔つきで頷いた。

「肆ノさんはおそらく、人の身体から出た後、口に鈴をくわえて客室に上がることになってたんだろう。衣裳替えが終わったら、合言葉の代わりに鈴を鳴らすんだ。肆ノさんはそれを悪用して密室殺人を成し遂げた」

　地下室に集合する前に、肆ノはある下準備をしていたという。

「君たちが衣裳に選ぶ人間には、それぞれの嗜好が反映している。壱ノさんは学者や知識人、弐ノさんは金持ち、参ノさんは美人で、肆ノさんは怪我人や病人。じゃあ伍ノさんは何なのかと考えると、きっと子供だ。あの日のパーティーの参加者で未成年は一人だから、伍ノさんが選ぶであろう衣裳は一択。これは肆ノさんにとって都合がよかった」

　しかも、伍ノがわざわざ呼び寄せた孤児だ。彼が選ばれるのは容易に想像がつく。

「まず、浴場に行ったほうがいいとか適当な理由をつけて、傷痍軍人の男を2号室から出ていかせた。そして、少年を1号室から隣の2号室に移動させた。荷物は小さな鞄ひとつだから、移動は簡単だったと思う。これで、傷痍軍人の男がいるはずの客室に少年がいる、という状態になる。肆ノさんはパイプを伝って2号室に入り、少年に衣裳替えする」

　ここに来てようやく、私はトリックの全貌を理解した。

「それから、鈴を鳴らしたのね」

「そう。肆ノが誰に衣裳替えしたのか、地下の〈蛇〉たちは知ることができない。当然、啞者の傷痍軍人に乗り移ったと考えるはずだ。――客室が開放された後、肆ノさんは2号室の窓を開け放つと、ロープの端を鉄格子に結んで、もう一方の端を投げて1号室の鉄格子に引っかけた。少年の荷物を持って1号室に移動し、鉄格子とロープを結んで、1号室から2号室へ〈蛇〉が渡れる道を作った。あとは電気をつけて本でも読んでたんじゃないかな。そうやって、人間のふりをして伍ノさんが穴から出てくるのを待った」

　伍ノは見事に騙されたのだ。

　ハーフミラー越しに、人間と〈蛇〉の衣裳を見分けられるはずがない。

「〈蛇〉の毒は、〈蛇〉が入った人間に対しては効果がないんだったね。部屋が明るければ、肆ノさんは簡単に伍ノさんを捕まえられたはずだ。そして伍ノさんを頑丈な袋か何かに入れて、窓から外に出し、窓の外のロープにくくりつけた。

　肆ノさんはあらかじめ客室に隠しておいたナイフで自分の首を切り裂き、十分に出血させてから衣裳を脱いだ。それからロープを伝って隣の2号室に入ると、傷痍軍人の男が戻ってくるのを待った。男に衣裳替えした後は、ロープと袋を回収し、血で汚れた箇所を拭いて、伍ノさんをどこかに隠した。――これで密室は完成だ」

　手段は理解した。それでも、理由がわからない。

　肆ノはなぜ、伍ノを殺したのか。

「今回の事件に肆ノが関わってる可能性はある？」

　あの事件がすべての発端だとしたら、一族の襲撃事件と今朝の事件にも肆ノが関与しているかもしれない。すると、鷹谷は私の顔をまじまじと見つめた。

「肆ノさんが犯人だとわかって、猫矢さんは何だか嬉しがってるみたいに見えるね」

「嬉しいわけがないでしょう。同胞が昔の私を殺したっていうのに」

「でも、犯人が弐ノさんだと僕が指摘したら、きっと君は否定したはずだよ」

　反論できなくて私は黙った。鷹谷は微笑する。

「君は弐ノさんのことを強く信じているけれど、肆ノさんはそれほどでもない。君たちが伍ノさんを殺した犯人を突き止められなくて、今も仲間割れで危機に陥っているのは、〈蛇〉が人間の弱みを引き継いでいるからじゃないかな。人間よりずっと長生きでも、多くの知識と経験を積んでいても、〈蛇〉は人間より優れているわけじゃない。姿かたち以外はほとんど同じ、個人的感情に囚われた不完全な存在なんだ」

　一族を軽んじるような物言いに憮然《ぶぜん》として、私は鷹谷を睨む。

「私の質問に答えて」

「肆ノさんはまだ容疑者の一人だけど、犯人だという決定的な証拠は今のところ見つかってないね。でも、心配しなくていいよ。真相には着実に近づいてるから。……そろそろ下に行こうか」

　私たちは客室を出ると、足音が響かないように注意しながら一階に下りた。

　一番手前の10号室——私が使っていた部屋に入り、明かりをつける。マットレスをひっくり返し、カーテンをめくり、引き出しを検《あらた》めた。

　室内に〈蛇〉がいないことを十分確認すると、私はベッドの下に潜り込み、壁の蓋の上から何重にもガムテープを貼った。本当は釘で板を打ちつけたり、重い家具で蓋を塞いだりしたいところだが、あいにく館には釘の代わりになるものがなかったし、家具は基本的に固定されている。

　その後、鷹谷も長い身体を折り曲げてベッドの下に潜り、訊いてきた。

「これ、〈蛇〉に突破できると思う？」

「生まれたての〈蛇〉なら絶対に無理でしょうね。人間の気配があるほうへ本能のままに猛進するだけの動物だから。壱ノなら突破する方法を見つけるかもしれないけど、相当時間がかかると思う。〈蛇〉は小さい生き物だから、力はそれほど強くないの」

ただのガムテープでも重ねると板のように分厚くなる。引き剝がそうにも破ろうにも、手足のない身体では苦戦するだろう。

ならよかった、と鷹谷は頷く。

「何時間か足止めできるならそれでいい。ドアを閉めておけば壱ノさんは出られないし、僕たちが定期的に見回って注意すれば、部員が襲われることはない」

一階の客室の穴をすべて塞ぐことを提案したのは鷹谷だった。

――僕たちの中に紛れた〝叛逆者〟を炙り出すには、〈蛇〉の姿で襲うのが手っ取り早い。魔の毒牙が通じれば人間で、通じなければ〈蛇〉の衣裳。単純で効果的な手段だ。もちろん、そんなことをさせるつもりはない。壱ノさんにも、君にもね。

ただ、と私は念を押す。

「他の何よりも死を恐れる壱ノが、自ら衣裳を脱いで危険に身を晒すとは思えない。彼らを襲って叛逆者を特定するのは、きっと私に命じられる仕事よ。あるいは、壱ノは部員たちを一人ずつ殺せと命じるかもしれない。そうなったら、私は命令に従って一族のために働く。あなたが部員たちを守りたいなら――」

「わかってる。その前に犯人を突き止めればいいんだね」

鷹谷の返事に意表をつかれた。私はこう続けようとしていたからだ。

あなたが部員たちを守りたいなら、私を拘束するのが確実、と。

鷹谷たちの命を実質的に脅かしているのは壱ノではなく、壱ノの走狗《そうく》である私だ。もちろん鷹谷に生殺与奪《せいさつよだつ》の権を握らせる気などさらさらないが、この期《ご》に及んで私に手出しをしないのは異常だった。よほど自分の推理力に自信があるのだろうか。

ふと、小さな疑念が胸に萌《きざ》した。

――鷹谷は本当に叛逆者ではないのか？

「どうしたの？　猫矢さん、怖い目してるよ」

「何でもない。――次に行きましょう。あと十九部屋もあるんだから」

私たちは二十の客室のすべてを丁寧に調べて穴を塞いだ。それだけではなく、一階の〈蛇〉が隠れられるスペースをしらみつぶしに確認した。厨房の戸棚、排水溝の中、本棚の隙間。トイレの便器は一度流して蓋を閉めた。水は滞ることなく流れたので、下水管の中に身を潜めていることもないだろう。

一階をひと通り確認し終えると、玄関ホールに戻ってきた。

「これも調べたほうがいいね」

鷹谷は階段の脇に歩み寄った。玄関破りに使って壊れた椅子がいくつか積み重なっていて、〈蛇〉が隠れられそうな無数の隙間がある。鷹谷は手近な背もたれをつかんで引き起こした。ごとん、と派手な音が響いて、私は思わず首を竦める。

「下手に動かさないで。上に音が聞こえる」

私の抗議が耳に届いていないらしく、鷹谷は椅子の残骸を見下ろしてぼんやりと口を開けていた。やがて口元に微笑が浮かび、「なるほどね」と呟いた。

怪訝に思いながら鷹谷の視線をたどる。

折り重なった椅子の脚に紛れ込んだ黒い物体。四つのプロペラと小型カメラ。

「僕たちは見られていたんだ。——出てきなよ」

鷹谷がカメラに向かって手招きすると、やがて階上に人影が現れた。

鯨井、犬見、そして小虎。

「別におまえたちを疑って仕掛けたわけじゃない」

三人を代表するように鯨井が口火を切った。少し腰が引けたような口調だった。

「純粋に、安全のためだったんだ。玄関をドローンで監視すれば、長尾家の誰かが戻ってきたときにすぐ対処できるだろ。向こうは俺たちの敵かもしれないからな。それに、映像を録画しておけば警察に提出できる証拠になる。動体検知機能のあるソフトを使って、玄関に動きがあれば反応するようにしていた。……なぜか鷹谷と猫矢が引っかかったんだがな。夜中にいちゃついてるのかと思ったが、どうも様子が変だから、こっちの二人にも知らせたんだ」

「どうしてドローンの件を僕たちには教えてくれなかった？」

それがなあ、と鯨井は口を濁し、肘で小虎をつついた。

「おまえが説明しろ」

小虎はこちらを見据えると静かに話し始めた。

「驚かせてすみません。あたしが無理を言って、鷹谷先輩と猫矢先輩には黙っていてもらったんです。先輩たちに知られるのは都合が悪かったので」

まず猫矢先輩ですが、と名指しする。

「長尾家に一番近い立場ということもあって、彼らと共謀している可能性がありました。セーラー服の子が現れた後、長尾家の人たちと長いこと話し合ってましたよね。それに犬見先輩によると、昨晩あたしたちが蛇牢をしていたとき、猫矢先輩が階段から下りてくるのを見たそうです。あたしたちの知らないところで何度も長尾家と接触している——これって怪しいですよね」

「私が怪しいのはわかる。でも、どうして鷹谷くんまで？」

「単純に二人が妙に親しげだったからです。それに昨日、大浴場で口を滑らせましたよね。先週の金曜日、鷹谷先輩に告白した、って。湯船でのぼせて譫言《うわごと》を吐いただけにしては具体的だったので、発言の一部は事実だったと思います。鱗川先輩の事件があった金曜日に二人は密かに会っていた。だったら、どこで会ったのかと考えると——」

鱗川先輩が殺された現場です、と小虎は堂々と言い放つ。

「あくまで想像ですが、彼女を殺したのはきっと猫矢先輩でしょう。その場面を鷹谷先輩が目撃していた。鷹谷先輩は猫矢先輩を脅し、今回の事件に協力させたんです。具体的に何を目的としているのかはわかりませんけど、現実問題として参子さんは死んでいますし、あたしたちはここに閉じ込められています」

答えてください、と小虎はこちらに一歩詰め寄る。

「あなたの目的は何ですか？」

小虎の推理は完全に的外れだが、ここまで疑いを抱かれた以上、適当な言い訳でこの場を乗り切るのは難しいだろう。怪しまれた末に拘束されてしまったら目も当てられない。

またもや私は、歴史ある〈掟《レクス》〉を破る覚悟を決めた。

「――私たちは、私たちの敵を探しているの」

頭の中にあるラテン語辞書を開き、適切な言葉を拾った。

「〈私は五番目の蛇。今、同胞であるあなたに話しかけている〉」

三人の反応を窺う。誰もが狐につままれたような顔をしている。

手応えは薄かったが、私は呼びかけを続けた。

「〈あなたが身を隠す理由を私たちは知らない。私たちの前に現れてくれたなら、掟による処罰を与えなくてよいと一番目の蛇は言っている。私の勧告に応じるつもりがあるなら、鼻を掻いてほしい〉」

四人の手は動かない。鯨井が大あくびをしたが無関係だろう。

石になる魔法が解けたように、一番最初に声を発したのは小虎だった。

「それ、あのセーラー服の子が歌ってたのと似てますけど、何語ですか？」

「ラテン語」

「はあ、ラテン語。いや、こんなことが訊きたいわけじゃないんです。すみません、まだ混乱しててて。あたしが一番訊きたいのは――」

ひと呼吸の間があって、猫矢先輩、と小虎はおそるおそる呼んだ。

「あ、い、い、い、い、い、あなたは誰なんですか？」

真実を告げればもう引き返せない。秘密は知る者が多いほど洩れやすくなるし、〈掟〉から守れる人間の数には限界がある。

だから、三人の覚悟を問うことにした。

「あなたたちが秘密を知っていることを私の同胞に知られたら、あなたたちを殺さないといけなくなる。それでも知りたい？」

三人は顔をこわばらせたが、同時に弛緩した空気も漂った。猫矢秋果は線の細い文化系の少女で、虫すら満足に殺せそうにない風貌をしている。

もっとも、衣裳を脱いだところで私が弱いことに変わりはない。人間からすれば、〈蛇〉は吹けば飛ぶような小動物だ。壱ノが〈暗室〉という強力な装置を作り、弐ノが〈財団〉という強大なシステムを築いたのは、つまるところ、大きなものの陰に隠れたいという臆病心の産物ではないだろうか。もちろん、それは私も同じだ。人間の前で衣裳を脱ぐのは毎回怖いし、複数人を相手に戦うなど考えたくもない。

「この猫矢さんは仮の姿だ。本当の姿になれば、四人くらいあっという間に殺せる」

誇大な脅し文句を放った鷹谷を、鯨井は睨む。

「おまえ、俺たちを担ごうってわけじゃないんだな？」

「君が信じるかどうかは勝手だけど、僕は本当のことを話してるよ」

そのとき声を上げたのは犬見だった。「私も知りたい。教えてくれる？」

「殺されてもいいの？」

「平気、平気。ネコちゃんはたぶんそんなことしないって」

猫矢はずいぶん信用されているらしい。信用されていないとも言えるが。

「あ、じゃあ、あたしにも教えてください！」

便乗する形で小虎が手を挙げると、悩んだ末に鯨井も頷いた。

「わかった、ひとまず信じてやる。俺にも教えろ」

私はしばし逡巡《しゅんじゅん》した。〈蛇〉にまつわる物語は、科学文明を信じて生きてきた彼らにとっては荒唐無稽な話だ。人の身体を乗っ取る生き物はハリウッド映画の中だけに存在し、エイリアンが地球上を跋扈しているなど子供でも本気で思っていない。

私は鷹谷を横目で見た。一応、念を押しておく。

「本当に、全部話していいのね」

鷹谷は部員たちを守りたいと言っていた。それなのに今は、彼らを共犯にすることで危険に晒そうとしている。

「リスクは承知してる。それでも、協力者をできるだけ増やしたい」

なら、こちらも心置きなく話せるというものだ。私は唇を舐めて話し始めた。

「私の話はとても奇妙で、冗談みたいに聞こえるかもしれない。だから、こういうことにする。――あなたたちは、この館から脱出するのが目的のゲームに参加してるの。私はゲームマスターで、これからゲームの世界設定を説明する。もちろん全部嘘だけど、この世界ではそれが絶対の真実。あなたたちは私の決めた設定に沿って行動しないといけない」

三人は神妙な顔つきで頷く。

じゃあ、まず自己紹介から、と私は切り出した。

「私の本当の名前は〈五番目の蛇《クイントゥス》〉。今は伍ノと呼ばれてる」

早朝。窓の外はいまだ深い闇に沈んでいる。

隠し扉のセロハンテープの封が切れていないことを確認し、私は地下室に下りた。

ハンモックのような形をした簡易ベッドは空だった。首を回らすと、壱ノは背筋を伸ばしてテーブルに着いていた。耳から外した補聴器をテーブルに置き、古そうな本を読んでいる。

「おはようございます」

おはよう、と壱ノは素っ気なく返事をして、本を閉じた。タイトルと作者名がちらりと見えた。アラン・アップルヤード『湖畔の親子』。

「まだ読んでない本があったんですか？」

「いや、二回目だ」

私は一度読んだ本を読み返したりはしない。何年経とうが内容をどこまでも正確に覚えている

ので、手間と時間をかけて本をめくるのは非合理的だから。私がそう言うと、

「文章を覚えるのと理解するのは違う。正しく理解するには、本と対話しなければならない。何度も対話を重ねることで新たな発見が生まれる。伍ノよ、おまえは無限の日記帳を持っているが、その内容を正しく理解していないのだ」

確かにそうかもしれない、と忸怩《じくじ》たる思いに駆られる。

私はおそらく事件について多くのヒントを得ているが、それを読み解いて正解を導くことができない。私の日記帳の理解に近づいているのは、今のところ鷹谷だけだ。

他の三人はどうだろうかと考える。

写真部員の三人に対する長い告白が終わるころには、午前三時を過ぎていた。あまりの眠さに卒倒しそうだったものの、まだやるべきことが残っていたので、二時間の仮眠を終えてここに来た。三人が眠気で朦朧《もうろう》とした頭で私の話を理解できたかどうか、そもそも覚えていられるかどうかは疑問だったが、彼らの能力を信じるしかない。

壱ノは腕時計を見ておもむろに立ち上がると、補聴器を耳に嵌め直した。そういえば、今の壱ノがそれを外しているところを初めて見た。こうして普通に会話できる程度の聴力なら不要だろうに、まさかファッションのつもりだろうか。

「そろそろ始めよう」

私たちは地下二階へ下りて〈ケレスの沼〉の部屋に入った。前回と違うのは、私も壱ノの後を追って飛び石を渡ったことだ。〈沼〉中央のステージに壱ノが立ち、そこから少し離れた飛び石

の上に私が立つ。互いの召還を邪魔しないようにするためだ。

壱ノが歌い始めたとき、私は腕時計を確認した。午前五時ジャスト。

〈偉大なる魔術師　我らが主よ
　地を這う我らを憐れみたまえ
　人を喰らう我らを赦したまえ――〉

歌のテンポが普段よりやや速いのは、これから二時間、なるべく立て続けに〈呪歌〉を歌い続ける必要があるからだ。連続で〈呪歌〉を歌い続ければ、叛逆者に先んじて同胞たちを取り戻せるかもしれない。

やがて壱ノの歌は終わったが、〈蛇〉は現れず、水面は穏やかに凪いでいた。

「おまえの番だ。伍ノよ」

「はい」

壱ノと交互に歌う取り決めになっていたが、それでも二時間歌い続けるのは骨が折れるだろう。途中で喉が潰れないことを祈るしかない。

私は暗い水面を見つめ、息を吸う。


「そうか、駄目だったんだ」

私の報告を聞いて、鷹谷は表情を曇らせた。

目の前には鉄格子の嵌まった片上げ下げ窓があり、下側の窓ガラスが上がっている。その向こうに置かれているのは、椅子の脚を「井」の形に組んだもの。中央に火のついた紙屑を投げ入れれば、小規模なキャンプファイヤーとなるはずだった。

雨が降っていなければ。

昨夜から降り続いた霧雨が木材を濡らしていた。たとえ奇跡的に火がついたとしても、こうも霧が濃いと煙が掻き消されてしまうだろう。もっとも、私と壱ノにとっては幸運だった。誰かの通報を待つ方法では〈暗室〉に警察の手が入りかねない。

鷹谷はノートを取り出して、ペンを走らせながら話した。

「弐ノさんは昨日の午前六時九分に消滅して、六時五十七分までのあいだに叛逆者によって召還された。また、肆ノさんの身体が死んだのは昨日の六時ごろだから、肆ノさんが人間に衣裳替えしていない場合、その二十四時間後——つまり今日の六時ごろには肆ノさん自身も消滅する。それと参ノさんの消滅時刻は、雪の降り方で絞り込める。猫矢さんが早朝に一度目を覚ましたとき、確かに雪が降ってたんだよね？」

「ええ、間違いない。時刻は五時十二分だった」

「参ノさんのバンが停まってた場所は、雪が積もってなかった。ということは、参ノさんが館を出たのは五時十二分以降。また、君が車の転落音を聞いていないことから、君が防音の客室にいた六時半以前に転落したと考えられる。つまり、衣裳替えに成功していなければ、参ノさんは今朝の五時十二分から六時半のあいだで消滅したはずだ」

ノートには〈蛇〉の消滅と〈呪歌〉詠唱の順序がまとめられている。

1、二日目・午前六時九分――弐ノ消滅。
2、二日目・午前六時五十七分――〈呪歌〉詠唱。召還失敗。
3、三日目・午前五時〇分――〈呪歌〉連続詠唱開始。
4、三日目・午前五時十二分～六時半――参ノ＆肆ノ消滅。
5、三日目・午前七時〇分――〈呪歌〉連続詠唱終了。召還失敗。

「叛逆者は1と2のあいだで弐ノさんを召還し、4で参ノさんと肆ノさんのどちらか、あるいは両方を召還した。すると、3から5まで一緒に〈呪歌〉を歌い続けてた君と壱ノさんにはアリバイが成立する」

「部員たちのアリバイは？」

五時から七時にかけて部員たちを一ヶ所に集め、叛逆者による召還を防ぐという取り決めだったが、鷹谷は気まずそうな表情でもごもごと言った。

「鯨井と犬見さんが寝坊して起きてこなかったから、僕と小虎さんでそれぞれの客室を見張ることにしたんだけど、廊下がカーブしてるせいで相手の姿が見えなかったんだ。だからお互いをずっと監視できたわけじゃない」

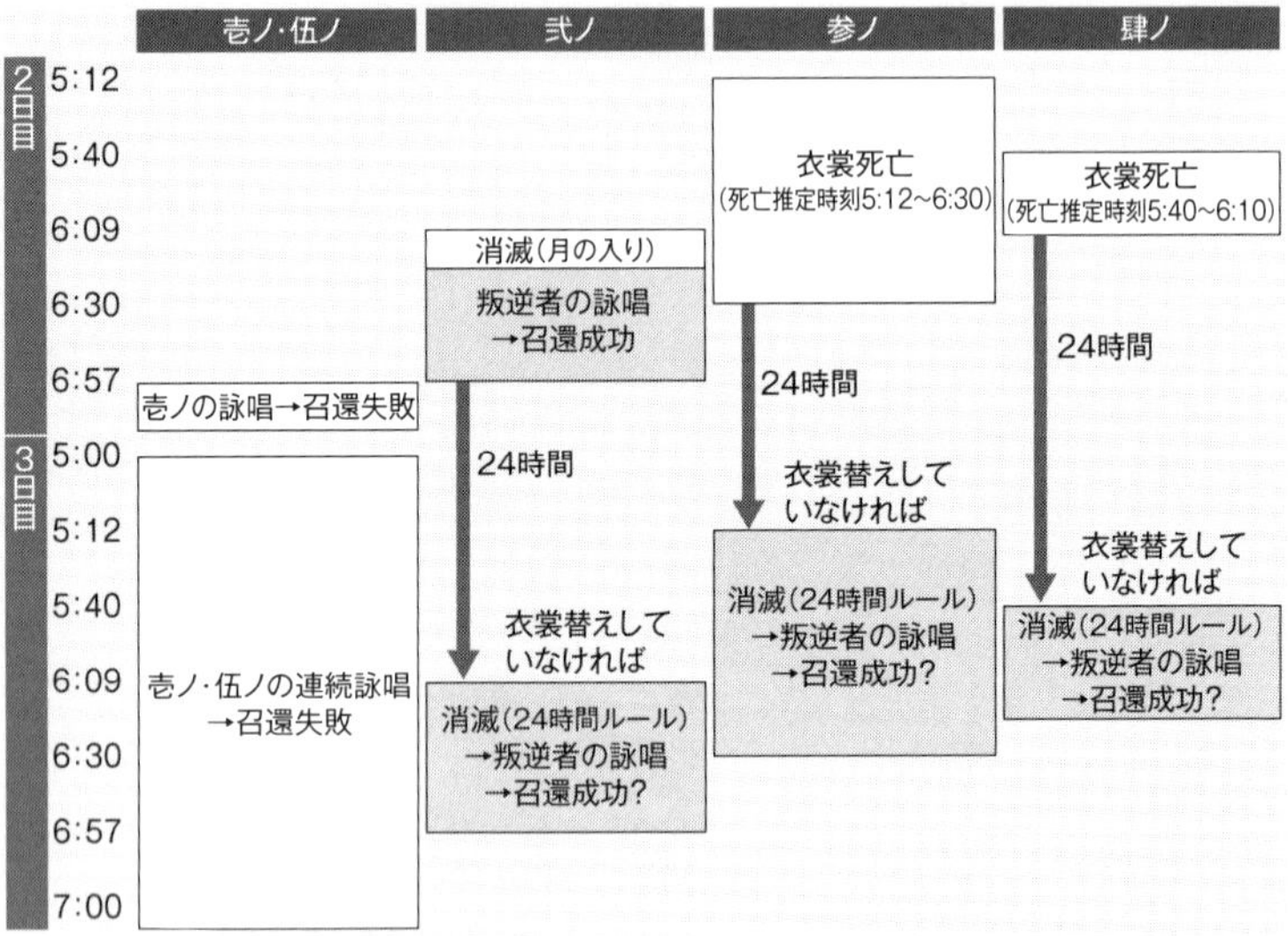

「要するに、誰もアリバイはないのね」

私は深い溜息をついた。元々朝に弱い彼らの睡眠時間を、〈蛇〉の説明によってさらに削ってしまったのが悔やまれる。

「だけど、これだけは言えるよ」鷹谷は慌てたように言い添える。「僕たち四人の中に、叛逆者が召還した〈蛇〉に襲われた人はいない」

「どうして？」

「僕と小虎さんは起きてたから、〈蛇〉に襲われたら声を上げたり逃げたりする。犬見さんのⅡ号室と鯨井のⅤ号室は距離としてはそれほど離れてないから、お互いに異変に気づけたはずだ。そして、施錠された客室にいた鯨井と犬見さんが〈蛇〉に襲われることはない。壁の向こう側に〈蛇〉を召還することはできないんだよね？」

「ええ。召還過程で生じる黒い輪は、周囲に障害物があると崩れてしまうから」

「黒い輪の直径は二メートルだから、客室や廊下の真ん中に立てば召還は可能だ。叛逆者が四人の中の誰であれ、〈蛇〉を召還してどこかに隠すことはできたことになる。一応、全員でそれぞれの客室を見て回ったけど、〈蛇〉は出てこなかった。窓の外に逃がしたのかもしれない」

誰かが召還された〈蛇〉に襲われていたら、余計に状況が混乱しただろう。被害が拡大しなかったのは不幸中の幸いか。

「生まれたての〈蛇〉は人間のいる場所を目指すから、いずれこの館に戻ってくるでしょうね。ガラスを破るほどの力はないけど、窓は開けないように気をつけて。ところで、仕掛けてたカメラには何も写らなかったの？」

「一応確認したけど、特には何も」

廊下のあちこちに部員たちのカメラを設置し、三十秒間隔でシャッターを切るように設定していた。撮影のインターバルに起こったことはわからないので気休めに近いが、叛逆者への牽制《けんせい》にはなる。

同じく、地下へと続く隠し扉の前にドローンを設置していた。少しでも扉が動けば、鯨井のパソコンから警告音が鳴る。部員たちを壱ノから守るとともに、壱ノを叛逆者から守るためだ。隠し扉を開ける方法は、鷹谷を含め、部員たちには教えていない。叛逆者ではなくとも、部員の誰かが壱ノに危害を加える可能性は十分にある。

ちらりと横を見ると、階段に座った鯨井がノートPCを睨みつつ、同じキーを規則的に叩いている。自動撮影した写真をチェックしているようだ。

「そういえば鯨井、地面までの距離はわかった？」鷹谷が訊く。

「ああ、皿を落として落下距離を計算すると、崖の高さはだいたい三十メートル。そこまで降りれば斜面に沿って温泉街まで行けそうなんだが、その長さのロープを作るのは骨が折れる。ある程度太くしないと強度が保証できないし、困ったもんだ」

「鯨井の体重を基準にして作らないとね」

「おまえが思ってるより俺は重いぞ。筋肉が詰まってるからな」と鷹谷の脛《すね》を拳でひと突きする。

「おまけに鉄格子をかなり切らなきゃいけない。長期戦だ。それよりは狼煙を上げるか、一か八かドローンで山を越えるほうが手っ取り早い」

脛を抱えてうずくまる鷹谷を無視して、私は鯨井に言った。

「助けを呼ぶ方法はなるべく避けてほしい。ここに警察を介入させたくないから」

「だとしてもな、俺たちの親が通報したらそれまでだぞ」

「後のことは一族で処理する」

鯨井は胡乱《うろん》な目つきで私を見上げると、ディスプレイに視線を戻した。

「……おまえの話を完全に信じたわけじゃない。ただ、話の半分は本当だろう。おまえは俺たちの命運を握ってるし、生きて帰れるかはおまえの気分次第だ。だから今は、おまえのゲームに乗ってやる。だが、その後のことは俺の勝手だ」

猫矢先輩、と背後から鋭い声が飛んだ。振り返ると小虎が立っていた。あまり眠れなかったのか、彼女の目の下には濃い隈《くま》ができていた。

「……あたしたちの中に、竜野を殺した犯人がいるっていうのは本当ですか？」

「そう。信じられないと思うけど、全部本当のことよ」

「信じます。でも、先輩のことは信じてません」

「どういう意味？」

「〈蛇〉という存在がいることは信じます。この館の造りは常軌を逸してるし、狂人が妄想に駆られて建設したにしては気持ち悪いほど合理的です。それよりは、〈蛇〉の実在を認めたほうが理屈に合う気がします。だけど、先輩の話を全面的に受け入れたわけじゃありません。先輩は容疑者として、あたしと犬見先輩、鯨井先輩、鷹谷先輩の名前を挙げましたね。一人足りなくないですか？　……先輩ですよ、猫矢先輩」

私は何か言い返そうとしたが、その前に鷹谷が反論した。

「竜野が死んだのは、竜野に入った〈蛇〉が身体を捨てたからだ。猫矢さんはずっと生きてるから〈蛇〉の形態にはなれないし、竜野に入ることもできない」

「竜野の死体を確認したのは誰ですか？」

珍しく鷹谷が返答に窮していた。「……猫矢さんと、壱ノさんだ」

「しかも、死体はさっさと燃やしてしまいました。証拠を隠滅するみたいに。竜野の死因が別にあって、猫矢先輩がそれを隠蔽した可能性は否定できませんよね？」

確かに死体を隠すならまだしも、燃やすのは性急に過ぎた。それに人間社会では、死者の葬送は残された者たちにとって重要なイベントだ。勝手に仲間を燃やした私を、小虎は恨んでいるだろう。

「今夜です」

私と鷹谷を交互に見ると、小虎は意気込んで言った。

「今夜までに答えを出します。誰が竜野を殺したのか、突き止めてみせます」

パシャ、とシャッター音が響く。鯨井がこちらに向けてカメラを構えていた。

呆然としている小虎をよそに、鯨井はディスプレイを確認している。

「見事な半目だな。やっぱ気のせいか。……小虎、何か面白いことを企んでるみたいだな。俺も参戦していいか？　事件の犯人について俺にも考えがあるんだ」

「いいですけど、トップバッターはあたしですよ。ところで、何であたしを撮ったんですか？」

「……寝癖が爆発的に可愛かったからな」

天を突くように跳ねるショートヘアを宥めつつ、小虎は小走りに洗面所へ向かった。鯨井はパソコンを抱えて悠々と二階へと向かった。

ホールには私と鷹谷だけが残された。

「小虎さんに犯人を突き止められると思う？」鷹谷が訊いてきた。

「思わない」

「同感だよ。でも、他の二人は信じるかもね。間違った人間を犯人だと思い込んで、手荒な真似をするかもしれない。彼らに限ってそんなことはしないと信じたいけど、パニックが起これば良心なんて簡単に吹き飛ぶ」

鷹谷は意外にも、仲間に対してシビアな視点を持っているようだ。

「だから、小虎さんの推理を全力で否定して、その上で犯人を指摘したい」

「それから？」

「殺す」

私は鷹谷の顔を見た。予想に反して、彼はにこにこと笑っていた。

「冗談だよ。何もしない。犯人を裁くのは君たちに任せるよ」

冗談にならない台詞を吐いて、鷹谷が二階に去った後、食堂の入口から犬見が顔を出した。

「ネコちゃん、手伝ってくれる？」

私と犬見は鉄格子を切断する準備作業に取りかかった。

まず、食堂の渓谷を望む窓の、鉄格子の表面を覆っている被膜を削ぎ落とす。続いて、濃い塩水に浸したタオルを鉄格子に縛りつける。効果的に腐食を進めるには、タオルが乾かないように定期的に巻き直さなくてはならない。

駐車場のある玄関側の窓はどれも小さく、鉄格子を切っても脱出は難しいので、渓谷側の大きな窓に狙いを絞っている。その代わり、鉄格子を切った後は三十メートルを降下しないといけないわけだが。

椅子に乗って鉄格子にタオルを結びながら、犬見は訊いてきた。

「どのくらいで外に出られると思う？」

「わからない。この鉄格子は結構太いから」

鉄は腐食に弱いはずだが、実際に腐り落ちるまでどのくらいかかるのか見当もつかない。一週間かもしれないし、一ヶ月かもしれない。いずれにしても気の遠くなる話だ。

そっかー、と呟いて犬見は椅子から飛び降りた。

「卒業式、始まっちゃうね」

はっとして腕時計を見る。午前十時。完全に失念していた。

「やっぱり卒業旅行は卒業した後にするもんだね。おかげで卒業式に出られなくなっちゃった。最後の最後でこれじゃ締まらない」

「ごめんなさい」

猫矢を演じることをやめてから、初めて謝罪の言葉が洩れた。頭で考えるより先に言葉が出ていた。不思議なことに、誰が敵なのか判然としないこの状況下で、この少女には自然と警戒を解いてしまうのだった。

「いやいや、ネコちゃんのせいじゃないよ。全部、美味しい話に釣られた私のせい。どうしても黒籠郷に……この館に来たかったから、みんなを巻き込んじゃったんだ」

聞き捨てならない台詞が聞こえ、私は声を低くして訊いた。

「この館のこと、前から知ってたの？」

「うん」

両手を新しいタオルで拭きながら、犬見は語った。

「お祖母ちゃんから聞いたんだ。高校生のとき、友達と黒籠郷に来たらしいんだけど、そこで怖いくらい綺麗なお姉さんに、山の上の館で開かれるパーティーに招待されたんだって。お祖母ちやんは断ったけど、友達二人はついていっちゃって」

——気をつけてね。あの人、何だか嫌な感じがしたの。

「次の日、戻ってきた二人は別人みたいだったらしい。他の同級生は気づかなかったみたいだけど、お祖母ちゃんにはわかった。二人の中身が違うものだってことが。その後、一人はすぐに交通事故で亡くなって、もう一人は卒業してから行方不明になったんだって」

「お祖母ちゃんの名前は？」

私のただならぬ様子に少し目を見開いて、犬見はその名を告げた。

「犬見恵美。旧姓は鶴岡」

鶴岡恵美——鴨居縁と鳥羽啓子の親友。

恵美の孫娘が五十年の歳月を越えて、私の目の前にいる。

「お祖母さんは、元気？」

犬見はわずかに目を伏せた。その仕草だけで、もう遅かったのだと理解した。

「……去年、亡くなったよ。お祖母ちゃんと知り合いだったの？」

「知り合いというか——」

友達、という言葉を呑み込んで、鉄格子にタオルを縛りつける。

「ところで犬見、私が猫矢じゃないことは気づいてた？」

「全然気づかなかったよ。私、お祖母ちゃんみたいに勘鋭くないから。あの能力が隔世遺伝してたら犯人捜すのも簡単だったんだけど」

祖母からの伝聞のおかげで、犬見は〈蛇〉の存在をすんなりと受け入れているようだ。

今夜、小虎が犯人を指摘すると宣言したことを伝えると、犬見は目を細めた。

「トラコちゃんも困った子だね。犯人をどうするつもりなのかな」

「私怨に任せて過激なことをするかもしれないし、無実の部員がひどい目に遭うかもしれない。小虎を止めるには、彼女の仮説を完全に潰す必要がある。犬見にも協力してほしい」

「協力って、どういうこと？」

「小虎の意見に反論して、同調しないようにしてほしいの」

現在、この閉鎖空間を支配しているのは〈蛇〉の物語であり、私の設定したゲームだ。ところが鯨井はゲームを受け入れかねているし、小虎はゲームを受け入れた上で、支配者である私に反旗を翻している。せめて犬見にはこちら側に加勢してもらいたかった。

「うん、わかった」

安堵したのも束の間、犬見はこんなことを言い出した。

「――でも、もし犯人がわかったら言っちゃっていい？」


午後七時半。食堂には重い空気が垂れ込めていた。

長テーブルの五人はすでに、野菜スープと鯖缶と白飯のつましい食事を済ませ、無言で着席している。鯨井が空の缶を名残惜しそうに弄《もてあそ》ぶ、からから、という音が虚しく響いていた。

「そろそろ始めましょう」

小虎は席を立って、長テーブルの端、いわゆるお誕生日席に移動したが、椅子に腰を下ろすことなく口火を切った。

「あたしのために時間を割いてくださってありがとうございます。僭越《せんえつ》ですが、あたしの考えをここで述べたいと思います。先輩たちに失礼な物言いをするかもしれませんが、どうか怒らないで聞いてください」

妙なほど慇懃《いんぎん》な口調が不穏さを漂わせていた。

「昨日、猫矢先輩が教えてくれた話は本当に衝撃的でした。人の身体を乗っ取る〈蛇〉の存在。猫矢先輩と長尾家の三人の正体。そして、この館に隠された恐ろしい秘密。普通の人生を送ってきたあたしにとっては、世界の見方が百八十度変わるようなお話でした。また、猫矢先輩は〈蛇〉の一族が陥っている状況についても話してくれました。正体不明の何者かが一族を襲い、一匹は叛逆者の手に落ちた。さらに昨晩、長尾家に扮していた二匹の〈蛇〉が殺されてしまった。残されたのは猫矢先輩と、長尾壱郎こと〝壱ノ〟だけ。確かに大惨事です。二人にとっては一族存亡の危機でしょう」

だけど、と口調に毒が混じる。

「どうでもよくないですか？」

私は黙っている。鷹谷と犬見も押し黙っているが、鯨井だけ頷いた。

「まあ、確かにな。一族の危機って言われても、あんまり想像がつかない」

「ですよね。人の想像力には限界があるんです。正直言って、あたしたちは爬虫類型のモンスターに感情移入できません。そういう奴らが別の何かに殺されたところで知るかって感じです。あたしたちを巻き込まないで、どこか遠いところで殺し合ってくれって思います。……なのに！」

怒りを噴出させるように、小虎は声を荒らげる。

「竜野は殺されました。化け物のくだらない争いに巻き込まれて」

悔しい、と繰り返す。

「本当に悔しいです。竜野には何の落ち度もなかったし、天体写真を撮るのを楽しみにしてやってきたのに、わけのわからない理由で殺された。人の想像力には限界があるって言いましたけど、逆に言えばあれです。何ていうか、人は想像できるっていうか――」

話の流れを見失ったのか、しばらく宙に視線をさまよわせて、

「とにかく！　犯人は絶対に許せない。司法の裁きを受けさせるべきです。もしそれを拒否するなら、代わりにあたしたちが裁くしかありません」

そこで言葉を切ると、小虎は厨房に向かい、何かを持って戻ってきた。

一同を見回し、芝居がかった口調で告げる。

「叛逆者さん。今すぐあなたが名乗り出て、竜野を殺した経緯について語ってくれるなら、あたしたちは穏便にことを済ませるつもりです。身柄を拘束し、警察に引き渡すだけでよしとしましょう。……あたしの言う通りにしてくれますか？」

声を上げる者はいなかった。

小虎は大袈裟に溜息をついて、陰惨な笑みを浮かべる。

「わかりました。交渉決裂ってやつですね。後でたっぷり後悔することになりますよ。あたしにはこの手を汚す覚悟がありますし、お涙頂戴的な独白で同情を買おうとしても無駄です。何度も言うように、人の想像力には限界があるんですから！」

がん、とテーブルに勢いよく叩きつけられた、鈍い光を放つもの。

それは黒光りする中華鍋だった。

途端に、場に張りつめていた緊張の糸が緩んだのを感じた。

「何で中華鍋なんだ？」

鯨井はきょとんとした顔で目を瞬かせた。

「残りの食材からして中華料理はもう作れませんし、壊してもいいかなと」

「中華料理なんて言うなよ。食いたくなるだろうが」

「あー、チャーハン食べたい」と犬見。

仕切り直すように小虎が咳払いする。

「……あたしはもう犯人を特定しています。それが誰なのか、今から説明します」

中華鍋の柄を握ると、一同を牽制するようにテーブルに突き当てる。

「さっき言った通り、あたしは爬虫類の内紛には興味がありません。あくまで竜野を殺した犯人について考えると、容疑者は三匹——弐ノさん、参ノさん、そして肆ノさんです。猫矢先輩と壱ノさんは事件後も生きてるので、竜野の中に入ることはできません」

私を槍玉に挙げるつもりはないらしい。ひとまず胸を撫で下ろす。

「まず、弐ノさんが犯人だと仮定します。少女の姿で現れた弐ノさんは、竜野を誘拐して身体を奪い、館に戻った。翌朝、弐ノさんは何らかの方法で参ノさんと肆ノさんを殺害し、午前六時九分に消滅した。あたしたちは竜野の仇を討ち損ねたわけです。

でも、よく考えると不思議なことがあります。参ノさんと肆ノさんが殺されたのは午前六時ごろでした。弐ノさんはどうして死の間際まで行動を起こさなかったんでしょうか。タイムリミットが迫ってるのに、客室でのんびり休んでたなんて不自然です。

あたしの考えでは、犯人は〈蛇〉たちが起きるのを待っていたんです。犯人は早朝に〈蛇〉たちが集まることを知ってたから、部屋を出たタイミングで襲いかかった。

弐ノさんは早朝の会合のことを知り得ませんでした。館に来てから一族と接触できるタイミングはなかったし、竜野の記憶を読んだところで何も出てきません。いつ起きてくるかわからない相手を待って寿命を迎えるくらいなら、部屋の外におびき出すか、無理やり部屋に押し入るかして、どうにか悲願を果たそうとするはずです。

つまり、弐ノさんは犯人じゃない。

犯人が竜野を誘拐し、その後で解放したのは、弐ノさんが竜野に化けて館に侵入したとミスリードすることで、すべての罪を弐ノさんに被せるためだったんです。

罪を被せたのは、もちろん犯人――猫矢先輩の言う〝叛逆者〟です。

犯人は参ノさんと肆ノさんのどちらかということになりますが、まだ手ごわい謎が残っています。参ノさん、または肆ノさんをどうやって殺したのかということです。

二人が殺された状況はどちらも密室です。特に肆ノさんの場合は、部屋が完全な密室だったことに加え、肉体という密室にも阻まれています。ただし、この二重の密室は、あるものを仮定することで解決します」

隠し通路です、と声高らかに小虎は告げた。

「肆ノさんの部屋には外部に通じる抜け穴があった――そう考えないと、猫矢先輩が話してくれた〈蛇〉のルールからして密室を解くのは不可能です。したがって、隠し通路の存在が逆説的に証明されます」

強引すぎる推論に呆れつつ、私は口を挟んだ。

「二階の客室に隠し扉や隠し通路のたぐいはない。私は〈暗室〉の図面を見たことがあるから断言できる。第一、そんなものを設える必要性がないし」

小虎は間髪容《い》れず反駁《はんばく》した。

「隠し通路は絶対にあります。壱ノさんが図面から抹消したんです」

「消す理由がないでしょう」

「用心深い壱ノさんは館のあちこちに秘密の通路を作っておいて、たとえ仲間たちに裏切られても身を守れるように準備してたんです。でも、犯人は何らかの偶然でその存在を知り、犯行に利用した。隠し通路があくまで脱出用で、部屋の内側からしか開けられなかったとすれば、犯人が朝まで行動を起こさなかったことも説明できます。隠し通路は部屋の侵入には使えなかったので、肆ノさんが自ら鍵を開けるのを待つしかなかったんです」

どこまで行っても水掛け論で埒《らち》が明かない。私はおとなしく引き下がった。

「わかった。話を続けて」

「ありがとうございます。——人間の通れる抜け穴があると仮定すれば、肆ノさんの部屋は密室ではなかったことになりますし、肉体の密室も解決します。そもそも肉体の密室は、死体に〈蛇〉が抜け出した際の傷や血痕がなかった、という事実に基づいたものです。でも、犯人が死体に直接アクセスできたなら話は別です。

傷があったら塞げばいい。血で汚れたら拭けばいい。

〈蛇〉の身体から出る粘液には、出血を止めたり傷を塞いだりする効果があるんですよね。犯人はそれで死体の傷を塞いでから、血を丁寧に拭き取ったんです。

参ノさんが犯人だったと考えてみます。参ノさんは早朝、部屋から出てきた肆ノさんを襲い、身体から〈蛇〉を引きずり出しました。死体に工作を施した後、ドアを施錠して、隠し通路から部屋を出た。これで二重の密室は完成します。

ただし、肆ノさんの自作自演だと考えることもできます。肆ノさんは部屋の中で身体から抜け出した後、竜野に寄生したんです。竜野の身体で死体に細工した後、部屋を施錠して、隠し通路から脱出した。——どちらの可能性も否定できない以上、犯人を確定することはできません。

なので、今度は参ノさんの事件に注目します。肆ノさんの事件と違って、こっちは完全な密室とは言えません。まず、肉体の密室は成立しません。死体の口から這い出した跡がなかったのは確かですが、ドローンのカメラが届かない他の部分を喰い破って脱出することはできます。そうですよね？　猫矢先輩」

「ええ。肛門から出るのが一番楽だと思う」

「あんまり想像したくないですけどね。――参ノさんの事件で一番不可解だったのは、車の周囲に〈蛇〉が這った痕跡がないことでした。そのまま車の中にいたら死んじゃいますから、車に留まる理由はない。これは参ノさんの偽装工作です。雪の上に痕跡を残さず立ち去ることで、自分が肆ノさんと同じように、謎の力で消滅したと見せかけたんです。

もし参ノさんが人間で、雪の上に足跡をつけずに館に戻らないといけないとしたら、ヘリコプターとか気球とか、とにかく大掛かりな移動手段が要ります。でも、参ノさんは体重五百グラムの〈蛇〉です。大型のドローンなら余裕で運べます」

「小虎、俺を疑ってるのか？」

大型ドローンの持ち主である鯨井が、鋭く反応した。

「いえ、鯨井先輩が犯人だと言ってるわけじゃありません。廃墟探索のときに先輩のドローンを見た参ノさんが、夜中に先輩の部屋に忍び込んで、ドローンを勝手に持ち出したんじゃないかと思ったんです。客室には鍵がかかりませんからね。

参ノさんはバンで崖から転落した後、死体から抜け出して、車に積んでいたドローンに乗り込みました。それからドローンを操縦しながら館に戻ったんです」

「どうやってドローンを飛ばすんだ」

「機体に固定したスマホを使ったんです。人間が指先でできることなら、〈蛇〉の鼻先でもできると思います」

「とんだ曲芸飛行だな。……だが、俺たちが車を見つけたのは偶然だろ。それまでに雪が解けたら意味がない。俺のドローンを盗んでまでやることか？」

「ドローンを使う利点のひとつは、雪の上を移動しなくて済むことです。〈蛇〉は低温だと身体が動かなくなるんですよね。山の斜面にも道にも雪が積もってますから、それを避けて館に戻るには空中を移動するのが一番です。それに、館の封鎖に気づいた段階で、鯨井先輩がドローンを飛ばすことを参ノさんは確信してたと思います」

「何でだよ」

「先輩、ドローン大好きですからね。廃墟探索のときもずっと飛ばしてたみたいじゃないですか。どうせ、ドローンの素晴らしさを参ノさんに熱弁したり、操縦の腕前を見せつけたりしてたんでしょう」

「失敬な奴だな」

鯨井はむくれたが、否定はしなかった。図星なのだろう。

「参ノさんが犯人だと確定したので、犯行の流れを順を追って説明します。二日目の早朝、参ノさんはすべての客室を封鎖しました。館を出ると、車に乗って事故を起こし、死体から抜け出した。ドローンに乗って館に戻り、地下室に下りて、殲滅機構のスイッチを入れ、パイプを伝って竜野の客室に侵入。身体を乗っ取った後、肆ノさんを襲い、二重の密室を作ってから、〈蛇〉の姿の肆ノさんをどこかに隠した。ドローンを鯨井先輩の客室に戻して、物置部屋の前で竜野から抜け出し、地下室に下りて、パイプを伝って誰かに寄生した――という流れです」

「めちゃくちゃ忙しいねー」犬見は素朴な感想を述べる。

「その通りですが、理論上は可能です。〈蛇〉の力では開けられないドアは、人間の姿のときにストッパーを嚙ませておいたんだと思います」

「ところで、どうして参ノさんは全部の客室を封鎖したの？」

「しっかりしてください、犬見先輩。誰に寄生したのかを隠すためですよ。客室がひとつだけロックされてたら、そいつが犯人だってばれちゃうじゃないですか」

「だったら、ロックしなければよくない？」

「客室に侵入した後、ターゲットに逃げられたらどうするんですか」

「あー、そっか。そりゃリスキーだ」ふむふむと納得する犬見。

小虎は一同を見回して声を張った。

「さて、ここからが本題です。参ノさんにとって竜野の身体は、次の身体までの繫ぎです。肆ノさんを襲い、偽装工作をするのに使うだけの道具。無駄にこだわる理由はない。つまり、参ノさんは竜野以外の、別の人間を〝本命〟として選んだはずです」

参ノの〝本命〟になり得る衣裳は、私と竜野を除いた四人。

鷹谷、鯨井、犬見、そして小虎。

「猫矢先輩から聞いた話だと、〈蛇〉はそれぞれ異なる基準で人間を選ぶそうですね。そして、参ノさんは美人を選ぶ。地下で開かれた会合で、参ノさんは最初にあたしを選んだけど、猫矢先輩とバッティングして断念した。また、第二希望の鷹谷先輩には新しい弐ノさんが入る予定だったから、最終的に犬見先輩に決まった」

と、そこで小虎は急に頬を紅潮させた。

「あっ、別にあたしが美人だから選ばれたとか、そういうわけじゃなくて――」

「わかったから、続けろ」鯨井は仏頂面で促す。

「トラコちゃん可愛いよ」犬見は無責任に褒める。

「ええと、つまりですね、参ノさんはあたしと鷹谷先輩がタイプなんです。そして、第三希望の犬見先輩にしても、目が悪いところが嫌いだと言っていました。竜野を捨て札にしたのは、この三人より希望順位が低かったからでしょう。すると、本命に選んだ人間もおのずと決まります」

小虎が視線をスライドさせ、私の隣に狙いを定める。

「参ノさんが選んだのは鷹谷先輩です」

鷹谷は余裕のある微笑みを浮かべている。

「よくわからないな。第一希望の君と、第三希望として衣裳替えが確定している犬見さんが、どうして除外されるんだ？」

その言葉を待っていたというように、小虎は頷いてみせる。

「まず、犬見先輩の身体を使うとは考えにくいです。そもそも好みの身体じゃないというのもありますけど、次の衣裳として公言してしまった以上、犬見先輩に衣裳替えするのは危険だからです。そして、あたしの身体を使うわけもない。なぜなら、あたしは参ノさんの第二希望である以前に、猫矢先輩の第一希望なんですから。そうですよね、〈五番目の蛇〉先輩？」

語呂が悪い呼び名に私が頷くと、合点が行ったように鯨井が言う。

「そうか。〈蛇〉に寄生された人間は、他の〈蛇〉に噛まれても気絶しないし、寄生の対象にもならない。もし延期していた衣裳替えを再開することになれば、猫矢は小虎に寄生しようとする。するど、小虎が〈蛇〉だと一発でばれるわけだな」

「猫矢先輩に一人ずつ噛んでもらえば、犯人は楽に見つかるわけです」

小虎のとんでもない提案に、私は無言で拒否の意を示した。

部員が思いのほか落ち着いているのは、〈蛇〉の話を完全には信じ切れていないからだ。竜野の死体を秘密裏に処分したのもプラスに働いている。しかし、もし私が真の姿を晒せば必ずパニックが起こる。恐怖に取りつかれた彼らの手によって拘束され、ゲームオーバー。鷹谷の無実を証明しようにも私に打つ手はなかった。

小虎は追及の手を緩めない。

「同じ理由で、壱ノさんの第一希望だった鯨井先輩を除外すると、もう鷹谷先輩しか残ってません。しかも、鷹谷先輩は弐ノさんの衣裳候補として保護されています。弐ノさんの身柄を犯人が握っている以上、鷹谷先輩が〈蛇〉に襲われることはない。犯人にとって最も都合のいい移住先です」

中華鍋を突きつけられても、鷹谷の顔色は変わらない。

「君は重要な事実を見落としてるよ」

「どういうことですか？」

「僕は猫矢さんと協定を結んでいた。一族と館の情報を教えてもらう代わりに、一族を悩ませている事件を解決すると。〈蛇〉の出入りする穴の位置も、早朝に衣裳替えを行うことも僕は知っていたんだ。むざむざと喰われるわけがない。自分の命がかかってるのに寝過ごすほど、鷹谷匠は大胆じゃないからね」

この手堅い反論にも、小虎には一切ひるんだ様子がなかった。

「猫矢先輩から聞いた情報では、衣裳替えは六時半以降に始まる予定でしたが、参ノさんが客室に侵入したのはもっと早い時間だったはずです。この時間には来ないと油断していた先輩は、あっけなく寄生されてしまった」

小虎はつかつかと鷹谷に歩み寄ると、両手で握った中華鍋を剣のように構えた。さすがは元剣道部と言うべきか、小柄な身体が強烈なプレッシャーを放っている。

「答えてください。あなたは誰ですか？」

「君の先輩だよ」

小虎は私に視線を向けて、鋭く叫んだ。

「猫矢先輩！　あたしたちの仲間でいたいなら、指示に従ってください」

「……何をさせるつもり？」

「鷹谷先輩が動かないように、押さえておいてください」

私はゆっくり立ち上がると鷹谷の背後に回り、その両肩に手を載せる。

「椅子を引いて、こっちを向かせて……はい、そうです。それから両腕を後ろに捩《ね》じって固定してください。絶対に動けないように」

「僕を殺すつもり？」

「そうだと言ったら、どうしますか」

まさか人を撲殺する度胸はないだろう。揺さぶりをかけて本音を引き出す魂胆に違いない。そう高をくくって小虎を観察したが、どうも様子が妙だった。汗の粒が光るこめかみ、指の関節が白くなるほど握りしめられた両手。瞳孔が開き、血の気が引いた顔――

私は何度もこの顔を見たことがある。

死を目の前にした、恐怖の表情だ。

――倫理を失った人間のみが、我々の天敵たり得るのだ。

鯨井は顔面蒼白で硬直し、額に汗を浮かべている。犬見はこの急展開に理解が追いつかないのか、幼児のような締まりのない顔つきで座っていた。

「もう一度訊きます」

小虎の全身に緊張が張りつめるのが見えた。鍋の先端が微かに震える。

「あなたは誰ですか？」

「答えるまでもないよ」

小虎の手が高く振り上げられた瞬間、私も動いた。

ごっ、と鈍い音が響いて――

気がつくと私は、暗い小部屋にいた。

ドーム型の天井は歪に波打ち、象牙色の表面には蔦のようなものが這っている。どくり、どくりと脈打つ青白い蔦。ドームを満たしているのは灰色の泥の海。

一番奥にはふたつの丸窓があり、そこから濁ったオレンジの光が差し込んでいる。

暗室――猫矢秋果の頭蓋の中。

私たちは眼窩《がんか》というふたつの窓を通して、この暗室から世界を認識する。神経組織をマリオネットのように操り、心臓を絞り、肺を拡げて、筋肉を締める。歩いたり、物を食べたり、他人と会話を交わしたりする。

しかし、どれほど人間のように振る舞っても、所詮は人間の真似事だ。暗室の荒涼とした風景が、かつて味わった絶望を想起させる。

――二人とも、どうしたの？

五十年前の黒籠郷。館から帰ってきた私と啓子を見て、恵美は恐怖を露わにした。その表情は、自らの変容にショックを受けていた私を、さらなる絶望の底に叩き落とした。

一週間後、車に轢《ひ》かれて鴨居縁は死んだ。自殺だった。

もちろん伍ノである私は死ななかった。信じがたい現実に直面し、生き続けることを選んだ私は、自分が鴨居縁のような平凡な高校生だと信じ込もうとして、学校という閉じた世界に引きこもった。自分が醜い怪物だという真実を受け入れられなかった。衣裳替えを繰り返すうちに、本来の動機を忘れかけている今でさえ、すべてが悪い夢だったらいいのに、と時折思う。

しかし、こうして頭蓋骨のドームを内側から眺めると、否応なく実感させられる。

私は最初から人間ではないのだ、と。

瞼のない眼を閉じて、私は泡立つ泥の中に沈んでいく——


次に目を開けたときには、小虎の怯えた顔があった。

「……せ、先輩、大丈夫ですか」

生温いものが額から頬を伝うのを感じた。次から次に顎から滴り落ちて、足元にぼたぼたと赤い水玉を散らす。血を拭おうにも身体が動かない。強い衝撃によって不安定になった肉体との接続がまだ確立されていないのだ。

「ほ、本当に当てるつもりじゃなかったんです。ぎりぎりで寸止めすれば、その前に抜け出してくれるんじゃないかって……」

小虎はすっかり腰の引けた姿勢で必死に弁解する。

なるほど、あの恐怖の表情は、自分が〈蛇〉に襲われるかもしれないという恐怖を表していたのか。冷静さを欠いていたのは私のほうだった。

そのとき、誰かの手が私の額をそっと押さえた。

「大丈夫。出血は多いけど、そんなに傷は深くない。こうやって押さえておけばすぐに止まる。間違っても死んだりはしないよ」

やがて接続が回復した。私は鷹谷の手からハンカチを奪い、自分で額を押さえる。痛みとどもに眩暈を覚えて、椅子に座った。

鷹谷は満面の笑みをこちらに向ける。

「よかった、気がついたんだね。身を挺《てい》して僕を守ってくれるなんて感動したよ。てっきり蛇蝎《だかつ》のごとく嫌われてるんだと――」

「鷹谷を助けるのはこれが最後よ」

肩を落とした鷹谷を無視して、私は立ち尽くしたままの小虎に尋ねた。

「あなたは鷹谷が〈蛇〉だと思う？」

「それは……今のでも出てこないのは、さすがにシロかもしれないです」

現に頭を殴られた私が衣裳を捨てていないので、鷹谷が〈蛇〉ではないという証明にはなっていないのだが、藪をつついて蛇を出すような真似はしない。

すると、鯨井が唐突に言い出した。

「今気づいたんだが、犯行に俺のドローンは使えない」

「え？」

「ドローンの袋は南京錠でジッパーをロックしてるんだ。鍵は服のポケットに入れたまま寝たから、誰もケースの中身を取り出せなかったはずだ。さすがに俺も、眠ってる最中に服を探られたら目を覚ますぞ」

「情報を後出しにするのはアンフェアじゃないですか」

「何がアンフェアだ。おまえが調べなかっただけだろ」

「あ。でも、参ノさんが自分でドローンを持ち込んだ可能性はありますよね？」

私はそれを否定した。「参ノの荷物は小さなハンドバッグひとつだった。それに、参ノはここに来ることを直前まで知らなかったから、あらかじめ館に隠しておくこともできない」

実を言うと、私も小虎の推理を否定する根拠を持っていた。

以前、弐ノに連れられて〈暗室〉を散歩していたとき、私はふと思った。こんなに大きくて怪しげな建物なのだから、誰も知らない部屋や通路があるのではないか。そんな疑問をぶつけたところ、弐ノは笑って首を横に振った。

――この館は図面通りの仕様だ。私が保証するよ。

この館の設計を行ったのは壱ノだが、建設には一族全員が関わっていた。特に弐ノは〈財団〉の資金と労働力を提供したため、建設中の館に幾度となく足を運んでいた。そんな弐ノの目を盗んで秘密の扉や通路を拵《こしら》えることなど不可能だ。弐ノの証言なんて信用できない、と小虎に一蹴されそうだったので黙っていたが。

完膚なきまでに自説を否定され、小虎はがくりと肩を落とした。

「あたしの推理、全然だめだった……」

「いや、小虎さんはよくやったよ」

鷹谷の予想外の労《ねぎら》いに小虎は首を傾《かし》げる。

「猫矢先輩を鍋で殴っただけですけど」

「君は〈蛇〉のルールを厳守しつつ、それ以外の事柄には徹底的に疑いをかけた。秘密の通路を仮定したところなんて素晴らしいと思うよ。真相にたどり着くには先入観を排除すべきだと教えてくれたんだ」

鷹谷は席を立つと、自分の客室からノートを持ってきた。昨夜、写真部員に状況を説明するために、〈蛇〉の基本的な性質について箇条書きにしたページを開く。

一、人間との接続を断って二十四時間経ったとき、〈蛇〉は消滅する。
二、満月の夜に〈蛇の長《バテル》〉の〈呪歌〉を聴かなかった場合、〈蛇〉は月の入りの瞬間に消滅する。満月の夜とは〈蛇の長〉の現在地において、満月が昇ってから沈むまでを指す。消滅時刻は標高や天候、月と地球の距離によって最大で前後十分ほど変動することがある。
三、一と二の条件以外で〈蛇〉が消滅することはない。
四、消滅した〈蛇〉は、他の〈蛇〉が〈呪歌〉を歌うことで召還できる。詠唱者を中心とした直径二メートルの範囲に障害物があると、召還は失敗する。召還された〈蛇〉は以前の記憶をすべて失っている。したがって理性も失っており、本能のままに人間に寄生しようと暴れる。
五、〈蛇〉は魔の毒牙で人を気絶させられる。気絶はある程度の時間が経つか、あるいは寄生により解ける。ただし、〈蛇〉の寄生した人間に毒牙は効かない。
六、〈蛇〉は寄生した人間の記憶を受け継ぎ、消滅するまで忘れることはない。
七、〈蛇〉が寄生している人間は、〈蛇〉との接続が断たれた瞬間に死ぬ。
八、〈蛇の長〉は五匹のうち最年長の〈蛇〉である。

九、〈蛇〉が寄生した人間は瞬きの回数が少ない。
十、〈蛇〉は体長五十センチメートル、体重五百グラムである。体表から分泌される粘液は人体組織を修復し、空気に触れると数分で蒸発する。それ以外は動物の蛇とほぼ同じ性質を持つ。

「ここに書いてあるルールは絶対だ。その正しさは猫矢さんが保証する。でも、それ以外の事柄については、すべて疑いの余地があるということだ」

鷹谷の発言に異議を唱えたのは、鯨井だった。

「俺は、そのルールこそ疑わしいと思う」

と、鷹谷の持っているノートを取り上げ、私の鼻先に突きつける。

「猫矢、おまえの話は全部おかしいってことだ」

「あなたは私のゲームに乗ってくれたとばかり思ってたけど」

「確かにそうだ。だがな、こんなことが起きれば話は別だ。下手したら鷹谷は脳天かち割られて死んでたし、小虎は殺人犯になるところだった。全部、おまえの言葉に踊らされた結果として起こったことだ」

鯨井は床に落ちていた中華鍋を拾い上げた。

「あいにく、俺は自分の目で見たものしか信じない性質《たち》でね。正直言って、〈蛇〉なんてものが現実世界に存在するとは認められないわけだ。何か証拠があるなら別だが、たった一人の女子高生の主張と、現代科学における常識を天秤にかければ、どっちに分があるかなんて考えるまでもないだろ。そこで俺は——」

皆の注目を集めるように、があんとテーブルに中華鍋を叩きつける。

「〈蛇〉が存在する、という前提条件が間違っていると考える。猫矢はただの人間だし、〈蛇〉の話は猫矢のでっちあげた妄想だ。だいたい〈蛇〉の設定自体が蛇牢と瓜ふたつだろ。猫矢は〈蛇〉の妄想を構築するにあたって、蛇牢からインスピレーションを受けたに違いない」

「この館も、妄想の産物？」

「こう考えればいい。黒籠郷が栄えていたころ、とち狂った大富豪が妄執に駆られて建てたものなんだ。大富豪は人に寄生する蛇がいると信じていて、その逸話を聞いた猫矢は〈蛇〉の存在を信じるようになり、いつしか自分自身を〈蛇〉だと思い込むに至った」

その後も鯨井は次々と、私にとっての事実を妄想だと斬り捨てていった。

曰く、〈蛇〉の一族は、猫矢の知り合いの親戚の長尾家。

曰く、壱郎と肆郎、そして竜野はすでに館を去っている。

曰く、玄関が封鎖されたのはただ単にドアが壊れたから。

「俺たちが目撃した死体は参子さん一人だ。他の連中は焼却炉で燃やされたり、地下室に籠城したりしているらしいが、俺たちは一切確認していない。これも猫矢の嘘なんだ。長尾家の三人は竜野を連れて、夜のうちに車で街に戻っていた。三人を降ろした後、参子さんは一人で館に引き返したけど、山道で事故を起こして死んでしまった」

ここで鷹谷が疑問を呈した。

「どうして長尾家の人たちは僕たちを置いてここを出て行ったんだ？」

「さあな。鱗川似の女子の件で何かあったんだろう。竜野はあいつに誘拐された被害者だから、長尾さんたちに連れていかれたんだ」

「もう丸二日経ってるのに戻ってこないのは異常じゃないか？」

「元々戻ってくるつもりはなかったんだ。壱郎さんは俺たちを家に帰すよう参子さんに頼んでいたんだが、彼女はあの通りの事態になった。壱郎さんは俺たちがもう家に帰ったと思っているんだろう」

「だとしても、突然ドアが壊れたっていうのは都合がよすぎるような」

「別にあり得ないことじゃないだろ。相当年季が入った建物だしな」

打つ手がなくなったか、あるいは最善の手を探っているのか、鷹谷は黙り込んだ。

曖昧な箇所は多いものの破綻のないストーリーだった。これはなかなか皮肉な事態だ。私としては鯨井のストーリーを支持したいのに、自分が〈蛇〉だと宣言したせいで身動きが取れなくなっている。

今からでも撤回するか。そんな考えが頭をよぎったとき、犬見が口を開いた。

「〈蛇〉がいるってこと、私は信じるよ。お祖母ちゃんは嘘を言わない人だったから」

「お祖母ちゃん？」鯨井は首を傾げた。「ともかく、〈蛇〉がいるって証拠はあるのか？」

「うーん、それはないけど」

「ないのかよ」

「鯨井の話の通りなら、昨日の朝、私たちを客室に閉じ込めたのは誰？」

意気揚々としていた鯨井の表情が、一瞬で凍りついた。

「あの引き戸を外側から動かないようにするのは難しいし、おまけに複数の客室をいっぺんに開放するのなんて無理だから、客室を封鎖する仕組みが館のどこかにあるっていうのは確実だよ。客室が開放されたとき、最初に廊下に出たのってトラコちゃんだよね。他の誰かが廊下を歩いてるのを見た？」

小虎は首を横に振った。

「見てないです。全員、客室にいました」

「ネコちゃんがいったん客室を出て、どこかにあるレバーを操作してから戻ってくる時間はなかった、ってことだね」

犬見は両手を後ろに組んで歩いてくると、鯨井の手からさっと中華鍋を取り上げた。

「客室の中に閉じ込められた私たちには、客室を開放する方法がない。つまり、私たち以外の誰かがレバーを操作したってことになる。鯨井の考えは間違ってるよ」

待て待て、と鯨井は宙を掻くように手を振って、

「何もレバーとやらが客室の外にあるとは限らない。猫矢の客室にレバーが隠されていたのかもしれないだろ。あと、猫矢がリモコンを隠し持ってるのかもしれない」

へええ、と犬見はにやにやと笑う。

「あんた、自分の目で見たものしか信じないんじゃなかったの？」

「ぐっ……」

「〈蛇〉を実際に見てないから信じられない――証明できないものは否定するって姿勢を貫くなら、証明できないものを自説の論拠にしちゃまずいよね。論理っていうか、姿勢の問題でさ」

詭弁《きべん》に近い反論ではあったが、鯨井は降参するように両手を広げた。

「だったら犬見、おまえはこの事件をどう考えてるんだ？」

「犯人は壱ノさんだと思う」

私が呆気《あつけ》に取られている中、犬見は語った。

「容疑者五人のうち三人が死んだら、犯人は二人の中にいる。ネコちゃんが無実なら、犯人は間違いなく生き残りの壱ノさんだよ」

鯨井は苦笑いを浮かべて頭を掻いた。

「おまえの主張じゃ事件後も壱郎さんは生きてるんだろ？　だが、犯人は一度は人間の身体を捨てないと、館を封鎖できない。壱郎さんが犯人だとすれば、猫矢の設定した〈蛇〉のルールを完全に無視することになるんだが、それでいいのか？」

七、〈蛇〉が寄生している人間は、〈蛇〉との接続が断たれた瞬間に死ぬ。

犬見の説を採れば、このルールが邪魔になる。

壱ノが衣裳を離れれば、今の衣裳である老人は死んでしまう。〈ウルカヌスの門〉に潜って殲滅機構を起動させてから、老人の身体に戻ろうとしても、死人の身体はもはや使用不能である。壱ノには館を封鎖できない。

しかも壱ノには、召還が行われたと思しき時刻にアリバイがある。あらゆる証拠が壱ノの無実を裏付けている状況で、犬見はいかにしてその罪を立証するのだろう。

犬見は元の席に着くと、テーブルの上にそっと中華鍋を置いた。

「ネコちゃんのルールはちゃんと守るよ。別にルール破りをしなくても、壱ノさんが犯人だって証明できるからね。ほら、みんな座ろうよ。いつまで立ち話するつもり？」

私たちが夕食の席の配置に戻るのを待ってから、犬見は話し始めた。

「前提条件をひとつ変えればいいんだよ。それだけで話の構造がシンプルになる」

つまりね、と声を低めて、

「私たちが参ノさんと肆ノさんだと思っていた二人は、人間だったの」

中華鍋で頭を殴られたような衝撃だった。

「壱ノさんは適当な人間を捕まえて、〈蛇〉の二人を演じるように頼んだ。これで肉体の密室は解決する。元々身体の中に〈蛇〉はいなかったんだし」

「だが、どうやって二人を殺したんだ？　それは解決できないぞ？」

「壱ノさんは偽参ノさんに車のキーを渡して、街に向かうよう指示したの。でも、偽参ノさんの車は途中で壊れるように細工されてた。計画通り、車は斜面を落下して道路に激突した。あと、玄関が封鎖されたのは殲滅機構のせいじゃなくて、偽参ノさんが外側からドアに仕掛けをしたからじゃないかな。内側に仕掛けるよりはバレにくいし」

「……肆ノさんは？」

「ドアの隙間から毒ガスを流し込んだのかも。あるいは夕食に遅効性の毒を仕込むとか。竜野くんは外傷がないから同じく毒殺。死体の口についてた血の跡は、弐ノさんが竜野くんの身体に潜んで館に侵入したと思わせるためのフェイクだった」

「あの、話が見えないんですけど」と小虎は訝しむように言った。「他の〈蛇〉を殺すのが目的じゃないとしたら、壱ノさんは何がしたかったんですか？」

「ネ、ネコちゃんへのドッキリだよ」

ぽかんと口を開けて小虎はしばらく絶句した。

「……猫矢先輩を驚かせるためだけに、三人も殺したってことですか？」

「壱ノさんは〈蛇〉なんだから、殺人なんて食事や入浴と同じ。私たちの感覚は通用しない。今回のドッキリは〈蛇〉独自の通過儀礼なんだよ。生誕五十周年を祝う、一種の成人式みたいなものかな。

外に脱出することも、助けを呼ぶこともできない状況で、仲間を殺した犯人を突き止められるか。濡れ衣を着せられた弐ノさんの無実を信じ、黒幕の正体を暴けるか。――ネコちゃんは壱ノさんに試されてたんだよ。襲撃事件もその仕掛けのひとつ。一族のみんなが襲撃されて、衣裳が一斉に切り替わったからこそ、参ノさんと肆ノさんを偽者に入れ替えられたんだし」

「でも、だとすると本物の参ノさんと肆ノさんは〈満月の集い《ルナ・プレネ》〉に出なかったってことですよね？　壱ノさんの〈呪歌〉を聴かないと死んじゃうのに」

「もちろん、弐ノさんも含め、本物の三匹は近くに来てたはずだよ。一日目の夜、壱ノさんはこっそり三匹に会って〈呪歌〉を歌った。それで三匹は消滅しないで済む。消滅したはずの〈蛇〉たちが、何度〈呪歌〉を歌っても召還できなかったのは当然だよね。だって、そもそも一匹も死んでないいんだから」

犬見の推理が正しいとしたら。

今日までの悪夢がすべて手の込んだドッキリで、一族を滅ぼさんとする叛逆者も存在しなくて、弐ノも参ノも肆ノも生きていて、様々な仕掛けに翻弄される私を、彼らがバックヤードから微笑ましく眺めているのだとしたら、どれほど救われることか。

だが残念なことに、犬見の推理には大きな穴があった。

「殺害方法に無理があるだろ」

私と同じ考えに至ったらしく、鯨井が勢いづいて言った。

「毒ガスをドアの隙間から流し込むって言ったが、隙間なんてあるわけがない。元々、毒ガスが流れ込まないようにエアロックになってるんだからな」

「じゃあ、時限装置で部屋の中にガスを発生させたんだよ」犬見は反論する。

「そんなもんがあったら部屋を調べてるときに見つかるだろ。しかも気密性が高いんだから、ガスが自然に逃げていかない。毒ガスが充満してたら猫矢と壱郎さんも影響を受けたはずだ」

Ⅳ号室に入ったときのことを振り返ったが、特に異臭を感じたり、体調が崩れたりはしなかったように思う。

「あと毒殺だが、これも難しい。昨夜の料理を作ったのは参子さんで、配膳も一人でやってた。壱郎さんには毒を盛るチャンスがない」

犬見は悩ましげにこめかみを人差し指でこねる。

「うーん、夜中にこっそり呼び出して毒を飲ませたとか？」

「真夜中か朝方に客室を訪ねてきた壱郎さんが、これを飲めって渡してきたものを竜野が素直に飲むと思うのか？　ただでさえ竜野は長尾家のことを警戒してたし、壱郎さんは竜野が戻ってることを知らないはずだろ」

「あと、死体の状態とも整合しないです」と小虎が追い打ちをかける。「肆ノさんの死体は〝病死〟や〝脱衣による死〟が疑われるくらい穏やかで、竜野も口元の血と顎の腫れ以外に痕跡はなかったんですよね。あたしは別に毒物には詳しくないですけど、二人が毒やガスで殺されたなら、吐いたり苦しんだりして、もっと死体に痕跡が残るんじゃないですか？」

「駄目かー。いい線行ってると思ったんだけどな」

犬見はテーブルの上に突っ伏した。腕に押し出された中華鍋がぐらんと揺れる。

そのとき、長いあいだ黙っていた鷹谷がようやく口を開いた。

「いや実際、犬見さんの推理はいいところを突いてたよ。とても参考になった」

「ほんと？　もしかして鷹谷、犯人わかっちゃった？」

「いや、そんな気がしただけだよ。まだ考えがまとまらない」

「もったいぶるなあ。……あ、そうだ」犬見は中華鍋を鷹谷に渡した。「はい、これ」

「何でこれを？」

「そういう決まりみたいだから」

決まり？　と首をひねりながらも、鷹谷は中華鍋をしっかりと受け取った。

晩餐《ばんさん》という名の推理合戦は、決着を見ることなくお開きとなった。

鷹谷は厨房で私の顔についた血を拭い、傷に絆創膏《ばんそうこう》を貼った。一枚では足りないと何枚も貼られたので額が暑苦しい。

食堂に戻ると、小虎がテーブルでＰＣを開いていた。館の中に仕掛けた定点カメラの写真を確認しているようだ。やけに真剣な顔で画面に見入り、ぶつぶつと呟いている。

「やっぱり……目が……タイミング……」

まだ事件解決を諦めていないのだろうか。

玄関ホールに出て階段を上ろうとしたところで、鷹谷に呼び止められた。

「猫矢さん、見てほしいものがある」

鷹谷は玄関ドアの前にしゃがみ込んで、ライトでドアと床の隙間を照らした。

「散々これを叩いてた僕も、さっきまで気づかなかった」

等間隔に並ぶ何かが光を反射している。ライトを横にスライドさせていくと、金属質の物体は合計十個並んでいた。

ドアの上から挿入された、十本の鋼鉄の棒――〈ウルカヌスの檻〉。

「殲滅機構は確かに作動してたんだ。鯨井と犬見さんの説は最初から成り立たない。二人の説だと、玄関は外から施錠されたことになってたからね」

「ということは、犯人は一度衣裳を捨てた〈蛇〉？」

「そして、今も人間の皮を被ってる」

食堂のほうから賑やかな声が響いてくる。あの中に一族を滅ぼそうと企む同胞がいるとは信じがたいことだったが、鷹谷の言葉を疑う気にはなれなかった。長い積み重ねから成る〈蛇〉の知性とは違う、異質な〝知〟を鷹谷は備えている。

鷹谷は壱ノを凌駕《りょうが》する可能性があると、私は信じていた。

「犯人が誰か、わかったの？」

「僕はもう真相にたどり着いてるし、これで間違いないと確信してる。でも、みんなには君の口から伝えてほしい」

不可解な提案に、私の頭に疑問符が浮かんだ。

「食堂で思わせぶりなことを言ったのは鷹谷でしょう。もし私が話しても、あなたの受け売りだと思われるだけよ。何の意味があるの？」

「僕が解き明かすのと、君が解き明かすのとでは、後々の展開が大きく変わってくる」

よくわからなかったが、手柄を譲ってやると言っているらしい。

「はい、これ」

差し出された中華鍋を私は受け取った。ずしりと重くて肩が沈み込む。黒くざらついた表面を眺めながら、考えを巡らしてみる。

誰が犯人なのか。誰が〈蛇〉なのか。

――やはり見当もつかなかった。

「同じ手掛かりを与えられてるのに、鷹谷がどうやって犯人を特定したのか、私にはわからない。悔しいけど、私の五十年はあなたの十八年に及ばなかった」

「そんなに大層な話じゃないよ。……ところで、杯中《はいちゆう》の蛇影《だえい》って知ってる？」

と、鷹谷はやや唐突に話題を変えた。

「この言葉はこんな故事から来てるんだ。――ある男が酒を飲んでいたとき、杯《さかずき》に映った影を見て、自分が蛇を飲んだと思い込んだ。すると男は本当に病気になってしまった。ところが、おまえは蛇なんて飲んでないと友人に言われて、男の病気は治った」

「それは、人間の身体は単純だって話？」

「僕たちはずっと、杯に映った影を見ていただけなんだ」

「影……」

「たぶん君は〝誰が〈蛇〉なのか〟で悩んでたんだろうけど、重要なのはそこじゃない。本当に問うべきことは、奇《く》しくも、君がここを訪れた理由と同じだ」

誰が人間なのか、と鷹谷は言った。

四章

「事件の犯人がわかった」

晩餐の後、再び食堂に集まった四人に向かって私は言った。

何も知らない三人が呆気に取られている中、私に探偵役をそそのかした鷹谷は、白々しい合いの手を入れた。

「とうとう事件の真相を突き止めたんだね。流石《さすが》だよ」

「誰なんですか？　私たちの中に〈蛇《セルペンス》〉がいるってことですよね？」

小虎が詰め寄ってくるのを手で制し、私は手筈通りの台詞を告げた。

「その前に、一緒に地下に来てほしい。壱ノにも話を聞いてもらいたいから」

「……地下に？」

「壱ノは私たちと同じく、この事件の重要な関係者の一人よ。除《の》け者《もの》にはできない」

「罠じゃないって証拠はどこにあるんですか。のこのこ地下に行ったら、壱ノさんとか他の

〈蛇〉とかが待ち構えてて、全員殺されるかもしれないんですよ?」

警戒を露わにする小虎に対して、犬見が宥めるように言った。

「そんなことにはならないんじゃないかな。私たちを始末するつもりなら、もっと早い段階でそうしてたはずだし。あと、せっかくだから地下室見てみたい」

「どっちにしても、あの老人に俺たちをどうこうできるとは思えんな」

と、鯨井が懐疑主義者の立場からフォローを入れる。鯨井は依然として〈蛇〉の存在を信じていない。彼の世界観が今後どう変容するのか、少し気になるところだ。

「怖かったら、小虎さんは来なくてもいいよ」

親切を装った鷹谷の一撃に、小虎は憤慨したようだった。

「わかりました。行きますって!」

四人の意見が固まったところで、私は言わなくてはならないことを言った。

「ひとつ謝っておかないといけない。私はあなたたちを〈蛇〉の因縁に巻き込んでしまった。本当に申し訳ないと思う」

私が小さく頭を下げると、小虎が呆れたように言った。

「何を今さら、ですよ。ちょっと殊勝にしたくらいで許さないですからね」

いずれ彼女は、私の謝罪の真意を知ることになるのだ。

私は彼らに背を向けて言った。

「——ついてきて」

四人を先導して二階の物置部屋に向かうと、隠し扉から螺旋階段を下りていく。やがて出口に達すると、犬見が小さく歓声を洩らした。

「何これ、凄い」

荘厳な地下室に一同が目を奪われているあいだに、私は視線を奥に投げた。正五角形のテーブルで本を読んでいた壱ノが、こちらに気づいて顔を上げた。

「賑やかなことだな」

「私は参ノと肆ノを殺した者を特定しました。今から事件の真相と犯人の正体について説明するつもりです。壱ノにも聞いてほしいのですが、よろしいでしょうか？」

その前に、と壱ノは冷たく言い放った。

「伍ノよ、おまえは自分がしたことを理解しているのか。これは〈掟《レクス》〉の第二条を破る行為だ。したがって、私は第三条に従わねばならない」

虚を衝かれた心地だった。

第二条、我々は人間に知られてはならない。写真部員たちの前で参ノと肆ノの名前を発するだけで第二条に抵触する。そして、〈掟〉を破った者は裁かれなくてはならない——第三条に従えば、私はすでに裁きを待つ罪人だ。

ただ、私は〈蛇〉の裁判におけるひとつの慣例を知っている。

「五十年前の弐ノの裁判が行われたのは、私が塵から蘇った後のことでした。右も左もわからなかった当時の私にも、一票の投票権がありました。そこから察するに、出席可能なすべての

〈蛇〉がそろわなくては、裁判を始められないんじゃないですか？」

「その通りだが、そのルールはおまえにとって不利に働くだろう。弐ノ、参ノ、そして肆ノは現実として行方不明なのだからな。おまえを裁けるのは私だけだ」

裁判の結果は、被告を除く多数決で決まる。他の三匹が出席できないのであれば、私の生死を握るのは壱ノの一票ということになる。

「まずは私の説明を聞いてください。そうすれば、同胞たちの行方も明らかになるでしょうから」

壱ノは鷹揚に頷いた。

「では、話を聞こう」


「まず、参ノと肆ノが殺された状況を改めて整理する」

写真部の四人に身体を向けて、私は語り始めた。

「二日目の朝、最初に発見されたのは肆ノだった。肆ノの衣裳は、内側から施錠された部屋の中で死んでいた。身体から〈蛇〉が這い出した痕跡はなく、高温で死体を焼却しても、その中から肆ノが現れることはなかった。そして、参ノの死体は館の外で発見された。事故を起こしてひっくり返った車の中で死んでいて、こちらも〈蛇〉が這い出した跡がなかった。参ノの場合は死体を直接調べられたわけじゃないけど、〈蛇〉が死んだ衣裳の中に留まり続ける理由はないから、参ノもまたどこかに消えてしまったことになる。二匹の消失に共通するのは、〈蛇〉の死のルールを逸脱しているように見えることよ」

一、人間との接続を断って二十四時間経ったとき、〈蛇〉は消滅する。
二、満月の夜に〈蛇の長《バテル》〉の〈呪歌《カルメン》〉を聴かなかった場合、〈蛇〉は月の入りの瞬間に消滅する。満月の夜とは〈蛇の長〉の現在地において、満月が昇ってから沈むまでを指す。消滅時刻は標高や天候、月と地球の距離によって最大で前後十分ほど変動することがある。
三、一と二の条件以外で〈蛇〉が消滅することはない。

「二匹の衣裳が前日の夜まで生きていたのは私も確認してる。肆ノの死亡推定時刻は午前六時ごろで、参ノの車が崖から転落したのは午前五時十二分から六時半のあいだ。死体が見つかった時点で、死んでから二十四時間も経っていたはずがない。

また、参ノと肆ノは一日目の夜、〈満月の集い《ルナ・プレネ》〉に参加していた。壱ノの〈呪歌〉を聴いているはずの二匹が、夜明けとともに死ぬことはない。

つまり、〈蛇〉が死ぬふたつの条件のうち、参ノと肆ノはどちらも満たさないという結論になる。でも、二匹の衣裳が死んだのは動かしがたい事実。ということは、私たちが当然のことだと認識していた事柄――前提条件に誤りがあるとしか考えられない。

犬見の仮説は、『参ノと肆ノは人間だった』というものだった。確かに、二匹の衣裳だと思っていた二人が人間であれば、二人の死体から〈蛇〉が消えていることに説明がつく。そもそも

〈蛇〉はどこにもいなかったんだから。

ただ、この仮説にはいくつか問題がある。最大の問題は、肆ノを演じていた人間を殺す方法がないことよ。他殺でも自殺でも、死体には必ず何らかの痕跡が残される。なのに、私と壱ノが確認しても、肆ノの衣裳からは死因が特定できなかった。犯人が死体の血を拭ったり傷を粘液で塞いだりしたのかもしれない、と小虎は推理していたけど、あの部屋に秘密の通路がない以上、それも叶わない」

正確には、密室が解かれた時点で〈蛇〉が室内に身を隠していて、私と壱ノが部屋を去った隙に脱出したという可能性も否定できないが、手足のない〈蛇〉が死体に偽装工作を施すのは難しいだろう。

「もちろん、病死もあり得ない。ドアには〈四番目の蛇《クアルトゥス》〉を殺したというメッセージが残されていた。たとえ偽肆ノが密室の中で病死したとしても、外にいる犯人はそれを知り得ないから、メッセージを残せるわけがない。

他殺でもなく、自殺でもなく、病死でもないとなれば、残された死因はひとつ。――つまり、あの男は肆ノとの接続を断たれて死んだということよ」

七、〈蛇〉が寄生している人間は、〈蛇〉との接続が断たれた瞬間に死ぬ。

「〈蛇〉との接続を断つことによる死は瞬間的なものだから、〈蛇〉が身体を食い破って外に出ないかぎり、死体は無傷のまま保たれる。私は二人の死体の状態についてもっとよく考えるべきだった。人間との接続を断っているのに、〈蛇〉が身体から抜け出さない——そんな状況はひとつしかない。

　それは〈蛇〉が体内で消滅した場合よ。

　ただし、『ルール一』による消滅じゃない。参ノと肆ノが体内で接続を断ち、そのまま二十四時間が経ったというのは、前日までの二人の様子から否定できる。身体が死んでいるのに歩いたり喋ったりできるわけがないから。したがって、二匹が消滅した原因は『ルール二』——満月の夜、〈蛇の長〉の〈呪歌〉を聴かなかったから、ということになる」

　どういうことだよ、と口を挟んだのは鯨井だった。

「参ノと肆ノは〈満月の集い〉に出席したんだろ？」

「その前提条件が間違っていたの。——そうですよね、壱ノ」

　私はテーブルに着いたままの壱ノに顔を向けた。

「一日目の夜、参ノ、肆ノ、そして私がこの地下室に集まって、壱ノの〈呪歌〉を聴いたのは間違いありません。でもそれは、〈満月の集い〉と呼べるものじゃなかった。正確に言えば、私たちが聴いたのは〈蛇の長〉の〈呪歌〉ではなかった」

　壱ノは軽く首を傾げた。

「私は〈蛇の長〉ではないということか？」

「いえ、壱ノが〈蛇の長〉であることに疑いの余地はありません。最年長の〈蛇〉が〈蛇の長〉

になるというのは絶対のルールです」

八、〈蛇の長〉は五匹のうち最年長の〈蛇〉である。

「壱ノは毎月の〈満月の集い〉で〈呪歌〉を歌い、弟妹たちの命を長らえさせてきたという実績があります。そして壱ノが死なないかぎり、その役目が誰かに移ることはありません。現に、私が今回の満月の夜を無事に乗り越えることができたのは、壱ノの〈呪歌〉を聴いたからです。それなら、なぜ同じ〈呪歌〉を聴いた参ノと肆ノが死んで、私だけは助かったのか。──それは、私だけが本物の〈呪歌〉を聴いていたから」

美しい歌声を披露した、鱗川冬子の亡霊。

空洞のような瞳をした少女。

「一日目の夜、館の外に現れた少女は壱ノだったんです。あのとき彼女が歌っていた〈呪歌〉こそが、本物の〈蛇の長〉の〈呪歌〉だった。あのとき、参ノと肆ノは地下にいて〈呪歌〉を聴くことができませんでした。あなたが二匹を誘導して地下室に留めたんでしょう。焼却炉の稼働音が地上に洩れないのと同じように、地上の歌声は地下には響かない。〈暗室〉の設計者である壱ノはそれをよく知っていました。

あの少女が壱ノだったとすれば、館の中にいた壱ノが本物であるはずがない。つまり、〈満月の集い〉に出席していたあなた──壱ノの衣裳は、その時点では空っぽだった。壱ノが寄生する前の、ただの人間だったんです。彼は本物の壱ノの指示を受けて行動していたんでしょう。補聴器に見せかけた通信機を通して」

不自然にならないように壱ノを演じるには、常に適切な〝台詞〟を本人から受け取り、タイムラグを感じさせることなく行動しなくてはならない。一朝一夕にこなせる任務ではないので、偽壱ノはある程度のトレーニングを積んだ者だと考えられる。

事件の夜、温泉好きの壱ノが風呂に入らなかったのは、浴場では補聴器を外さなくてはならないからだ。指令を受けられない状態で誰かと鉢合わせすれば、壱ノとして振る舞うのが難しくなる。

まさに、杯中の蛇影だ。

私たちはこの老人の中に、存在しない壱ノの影を見ていた。

「ただの人間が歌った〈呪歌〉に、〈蛇〉の命を長らえさせる作用はありません。肆ノは最後まで何も知ることなく、ベッドで眠っている最中に月の入りを迎えました。参ノは運転中にいきなり消滅し、コントロールを失った車が山道を外れて転落しました。事故で死んだような状況ですが、実際は事故を起こす前に死んでいたんです」

つまり、と私は総括する。

「参ノと肆ノを殺したのは、壱ノ——あなたです」

かつて弐ノから教わったことだった。満月の夜に〈呪歌〉を聴かせないというのは、〈蛇の長〉にのみ許された同胞殺しの手段だ、と。

「壱ノは弟妹の殺害を、本人にも気づかせない方法で実行しました。壱ノ、私の推理は正しいですか？」

空洞のような瞳で私を見据えていた壱ノは、無表情に言った。

「続きを。おまえの話は不十分だ」

私は頷いて、話を続ける。

「ここからは、壱ノの犯行について順を追って説明します。

あなたは少女の身体を着て、私たちがここを訪れる前から温泉街に潜伏していました。車を隠し、通信機の電波が安定して届く距離、たぶん廃ビルの高層階にいた。

その夜、壱ノは車で館に来ると、私たちの客室の前で〈呪歌〉を歌いました。この行為にはふたつの目的があります。

ひとつは、〈呪歌〉が歌われた本当の理由を、異常な状況によってカモフラージュすることです。私たちはみな、満月の夜に歌われる〈呪歌〉の特別性を知っています。〈満月の集い〉とは違う状況で〈呪歌〉が歌われたら不審に思うし、誰かが少女の正体に勘付くかもしれない。だから裏切り者である弐ノの奇行として片付けようとした。

もうひとつは、写真部員たちが勝手に館の外に出るのを牽制するためです。あなたの計画には写真部員たちの身体が必要でした。万が一にも、彼らが館の外で行方不明になったり、事故に遭って死んだりしないように手を打つ必要があった。私の衣裳候補を——鱗川冬子に似た衣裳を選んだのは、つい最近殺された部員の霊を装って、写真部員たちを恐怖で縛るつもりだったからでしょう」

　結局、部員たちは竜野を捜すために館の外に出てしまったのだが。

「ただその際、壱ノにとって予想外のことがありました。竜野が館の外で星空の撮影をしていたことです。その時点で館の玄関は内側から施錠されていたので、彼をすぐに館に追い返すことはできません。そこで壱ノは、竜野を殴って気絶させました」

　一撃で気絶したのは偶然ではないだろう。弐ノによると、壱ノは歴史に名を残すほど優れた武道家を喰ったことがある。

「壱ノは〈呪歌〉を歌った後、温泉街まで戻ると、連れてきた竜野に衣裳替えしました。竜野を館の中に戻すとともに、自然な形で館の中に侵入するためです。本来ならその後、徒歩で館に戻るつもりだったんでしょう。でもその前に、温泉街にやってきた私たちと鉢合わせしたわけです。結果として、壱ノは館への侵入に成功しました」

「ひとつ質問してもいいですか」小虎が口を挟む。「どうして壱ノさんは竜野を連れてわざわざ温泉街まで戻ったんですか？　館の外で竜野に寄生して、そのまま玄関を開けてもらえばいいじゃないですか」

「おそらく、壱ノが車に乗って一人で来たからだと思う。館の外で竜野に衣裳替えし、そのまま館に入ってしまうと、車と少女の死体を館の外に残すことになる。もしそれらを参ノと肆ノに発見されたら、偽〈満月の集い〉のトリックを見抜かれかねない。だから温泉街に戻って、車と死体を隠すしかなかったの」

昼間は盗難を恐れてすべての機材を持ち歩いていた竜野は、大切なカメラと三脚を駐車場から回収せず、一晩中放置した。カメラと三脚を回収したら、竜野が館に戻ったことに参ノと肆ノが気づくかもしれないからだ。月の入り前にトリックを看破され、逆襲されるのを恐れたのだろう。誘拐後の竜野が、長尾家に頼んで病院に連れて行ってもらおう、という鷹谷の勧めをなぜか拒否したのも同じ理由だ。

竜野に扮した壱ノは深夜、行動を開始する。

「まず壱ノは、私たちが朝日の撮影と称して館を出るのを阻止するために、地下室のレバーを下げて私たち五人の客室を封鎖しました。参ノと肆ノの客室の扉にメッセージを書いて、満月が沈むのを待った」

タイムリミットである月の入り、午前六時九分まで眠りこけていた肆ノに対し、参ノはそれより前に目を覚ましていた。最近は毎朝六時からランニングに勤《いそ》しんでいるという参ノなら当然だろう。

「参ノは朝、客室のドアに書かれたメッセージを見つけました。〈三番目の蛇は裁かれた〉――その時点では自分は生きているのに、なぜ過去形なのかと不思議に思ったはずです。そして、自分がすでに裁かれていることを――『ルール二』による死がまもなく訪れることを悟った。参ノは偽壱ノを問い質《ただ》すためにI号室を訪ねましたが、相手は部屋から出てきませんでした。そのとき、施錠されたドアを蹴りつけたせいでハイヒールの踵が折れたんでしょう」

折れたヒールが見つかったのは、東棟二階の廊下の一番奥――I号室の前だ。レインコートの襲撃者を追い払った参ノの蹴りも、さすがにあの頑丈なドアには通用しなかったのだろう。

「参ノは偽壱ノから情報を引き出すのを諦め、夜に現れた謎の少女を追うことにしました。彼女こそが本物の壱ノだと考えたんです。参ノはⅢ号室に戻ると、車のキーが入ったバッグを取り、ついでに折れたハイヒールを脱ぎました。そして裸足《はだし》で館を出て、車に飛び乗った。壱ノが今もなお温泉街に潜伏しているというわずかな可能性に賭けて」

しかし奔走虚しく、参ノは山道を車で下りていく途中、無残な最期を迎えた。

「参ノと肆ノが消滅した後、壱ノは竜野の身体を捨てて地下に向かい、〈ウルカヌスの門〉に入って殲滅機構を起動させました。その後は二階に上がって、Ⅰ号室の前で待ち伏せし、時間通りに部屋から出てきた偽壱ノに衣裳替えしたんです」

「なぜ、今の私が本物だと言える?」壱ノが訊く。

「一日目まで壱ノは補聴器を片時も外しませんでしたが、二日目以降は補聴器を外したまま会話していることがありました。壱ノが偽壱ノに衣裳替えしたことで、通信を受ける必要がなくなったからです。

衣裳替えを行ったのは、一度肉体を捨てることで殲滅機構を起動させるためですが、他にも理由があります。先に話した通り、偽壱ノは雇われているだけの普通の人間です。〈蛇〉の存在すら信じていなかった可能性が高い。この館の中で次々に死体が現れたら動揺するでしょうし、その動揺を私に見抜かれるかもしれません。それに、いずれ脱出不可能だと悟れば予想外の行動に出る恐れもあります。かといって単に殺してしまえば、私の行動をコントロールするのが難しくなる。〝壱ノ〟の影響力を館内に残しつつ偽者の口を封じるには、偽壱ノの身体を乗っ取るしかなかったんでしょう。

付け加えれば、一日目の夜に竜野が館の外にいなかった場合――つまり本来の計画では、壱ノは〈呪歌〉を私たちに聴かせた後、車を街に置いてから歩いて館に戻り、夜中、偽壱ノの手引きで館に入る予定だったんだと思います。そして地下で衣裳を脱ぎ、〈ウルカヌスの門〉に入って館を封鎖してから、偽壱ノに衣裳替えするつもりだった。あとは脱ぎ捨てた少女の衣裳を焼却炉で処分すればいい。ただこの方法だと、館に侵入する少女の姿を私たちに目撃されたり、焼却炉を動かしているのに気づかれたりする恐れがあります。運が悪ければ、館の中の誰かが侵入を手引きしたことが明るみに出て、壱ノ自身に疑いの目が向くかもしれません。あくまで外部の犯行に見せかけるため、館への侵入に竜野の身体を利用したんです」

ここからが正念場だ。私は写真部員たちを横目で見て、話を進める。

「この事件における謎のひとつは、参ノと肆ノが突如として消滅したことでした。もうひとつの謎は、塵に還ったはずの二匹が――弐ノも含めれば三匹が、何度〈呪歌〉を歌っても蘇らなかったことです」

四、消滅した〈蛇〉は、他の〈蛇〉が〈呪歌〉を歌うことで召還できる。詠唱者を中心とした直径二メートルの範囲に障害物があると、召還は失敗する。召還された〈蛇〉は以前の記憶をすべて失っている。したがって理性も失っており、本能のままに人間に寄生しようと暴れる。

「ただ、ここまでの推理で、参ノと肆ノが二日目の朝に消滅したことがわかっています。どこかで拘束されている弐ノも同時に消滅したとすれば、真相は明らかです。壱ノは三匹が消滅した直後に彼らを召還し、安全なところに隠したんでしょう。もしその前に私が〈呪歌〉を歌ったら、三匹が一斉に召還されて、事件のトリックが露見してしまいますから。

　しかし、召還したのが二日目の朝だとすると、奇妙なことになります。三日目の朝——召還された〈蛇〉が再び消滅したはずの時間帯を越えても、三匹を召還することはできませんでした。〈蛇〉は二十四時間を越えて生き続けているということです。

　さらに、私は地下室も含め、この館を隅々まで捜索しましたが、〈蛇〉はどこにもいませんでした。理性なく暴れ続ける〈蛇〉を隠しておくのは至難の業です。たとえ館の外に放り出したとしても、ここは人里離れた山の中ですから、人の気配を感知して館に戻ってきてしまうでしょう。

　三匹が二十四時間以上生き続けていること。館の内外に三匹の隠し場所がないこと。これらを総合して考えると、ひとつの結論が導かれます」

　私は写真部員たちのほうに顔を向けた。

「壱ノは三匹を人間の中に隠した」

　目が合った鯨井が「うん？」と唸った。

「〈蛇〉を格納するためだけの人間を、館の外に三人もストックしてたのか？」

「壱ノはそんな無駄なことはしない。館にはおあつらえ向きの衣裳がいた。ロックされた客室で

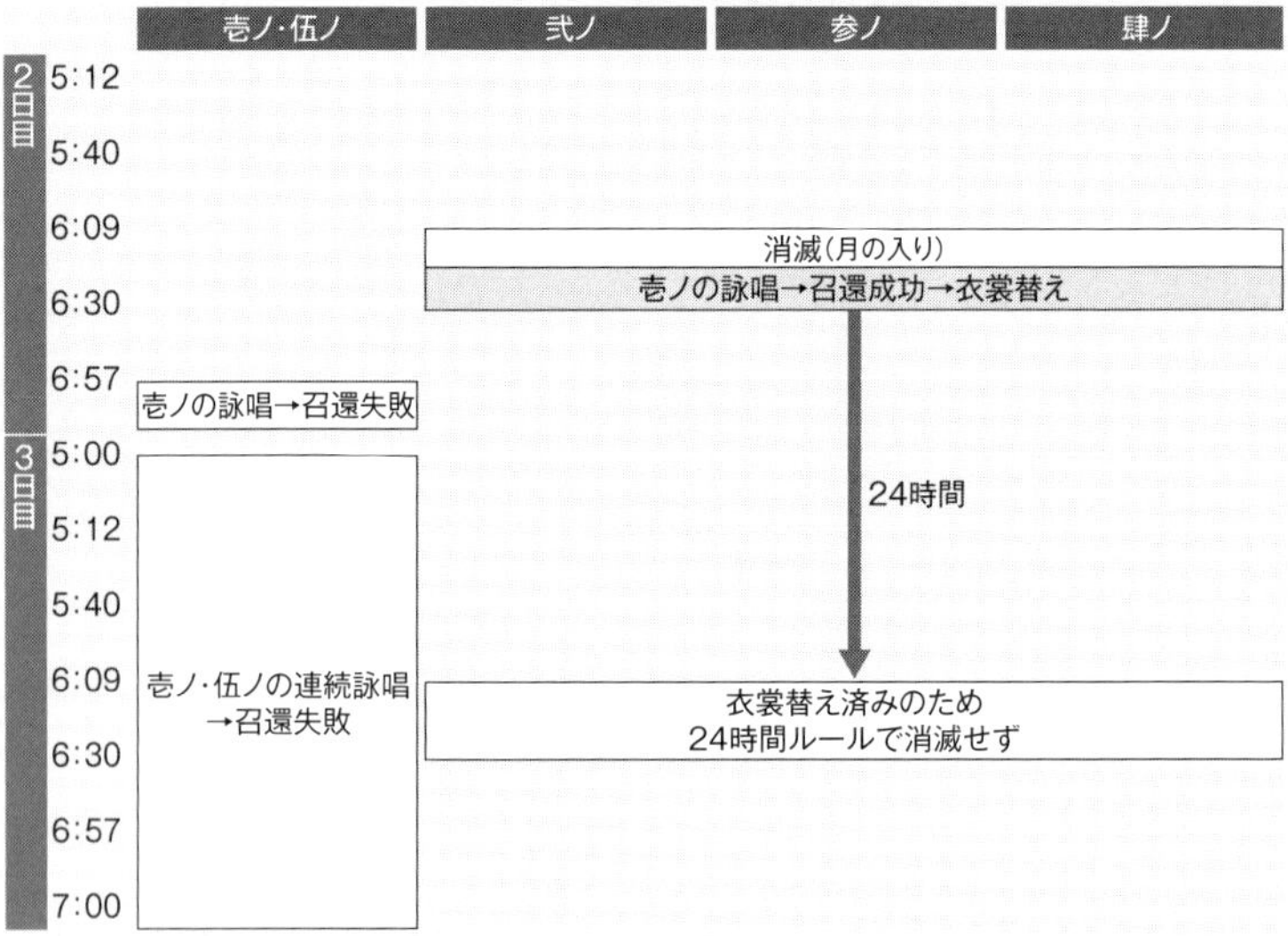

眠っていた三人の人間が」

私は〝三人〟の名前を呼んだ。

早朝の衣裳替えを知っていた鷹谷を除く、三人。

「犬見未央、鯨井茂、そして小虎瑠里。気づいていないと思うけど、本物の三人はもう死んでいる。あなたたちは三人の記憶を受け継いだ〈蛇〉に過ぎない」

六、〈蛇〉は寄生した人間の記憶を受け継ぎ、
　消滅するまで忘れることはない。

「もう一度謝っておく。――本当にごめんなさい」

三人を殺したのは壱ノだ。しかし、三人を衣裳候補として選び、果てしない〈蛇〉の輪廻《りんね》に巻き込んだのは私だ。その罪だけは否定できない。

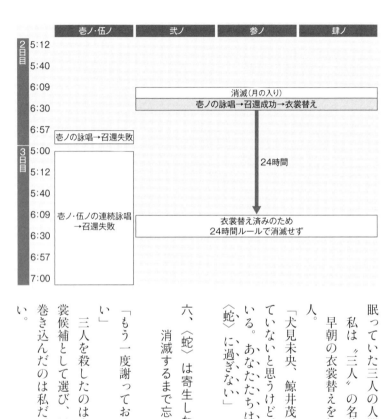

沈黙を破ったのは半笑いの鯨井だった。

「……何言ってんだ？　俺は俺だぞ」

「脳髄の奥に意識を向けてみて。そこにあなたがいるから」

かつて壱ノに言われた台詞をそのまま伝えると、鯨井の締まりのない笑顔が凍った。

「俺は、本当に――」

「本当だね」犬見は天井を見つめて言葉を探している。「大きな白いドームの中に自分がいる感じ。どうしてずっと気づかなかったのかな。そういえば最近、妙に頭が冴えてるっていうか、記憶が鮮明になったような気がしてたんだよね。そっか、〈蛇〉になってたんだ」

どこか他人事《ひとごと》のようで淡々とした犬見の感想に、小虎は食い気味に同意した。

「そっ、そうですよね！　あたしも同じです！」

初めての肉体を得た〈蛇〉が、何の助けもなく己の正体を自覚することはできない。兄姉たちも自力では気づけなかったそうだし、五十年前の私も同じだった。壱ノが例の方法を教えてくれなかったら、自分が鴨居縁だと信じたまま生きていただろう。しかも縁の場合と違い、三人は寝込みを襲われている。襲われたときの記憶がなければ、違和感すら覚えなかったとしても仕方がない。

鯨井は膝を抱えて座り、何かをぶつぶつ呟いていた。犬見は中空を見つめて考え込み、小虎は首を竦めて縮こまっていた。

いまだ混乱の最中にいる彼らに背を向け、私は再び犯人に問う。

「壱ノ、私の推理は正しいですか？」

落ち着き払った態度で壱ノは応じる。

「なぜ私が、参ノと肆ノを殺さなくてはならなかったと思う？」

「――半世紀しか生きていない私が、数千年の時を越えてきた〈蛇の長〉の心の裡《うち》を語るなどおこがましいことです。ただ、今だけは憶測を語ることを許してください。

壱ノの犯行に関して、不思議に思ったことがひとつあります。

あなたは偽の〈呪歌〉によって参ノと肆ノを殺しました。二匹の殺害が目的ならそれだけでよかったはずです。なのに壱ノは、少女の姿で〈呪歌〉を歌うというリスクを冒してまで、私が死なないように取り計らった。壱ノが殺したかったのはあくまで参ノと肆ノであり、私を巻き添えにするのは避けたかったということです。

もしかすると壱ノは、参ノと肆ノが一連の襲撃事件の犯人だと知ったのではないでしょうか。参ノは壱ノの保守的な面を嫌っていましたから、〈蛇の長〉の座を奪うつもりだったのかもしれません。また、肆ノは五十年前に伍ノを殺した犯人でした。同胞の命を狙う二匹が手を組み、反乱を企てていることを知った壱ノは、彼らを自らの手で処刑することにした。なぜなら、正当な手続きを経て裁きを下すことができなかったからです。

ここで、二匹に対する裁判が開かれたと仮定しましょう。

裁判の結果は、被告を除く〈蛇〉の多数決で決まります。弐ノは行方不明なので、投票権を持つのは私と壱ノだけ。そして私は、処刑に反対するでしょう。五十年前、私はかつての私を殺したという弐ノでさえ許したんですから。

　すると結果は、賛成一、反対一の同票――無罪放免です。

　壱ノはかけがえのない仲間を殺した二匹を許すつもりはなかった。だから誰にも知られない方法を使って、独断で二匹を断罪した。壱ノ、それがあなたの――〈蛇の長〉としての正義だったんじゃないですか？」

「私を裁くか？　伍ノよ」

　壱ノの問いに胸を衝かれる。第一条、我々は同胞を殺してはならない。

「――はい。〈掟〉の第三条に従って、壱ノを告発します」

　私は写真部員の三人――新たな同胞たちを見やり、開廷を宣言した。

「この裁判における被告は壱ノです。裁判官は弐ノ、参ノ、肆ノ、そして伍ノ。結審後は四匹の裁判官の多数決によって判決を下し、票が同数なら無罪とします。――理解した？」

　鯨井はまだ現実を受け入れかねているのか、こちらを見向きもしなかった。小虎はやはり怯えた顔つきで頷く。

　犬見は真剣な顔で訊いた。

「もし有罪になったら、壱ノさんはどうなるの？」

「〈掟〉を破ったことに対する罰は、死刑しかない。壱ノは塵に還り、新しい蛇として再び召還されることになる」

「ネコちゃんはそれでいいの？　壱ノさんは家族なんでしょ」

「〈掟〉を破った者を裁くのは、私たちに課された義務よ。――遠慮なんかしないで。あなたはもう、私たちの一員なんだから」

「――うん」

私はひとつ咳払いをして、壱ノの罪状を改めて告げる。

「壱ノは〈掟〉の第一条を破り、参ノと肆ノを殺害しました。詳しい罪状はさっき話した通りです。異論がある方は？」

誰も声を上げない。

「それでは、裁決に移ります。壱ノの処刑に賛成か否かを教えてください」

最初に声を上げたのは、膝を抱えたままの鯨井だった。

「賛成だ」

絞り出すように言って、鯨井は顔を上げた。目が血走っている。

「死んでも認めたくはなかったが、認めるよ。俺は化け物にされたんだな。だったら俺は、俺の人生をめちゃくちゃにしたそいつを許さない」

正確に言えば、彼は自分を鯨井だと思い込んでいるだけの〈蛇〉なのだが、彼の主観としては化け物にされたのと変わらないだろう。恨むのも当然だった。

一方、小虎は意外なことを言った。

「あたしは……そういうことしてる場合じゃないと思います」

「反対ってこと？」

竜野を殺した犯人を憎んでいたはずの小虎が、処刑に反対するとは思わなかった。

小虎はしきりに目を泳がせながら説明する。

「犯人が判明した以上、けじめをつける必要があるってのはわかってます。でも、今って非常事態じゃないですか。山奥に閉じ込められて身動きが取れないわけで。このまま壱ノさんを処刑しちゃって、そのせいで外に出られなくなったら最悪です。とにかく今は、みんなで脱出する方法を考えましょうよ。だから……ええと、反対です」

「脱出を優先すべきっていうのは、私もそう思うよ」

と、口を開いたのは犬見だった。

「鷹谷は人間だから、身体を捨てて脱出するわけにはいかないからね。だけど私は、そういう理由で処罰をなあなあにはしたくない。壱ノさんがやったのは、ネコちゃんとか他の家族を裏切ることだよ。私はそれが正義だとは思えないし、壱ノさんには〈蛇の長〉でいてほしくないと思う。だって、いつか同じ方法で私も殺されちゃうかもしれないから。――ネコちゃん、処刑とかは別にここを出た後でもいいんだよね？」

「ええ。――あと、私のことは伍ノと呼んで」

「あ、ごめん。伍ノちゃん」犬見は小さく笑う。「とにかく、私は賛成」

賛成二票、反対一票。

新しい弟妹に選択を委ねるつもりだったが、結局、壱ノの処遇は私の一票に委ねられた。壱ノを生かすも殺すも私次第だ。

しかし、この状況に関係なく、答えは最初から決まっていた。

壱ノに向き直って言う。

「私は反対します」

「許すのか？」

壱ノの問いに、私はかぶりを振る。

「独断で二匹を処刑したのは許されないことだと思います。ただ私には、この世にたった四匹しかいない仲間を切り捨てられるほどの覚悟も、壱ノの代わりに〈蛇の長〉として生きていくほどの強さもありません。――私は、あなたを失いたくない」

〈蛇〉としての生き方を教えてくれた弐ノ、美しくあることの価値を説いた参ノ、人の痛みを見つめ続けた肆ノ――みんな死んでしまった。

今の私には壱ノしかいない。頼れる兄姉であり、親のような存在。罪を犯したとはいえ、唯一無二の同胞を自らの手で塵に還せるわけがなかった。

とはいえ、最善の結末ではない。将来に禍根を残すであろう幕引きだ。

複雑な思いに囚われつつ、私は閉廷を宣言する。

「賛成二票、反対二票。賛否同票のため、壱ノは無罪とします」

「〈城門を開け〉」

補聴器型の通信機に向かって壱ノが告げると、一分後、頭上で爆発音がした。地下室の床がびりびりと震え、天井から細かい埃が落ちてくる。その後、一階に向かった私たちが目にしたのは、白煙の漂う玄関ホールと、吹き飛んだドアの先に広がる夜の闇だった。

「爆弾……？」

私の呟きに、後から追いついた壱ノは応じる。

「あらかじめ玄関のプレートの下に埋め込んでいた。そこが〈檻〉の急所だ」

玄関に掲げられた〝涼月館〟のプレートと、その周辺の壁が新しくなっていたことを思い出す。

まさか爆弾が埋め込まれていたとは。

一度作動した〈ウルカヌスの檻〉を破る方法はないはずだったが、あくまで閉じ込められた人間が自力で脱出できない強度というだけであって、さすがに至近距離から爆風を受けてはひとたまりもなかっただろう。

こうして〈暗室〉は開かれ、私たちは自由の身となった。

とはいえ時刻は真夜中だ。今夜は館で休み、帰るのは翌朝にすればいいと私は提案したが、弟妹の三匹が――特に小虎が家に帰りたいと強く主張したので、三匹は壱ノが麓に待機させていた〈財団《アルカ》〉の車で帰ることになった。

話がまとまると、私は彼らを見送りもせず客室に引っ込んだ。ひどく疲れていたし、何より三匹に合わせる顔がなかった。私は彼らを殺した犯人を無罪放免にしたのだ。弟妹たちからの信用は地に堕ちたことだろう。

自己嫌悪に陥りつつも、とろとろと微睡《まどろ》んでいると、ベッドに微かな振動を感じた。防音壁のおかげでエンジン音は聞こえないが、館の前に車が到着したことがわかる。振動はやがて止まり、数分後に再び始まった。三匹を乗せた車が出発したのだろう。

——誰か来たみたいだ。

はっとして、ベッドの中で目を開けた。一日目の夜、蛇牢の最中に聞いた言葉が不意に蘇ってきたのだ。

どうして今まで気づかなかったのだろう。あのとき彼は——

私は客室を出て玄関ホールへ向かったが、そこには誰の姿もなかった。見送りを済ませて客室で休んでいるのかと思いきや、そちらも無人だった。食堂や浴場にもいない。

嫌な予感がして、二階の隠し扉に足を向けた。

螺旋階段を下りていく途中、鈍い打撃音が聞こえた。ぐわん、と銅鑼《どら》を鳴らすような、どこかで聞いたことのある音。

地下一階に着くと、扉を細く開けてそっと覗いた。

五角形のテーブルの前に壱ノが仰向けで倒れている。大きく開いたその口に手を突っ込んでいる人影がいた。まもなく手が引き抜かれると、血と粘液にまみれた黒い蛇がずるりと現れた。

「何をしてるの？　鷹谷」

鷹谷は真っ赤な手で〈一番目の蛇《プリムス》〉を握りしめたまま、こちらを振り向いた。

「猫矢さん」

私を見つめる彼の表情には絶望と諦念が滲んでいる。

床に投げ出された中華鍋を一瞥《いちべつ》して、私は冷静に問いかけた。

「答えて。壱ノをどうするつもりだったの？」

「――単純なことだよ。僕は唯一生き残った人間として、みんなを殺した犯人に復讐したかったんだ。たとえ君が壱ノさんを許しても、僕だけは許さない。君が休んでるうちに壱ノさんを殺すつもりだった。壱ノさんの犯行が暴かれたばかりのこのタイミングだったら、自殺に見せかけられると思ってね」

鷹谷の立場を考えれば、十分に納得できる動機だった。

だが私は、それが偽りだと知っている。

「嘘をつかないで。唯一生き残った人間は、小虎でしょう？」

蘇った〈蛇〉が写真部員たちを襲った朝、鯨井は客室がロックされていたのを知りながら二度寝し、犬見はそもそも閉じ込められたことに気づいていなかった。〈蛇〉が眠りこけた二人に寄生するのは容易かっただろうが、小虎は違う。

――六時に集合だったら、五時には起きるでしょう。

彼女は早起きが得意だし、誰よりも早くロックが解除されたことに気づいていた。客室に〈蛇〉が侵入した段階で目を覚ましていたはずだ。そこで〈蛇〉に寄生されたとしても、客室で〈蛇〉を見たという記憶は残る。彼女が今までそのことに言及しなかったのは不自然だ。

さらに小虎は、他の部員たちの正体に気づいていた節がある。

今夜の晩餐の後、彼女は定点カメラの写真を真剣に見つめ、何やら呟いていた。

——やっぱり……目が……タイミング……

シャッターの間隔は三十秒なので、写真には部員たちの姿が大量に写っていたはずだ。小虎はその中に、目を閉じた顔が極端に少ないことに——自分以外の部員がほとんど瞬きをしていないことに気づいたのではないか。

九、〈蛇〉が寄生した人間は瞬きの回数が少ない。

写真部の三人に〈蛇〉が寄生したと明かされてから、小虎の態度は不審だった。竜野の復讐を忘れたかのように処刑に反対し、一刻も早く館を去ろうとした。あれは自分が唯一の人間だと悟って、殺されないうちに逃げようとしたからではないか。

「小虎さんが〈蛇〉じゃないから、消去法で僕が〈蛇〉ってこと？」

「そんな当て推量じゃない。証拠があるの。——それに、あなたが〈蛇〉の衣裳になったのは二日目の朝じゃない。館に来たときからあなたは〈蛇〉だった」

鷹谷は何ら反応を見せず、押し黙って私を見つめている。

「一日目の夜、少女の身体を着た壱ノが車で館に来たとき、私たちは防音の客室にいた。扉も閉じてたから、車の音が室内に聞こえることはない。ただ、〈蛇〉は動物の蛇と同じで地面の振動に敏感だから、私は館に近づく車の振動を察知できた」

十、〈蛇〉は体長五十センチメートル、体重五百グラムである。体表から分泌される粘液は人体組織を修復し、空気に触れると数分で蒸発する。それ以外は動物の蛇とほぼ同じ性質を持つ。

「車が近づいてきたとき、犬見と鯨井、小虎はまったく反応しなかった。その後で館に近づく車の音を聞いていないとも言っていた。あのときは人間だったから当然よ。なのに、あなたは私と同時に気づいた」

――誰か来たみたいだ。

鷹谷は私と同時に立ち上がってそう言うと、客室の扉を開けに行った。

「車が到着する時刻をあらかじめ知っていて、それに合わせて扉を開けたわけじゃない。どれほど厳密な計画を立てていたとしても、私とあなたがまったく同じタイミングで立ち上がるなんてあり得ないから。あなたは私と同じく、車の振動を感じたから扉を開けようとした――つまり、あの時点であなたは〈蛇〉だった。

そして、あなたは蛇牢で私が最下位になるのを阻止しようとした。私が罰ゲームで館を出てしまったら都合が悪いからでしょう。あなたは少女が館に来ることを知っていて、私を誘導して〈呪歌〉を聴かせるように指示されていた。――壱ノに」

教えて、と縋るように訊く。

「あなたは……私が知ってる弐ノ？」

館に来る前から、幾度も脳裏をよぎった考えだった。私のような怪物に協力する鷹谷は、実は弐ノの衣裳なのではないか。何らかの理由で身を隠し、事件解決のために陰から私を支えているのではないか――

都合のいい妄想だと自覚しながらも、ついに捨て切れなかった一縷《いちる》の希望は、鷹谷の首の一振りで潰《つい》えた。

「僕は〈二番目の蛇《セクンドゥス》〉だけど、君が知ってる弐ノじゃない。僕が召還されたのはつい最近で、この身体が最初の衣裳だからね」

「あなたは、いつから鷹谷なの？」

鷹谷の表情に翳《かげ》が差した。躊躇うような間を置いて、静かに答える。

「この身体に入ったのは三年前。君と出会う少し前だ」


青い光を放つ水の中を、黒い蛇が沈んでいく。

鷹谷の手を離れた〈一番目の蛇〉は、摂氏零度近い水に体温を奪われ、水底にくたりと横たわったまま動かなくなった。

地下二階の〈ケレスの沼〉のほとりにしゃがみ込んだ鷹谷は、水面を見つめたまま語った。

「壱ノの罪は、参ノと肆ノを殺したことだけじゃない。三年前、壱ノは僕の前任者である弐ノを殺し、偽者の弐ノを用意してそれを隠蔽した。殺した理由は知らないけど、計画を実行するのに〈財団〉の管理者権限が必要だったからかもしれない」

弐ノの様子が急におかしくなり、口数が減ったのは三年前からだった。あの「偽弐ノ」も偽壱ノと同じく、壱ノの命令に従って動いていたのだろう。

「さらに、塵に還った弐ノを召還し、君の同級生——鷹谷匠を衣裳にして、計画を進めるための手駒に加えた。君の行動を監視し、誘導するのが僕の任務だ」

「壱ノの計画というのは、何だったの？」

「ただの保身だよ」

鷹谷は吐き捨てるようにそれだけを言って、話を先に進めた。

「壱ノは〈財団〉を使って一族の襲撃を実行した。君を含めた三匹を襲うとともに、偽者の弐ノを殺した。弐ノに襲撃犯の罪を着せるためにね」

別荘の中で殺されていた弐ノの衣裳には、〈蛇〉が抜け出した痕跡がなかった。彼は初めからただの人間だったので当然だ。しかし、事情を知らない他の〈蛇〉たちの目には、弐ノが死体を偽装したかのようにしか映らない。

「そして壱ノは、衣裳替えと称して一族をこの館に集めた。目的はもちろん、参ノと肆ノを殺すことだ。壱ノは疑心暗鬼に陥ってたんだろう。参ノは〈蛇の長〉の座を狙ってるし、肆ノも一族の変革を望み続けていて、五十年前、実際に伍ノを殺している」

「参ノはわかるけど、肆ノはどうして……」

「肆ノの前任者は九十年前に事故で消滅して、君の知る肆ノが召還された。最初の衣裳として選ばれたのは、重病に侵された母親を持つ少年だったんだ。肆ノは母親に衣裳替えして、その苦痛を自分の身に引き受けた」

どこかで聞いたような話だ。

「アラン・アップルヤードの『湖畔の親子』？」

鷹谷は頷いた。

「肆ノが病人に衣裳替えするのは、痛みに苦しむ人々を救うためだ。〈蛇〉は人類を苦痛から解放するために行動しなければならない。なのに、他の〈蛇〉たちは幸せに暮らす人々を見境なく殺している。肆ノはそれが許せなかった。

肆ノはアップルヤードと密かに連絡を取り合って、蛇にまつわる小説を彼に書かせてきた。〈蛇〉の存在を少しずつ世間に浸透させ、いずれ世界に向けて公表するつもりだったんだろう。そして五十年前、肆ノはアップルヤードに衣裳替えし、謎めいた遺書を遺して自殺した。それが肆ノによる革命の幕開けだった。だから、その直後に伍ノを――」

鷹谷は言葉を切り、「結局、革命は失敗したけどね」と付け加えた。

「要するに、壱ノが仲間たちを殺したのは正義のためなんかじゃない。変化するのが嫌だから、自分の身が危ないから殺したんだ。僕は今まで壱ノの命令に従ってきたし、その計画に加担させられてしまったけど、その目的までは知らなかった。だけど真相に気づいて、もうこれ以上は付き合っていられないと思った」

おもむろに立ち上がり、振り向いた鷹谷は、乾いた表情で私を見た。

「壱ノはもう〈蛇の長〉にふさわしくない。裁判で処刑が決まらなかったら、僕の手で殺すつもりだった。そうしないと、君はいつまでも壱ノを許し続ける」

「勝手に同胞を殺すのは〈掟〉に反する。あなたも壱ノと同じ罪を犯すつもり？」

私の指摘を受けて、鷹谷はふっと笑う。

「裁判の結果を思い出してみなよ。賛成二票、反対二票だったけど、人間の小虎さんは投票権を持たないから無効だ。代わりに、僕が賛成に一票を入れると――」

賛成三票、反対一票。

「壱ノを処刑するのは、一族の総意だ」

彼は、これが正当な処刑だと言っているのか。

裏切られた痛みが胸を刺し、まもなく怒りと困惑が頭をもたげる。

「あなたは壱ノの罪を知っていて、壱ノを処刑したかった。だったら、どうして全部話して私を説得しなかったの？　どうして参ノと肆ノが襲撃犯だと嘘をついて、壱ノを擁護したの？」

すると、鷹谷は哀しげに顔を歪めた。

「真相を伝えるには、僕の正体を明かさないといけない。でも、それは嫌だった。君に知られたくなかったんだ。……僕が最初から〈蛇〉だったことを」

――写真、好きなの？

昼休みの教室で初めて声をかけてきた彼は、すでに〈二番目の蛇〉だった。

「学校で君に接触したのは、壱ノに命令されたからだ。同じ部活に入ったのも、一緒に大学に行こうと誘ったのも――確かに僕は、君をずっと裏切ってきた。だけど、これだけは信じてほしい。僕にとって、君の幸せより優先すべきことなんて何もない」

――私たちが魂に刻んだものは、きっと次の者に引き継がれる。

昔の弐ノは私にそう説いた。鷹谷に宿った新しい弐ノも、かつての弐ノの魂を受け継いでいるのだろうか。だから約束通り、私を守ってくれるのだろうか。

満月が照らす廃墟の街で、鷹谷が囁いた言葉を思い出す。

――僕は、君を守るために生まれてきたんだから。

「壱ノはいずれ疑心に駆られて君を殺す。そうなる前に、僕が――」

「出ていって」

私は吐き捨てるように言って、鷹谷から顔を背ける。

「小虎が〈蛇〉だと嘘をついたのは、彼女を守るためだったんでしょう。部員たちが館を離れてから壱ノを襲ったのは、衣裳を脱いだ壱ノが、万が一にも小虎に衣裳替えしないようにするため。――あなたはまだ人間として生きてきた時間が長いから、人間の味方であろうとする。でも、私はそうじゃない」

「猫矢さん、僕は――」

何かを口にしかけた鷹谷を遮って、私は言い放つ。

「一人にして。壱ノは、私が看取《みと》る」

〈ケレスの沼〉の前に膝を抱えて座り、黒い蛇の影が揺らめくのを見つめていた。

もう何時間経ったのかもわからない。眠気も空腹も忘れて物思いに沈んでいた。死んでいった兄姉たちのことを、そして今まさに死にゆく壱ノのことを思いつつ、頭の中の書庫をひっくり返し、散らばった膨大な記憶をひとつひとつ調べていった。

鷹谷の説明の中に、どうしても納得できないことがあったからだ。

一日目の夜、壱ノは少女の姿で現れ、本物の〈呪歌〉を私と鷹谷に聴かせた。〈呪歌〉を歌わず、〈蛇〉を全滅させるのが最も安全かつ容易だったにもかかわらず、鷹谷に裏切られたり、私に真相を見抜かれたりするリスクを冒してまで、二匹の命を長らえさせた。というより、私を生かすために鷹谷を利用したと考えるのが妥当だろう。

壱ノ、と虚空に呟く。

「どうして私を生かしたんですか？」

たった五十年しか生きていない、一族の末席を汚すだけの私を。壱ノのような知も、弐ノのような財も、参ノのような美も、肆ノのような正義も持たない私を。

保身のために同胞を三匹も殺したはずの壱ノが、なぜ――

当然、水中に沈んだ〈蛇〉からの返事はなかった。

私は〈沼〉の中に手を差し入れ、痛いほどに冷たい水の中から壱ノをつかみ上げる。ぬめりを帯びた手触りと、ひび割れたような鱗の感触。

細くて、軽くて、ちっぽけな生き物。

「教えてください、壱ノ」

壱ノは弱々しく身をよじると、私の手を逃れ、床に落ちた。そのままどこかへ這って行く。芯まで冷えた身体が動かしにくいのか、ゆっくりとした蛇行だった。

壱ノは地下一階に上がると、老人の死体に近づいた。上着のポケットに頭を突っ込み、何かをくわえて引っ張り出す。

それは一枚の白黒写真だった。

撮られた場所は館の正面玄関だろう。〝涼月館〟のプレートを掲げた玄関に、二人の人物が並んで立っている。思慮深そうな白髪の老人と、二十代くらいに見える青年。カメラに向かって微笑みかける青年の右手は、老人の肩に載せられている。

老人と孫の記念写真のように見えるが、そうではないという直感があった。

――不思議なものだな。おまえは奴によく似ている。

遠い昔、私の頭を撫でながら弐ノは言った。その意味がようやくわかった。

私はこの青年の正体を知っている――

ふと写真から床に視線を戻すと、壱ノはすでに死体から離れていく最中だった。壱ノは〈ケレスの沼〉に戻ると、自ら水中に身を投じた。

そして、二度と動くことはなかった。

衣裳の死から二十四時間後、壱ノは塵に還り、私は〈蛇の長〉を継承した。

久々に地下室を出ると、朝日の差し込む玄関ホールで鷹谷が待ち受けていた。

彼は私に何も訊かなかった。その代わり、いつもの笑顔で告げた。

「おはよう。――それと、卒業おめでとう、猫矢さん」

終章

「高校のときの友達に会ってくる」

母親にそう言い残して、私は猫矢家の玄関を出た。下ろしたてのブーツは踵が高くて歩きにくい。転んで怪我をしたくないので、細心の注意を払って歩く。

今夜は、月に一度の大切な夜なのだから。

夕暮れの街を歩きながら、一ヶ月前のことを思い出す。

涼月館――〈暗室〉で起こった一連の事件が、壱ノの死によって決着を見せた後、私と鷹谷も人間としての日常に戻った。

館から帰るとき、唯一気がかりだったのは竜野の件だった。彼の死は隠しようがない事実であり、警察の捜査が〈暗室〉に及ぶ可能性は高かった。ところが、蓋を開けてみれば竜野は別件の事故で死亡したことになっていて、彼が写真部の卒業旅行に参加したことは巧妙に揉み消されていた。壱ノが〈財団《アルカ》〉を通して手を打っていたのだろうが、何をどうしたのか見当もつかない。

〈蛇《セルペンス》〉の歴史に残るであろう大事件により、一族の形は大きく変わったが、表向きにはほとんど何も変わらなかった。たとえ中身が爬虫類であろうと、人間社会において私たちは平凡なハイティーンだ。〈蛇〉に置き換わった犬見と鯨井も、〈蛇〉の存在を知った小虎も、何事もなかったかのように日々を送っている。

そして私は、ある意味では変わり、ある意味では変わらなかった。

電車を乗り継ぎ、馴染みのある駅に着いたころにはとうに日が落ちていた。駅前に佇んでいた人影が片手を挙げる。

「こんばんは、伍ノさん」

鷹谷はすっかり見飽きた胡散臭い笑顔で言った。

「猫矢と呼んで」

「今日くらいは許してよ。〈蛇の長《パテル》〉としての晴れ舞台じゃないか」

〈二番目の蛇《セクンドゥス》〉である鷹谷が、相変わらず「鷹谷」であるように、私もまた猫矢の衣裳を捨てなかった。今年、生まれて初めて高校を卒業した。

〈財団〉の通信システムはすでに復旧していて、おまけに壱ノの仕業か、私のアカウントには管理者権限が付与されていたのだが、また高校生を見繕って衣裳替えをする気にはなれなかった。その選択は間違っていなかったと思っている。ただ、東京の大学を蹴って私と同じ地元の私大に進学した鷹谷が、四六時中絡んでくるのには閉口したが。

目的地までの道程を並んで歩きながら、私は苦言を呈する。

「鷹谷、私にばかり引っついてないで、そろそろ大学で友達を作ったら？」

「その言葉、そっくり返すよ、伍ノさん。それに僕は弐ノだ」

「あなたのことを弐ノなんて呼ぶつもりはない」

その理由は自分でも判然としない。以前の弐ノを忘れたくないからだろうか。それとも、私の中に居座る猫矢が、今もなお鷹谷を想っているからだろうか。

「――今のところは」

かつての通学路である上り坂の向こうには、黄金色の満月が顔を出していた。


「来たな」

「久しぶりー、伍ノちゃん」

明かりの消えた高校の校舎の前に、犬見と鯨井が立っていた。どちらが〈三番目の蛇《テルティウス》〉で、どちらが〈四番目の蛇《クアルトゥス》〉なのか、二人が衣裳替えをするまで確認する術はない。

二人のそばにもう一人の人影を見つけて、私は目を瞠《みは》った。

「お久しぶりです、先輩方」

丁寧に頭を下げたのは小虎瑠里だった。折り目正しいセーラー服を見て、彼女がまだ高校生であることを思い出した。

「最初は断ったんですが、犬見先輩が――」

「だって蚊帳《かや》の外にするのは可哀想でしょ。一緒に困難を乗り切った仲間なのに」

小虎の首にひしと抱きつく犬見に、鯨井は苦々しく返す。

「そいつは人間だぞ。それに俺たちは、これからコントロールの利かない化け物を呼び寄せるんだ。小虎に万が一のことがあったらおまえだって嫌だろ」

「ちゃんと捕まえるって。ね、伍ノちゃん」

犬見が視線を送ってきたので、私は渋々頷いた。

「安全に召還するための用意はしてある。ついてきて」

私が足を向けたのは、グラウンドの中心だった。

子供用のプールがいくつも円形に敷き詰められている。プールは水で満たされ、大量の氷が浮かんでいた。水中に設置された照明が青い光を放っている。

〈財団〉に用意させた移動式の〈ケレスの沼〉だ。夜の学校を秘密裏に借り切って徹底的に人払いできたのも、〈財団〉の隠然たる力によるものだった。

プールの上に渡された橋を歩きながら、今日の儀式について小虎に説明した。

「新しい壱ノはここに落として、消滅するまで封印する。衣裳は与えない」

「閉じ込めておくんですか？」

驚きの声を上げる小虎に、私は新たな〈掟《レクス》〉の文言を告げた。

第二条、塵に還った同胞に衣裳を与えてはならない。

「これが私たちの新しい方針よ。〈呪歌《カルメン》〉を歌うと自動的に召還されてしまうから、〈満月の集い《ルナ・プレネ》〉のたびに封印して、塵に還す。第二条は元々『我々は人間に知られてはならない』だったけど、これで小虎を口封じしなくて済むようになった」

「それはありがたいですけど——先輩たちは、この世からいなくなりたいんですか？」

私はプールの中心に立って首を横に振る。

「そうじゃない。永遠であることは、私たちを傲慢《ごうまん》にするから」

私たちは永遠の輪廻を断ち切った。一族はいずれ終焉《しゅうえん》の日を迎える。それでも、私たちは生き抜くために人間を喰らい、呪われた命を燃やし続けるだろう。そして最後には、地獄で待つ〈主《ドミヌス》〉に会いに行って、五匹がかりで喰い殺してやるのだ。

意味がわかりかねたのか、曖昧に頷きながら小虎は訊いた。

「ところで、何でわざわざ学校でやるんですか？」

「卒業式だからだよ」犬見がその肩を叩く。「私たち、出られなかったしさ」

私は三人を一瞥して、〈満月の集い〉の開始を告げた。

「では、始める」

私たちの卒業式を——

深く息を吸い、目を閉じて、〈呪歌〉を歌い始める。

〈偉大なる魔術師　我らが主よ〉

瞼の裏に映ったのは、壱ノが最期に見せた写真だった。壱ノらしき老人と、その肩に手を載せた青年。初めて写真を見たとき、私は一目で直感した。

この青年が伍ノであり、〈蛇の長〉であり、壱ノが仰ぎ見る存在だったことを。

〈地を這う我らを憐れみたまえ
　人を喰らう我らを赦したまえ〉

思い返せば、ヒントは昔からいくつも与えられていた。

弐ノが言うには、壱ノはかつて一匹で世界中を旅していたという。〈満月の集い〉を開く義務のある〈蛇の長〉としては身軽に過ぎるし、他の〈蛇〉たちがめったに同行しなかったのも解せない。万が一、満月までに合流できなければ塵に還ってしまうのだから。以前の壱ノは〈蛇の長〉ではなく、一度も死んだことがないというのも嘘だったのだ。

また、肆ノは一族を変革するために〈蛇の長〉の座を欲していたという。肆ノが伍ノを殺したのは、伍ノが〈蛇の長〉だったから、と考えれば理屈に合う。

想像するに魔女狩りの時代、大きな世代交代が起こったのだろう。一族のほとんどが人間に殺され、末っ子の〈五番目の蛇《クイントゥス》〉が最年長に繰り上がったのかもしれない。

さらに、壱ノが建てた〝涼月館〟の名前にも秘密が隠されていた。

私たちの故郷、かつて西欧に存在した私たちの国の暦では、一年は三月から始まる。涼月にあたる七月はクインティリス――〈五番目の月〉と呼ばれていた。

――壱ノには昔、誰よりも尊敬する存在がいた。

――おまえが知らない奴だ。とうに死んでいるが、いい奴だった。

あの館が、壱ノから〈五番目の蛇〉に贈られた敬愛の証《あかし》だとしたら、あの館で起こった事件もまた、五十年前に死んだ伍ノに――壱ノが尊崇する〈蛇の長〉に捧げられたものだったのだろう。

〈たとえ命尽きようとも　我らは主に永遠なる献身を誓わん〉

壱ノが弟妹たちを殺したのは、一族の変革を嫌ったからでも、自分の身を守るためでもない。むしろその逆に、一族を根底から変えるため、自らの命を擲《なげう》ったのだ。

〈五番目の蛇〉を再び〈蛇の長〉にする――それが壱ノの宿願だった。

末っ子である私が〈蛇の長〉になるには、年上の〈蛇〉――すなわち、私以外のすべての〈蛇〉が死ななくてはならない。だから弐ノを、参ノを、肆ノを殺し、最後には現任の〈蛇の長〉である自分が死ぬように取り計らっていた。

壱ノはそれと同時に、私を〈蛇の長〉にするための準備を整えていた。

新しい同胞となる衣裳を私に選ばせたのもそのひとつだが、さらに重要だったのは、私を「卒業」させることだったのだろう。私を大学に誘うよう鷹谷に指示したのも、卒業間際に私を人里離れた場所に閉じ込めたのも、五十年間高校生を続けてきた私を、強制的に「卒業」させる計画の一環だった。

〈暗室〉の地下で、壱ノはどんな気持ちで『湖畔の親子』を読み返していたのだろう。もしかしたら、母親の病苦を肩代わりするために自らを犠牲にした肆ノに、自分の行く末を重ね合わせていたのかもしれない。

〈願わくば我らが同胞を塵より蘇らせたまえ〉

兄姉たちは私が〈蛇の長〉だったことを隠してきた。それを提案したのは、私の教育係だった弐ノではないか。弐ノは私に一族の歴史を教えながらも、伍ノの過去をひた隠しにした。一族を導いてきた者としての過去を私に背負わせないために。あるいは、塵に還った〈蛇の長〉をいまだに信奉する壱ノが、在りし日の伍ノを私の中に見出し、再び〈長〉として返り咲かせようと凶行に走るのを阻止するために――

いずれにせよ、かつての弐ノの願いとは裏腹に、壱ノの企みは見事に成功した。私は己の過去を知り、卒業を果たした。否応なく選ばされてしまった道と知りつつも、新たな〈蛇の長〉として歩んでいく覚悟を決めた。

――卒業おめでとう、猫矢さん。

もしかしたら、鷹谷もすべてを悟っていたのかもしれない。

〈願わくば満月に焼かれる我らを癒したまえ〉

ぱちゃ、と背後で水の音がした。

——私はよい〈長〉になれるでしょうか。

心の中で問うと、目を開けて空を見上げる。

いつの時代も変わらない満月が、小さき者たちを静かに見下ろしていた。

本書は書下ろしです。
この作品はフィクションです。
実在の人物・団体・事件とはいっさい
関係がありません。

松城 明
（まつしろ・あきら）

１９９６年、福岡県出身。
九州大学大学院工学府卒業。
２０２０年、短編「可制御の殺人」が
第42回小説推理新人賞最終候補になり、
’22年に同作を表題作とした連作短編集
『可制御の殺人』でデビュー。
’24年、その続編となる
『観測者の殺人』を発表。

著者　松《まつ》城《しろ》 明《あきら》

発行者　三宅貴久

発行所　株式会社 光文社
〒112-8011 東京都文京区音羽1-16-6
電話　編集部 03-5395-8254
書籍販売部 03-5395-8116
制作部 03-5395-8125
URL 光文社 https://www.kobunsha.com/

組版　萩原印刷
印刷所　新藤慶昌堂
製本所　国宝社

蛇《だ》影《えい》の館《やかた》

2024年7月30日　初版1刷発行

ISBN978-4-334-10383-5